Mordsmädchen

Peter Lukasch

Mordsmädchen

Kriminalroman

Die Handlung und ihre Personen sind frei erfunden. Jede Ähnlichkeit mit tatsächlich geschehenen Ereignissen, lebenden oder verstorbenen Personen ist zufällig und vom Autor nicht beabsichtigt. Ebenso ist der Ort Grafenhotter erfunden und existiert in Wirklichkeit nicht.

Für Theres, die sich die Mühe gemacht hat, das Manuskript zu korrigieren.

Die Deutsche Nationalbibliothek verzeichnet diese Publikation in der Deutschen Nationalbibliografie; detaillierte bibliografische Daten sind im Internet über dnb.d-nb.de abrufbar.

© Peter Lukasch 2013
Neuausgabe 2015
Covergestaltung: Peter Lukasch, Bildmotive von pixabay
Herstellung und Verlag:
BoD – Books on Demand, Norderstedt
ISBN 978-3-7386-3926-1

Prolog: Damals

Die Sonne warf lange Schatten auf den verwilderten Weg. Der Junge näherte sich dem leerstehenden Gebäude mit raschen Schritten. Unter einem der alten Kastanienbäume hielt er inne, verbarg sich hinter dem Stamm und sah sich um. Kein Mensch war zu sehen. Das war auch kein Wunder, drohten doch mehrere Schilder an der Mauer, die er an einer beschädigten Stelle ganz leicht übersteigen hatte können, jedem unbefugten Eindringling empfindliche Konsequenzen an. Es war ganz still, nur das Summen von Insekten war zu hören. Er betrachtete den Eingang des Gebäudes, der von zwei schon recht desolaten heraldischen Löwen flankiert wurde. Ob sie schon hier war? Wahrscheinlich nicht. Er war etwas früher gekommen, um zu beobachten, wie sie eintraf, genau genommen um zu erfahren, wer sie überhaupt war. Wenn es die dicke Katrin ist, so dachte er, würde er unauffällig und heimlich abhauen. Die war ganz sicher nicht sein Fall. Nichts rührte sich. Nach einer Weile zog er das Blatt Papier, das er nach dem Training der Fußballmannschaft in seinen abgelegten Sachen gefunden hatte, aus der Tasche und las es noch einmal durch. Sie schrieb mit einer braven Schulmädchenschrift, sie habe sich in ihn verliebt und wolle ihn heimlich treffen, in dem alten Herrenhaus um 18 Uhr. Sie beschrieb ihm genau, wie er in das Haus kommen könne. An Stelle einer Unterschrift hatte sie einen Lippenstiftkuss auf das Papier gedrückt. Er schüttelte den Kopf. Das ganze Briefchen kam ihm recht kindisch vor. Sie war wahrscheinlich nicht sehr erfahren in solchen Dingen. Wenn sie mit ihm anbändeln wollte, hätte sie das einfacher haben können; immer unter der Voraussetzung, dass er überhaupt an ihr interessiert war. Dazu war ein so heimliches Treffen doch nicht notwendig. Es sei denn, es sollte gleich beim ersten Treffen mehr daraus werden als nur eine Schmuserei. Er lächelte selbstgefällig. Er war es gewohnt, bei den Mädchen Erfolg zu haben. Deshalb war er zwar ein wenig über die Unbeholfenheit des Liebesgeständnisses in dem Brief verwundert gewesen, nicht aber über die Tatsache, dass sich ein Mädchen in ihn verknallt hatte und ihn heimlich treffen wollte.

Die Schatten wurden länger. Er warf einen Blick auf seine Uhr. Es war ein Viertel nach 18 Uhr. Entweder war sie schon längst da und wartete auf ihn, oder sie hatte ihn versetzt. Ärger stieg in ihm auf. Wenn sich so ein dummes Ding einen Scherz mit ihm erlaubt hatte, würde er schon herausfinden, wer sie war und es ihr heimzahlen. Entschlossen löste er sich aus dem Schatten des Baumes und umrundete das Gebäude. An der Seitenfront, halb verborgen unter Efeu fand er die kleine Tür, die sie in ihrem Brief beschrieben hatte. Sie war tatsächlich unversperrt. Er trat vorsichtig ein.

Er folgte einem schmalen dunklen Gang, der an ehemaligen Wirtschaftsräumen vorbeiführte, in das Innere des Gebäudes. Dort gelangte er schließlich in einen Saal, durch dessen hohe Fenster sich der Blick auf den ehemals herrschaftlichen, jetzt aber völlig verwilderten Park öffnete.

Die Decke des Raumes war mit Stuck und Malereien geschmückt. Er war noch nie hier gewesen und betrachtete interessiert eine Nymphe mit üppigen Formen, die sich im Griff eines lüsternen Fauns wand. Ihr Gesichtsausdruck ließ darauf schließen, dass sie ihren Widerstand bald aufgeben werde. Er fühlte leichte Erregung in sich aufsteigen und war sich plötzlich sicher, dass seine unbekannte Verehrerin in der Nähe sein musste.

Unvermutet klangen ganz leise Töne durch den Saal. Er lauschte angestrengt und versuchte zu erkennen von wo die Musik kam. Er erkannte die schmelzende Melodie. Es war ‚Lady in red is dancing with me' von Chris DeBurgh. Er lächelte begeistert. Jemand gab sich wirklich alle erdenkliche Mühe, um ihn zu beeindrucken. Sein Blick fiel auf den Boden des Saales. Die Strahlen der untergehenden Sonne fingen sich in goldenen Staubbahnen, die er aufgewirbelt hatte. Hoffentlich hat sie eine Decke mitgebracht, dachte er, damit wir nicht am nackten Boden liegen müssen. Dann entdeckte er, dass mitten im Raum mit kleinen Blütenblättern ein Pfeil ausgelegt war, der zu einer Tür wies. Er war beeindruckt. Sie stellte sich viel geschickter und einfallsreicher an, als nach dem eher infantilen Briefchen zu erwarten gewesen war. Er trat durch die Tür und fand sich in einem Zimmer, dessen ursprüngliche Bestimmung nicht zu erkennen war. Es erhielt sein spärliches Licht durch ein einzelnes hochliegendes kreisrundes Fenster. An der gegenüberliegenden Seite befand sich eine halb geöffnete kleine Tür, hinter der es völlig dunkel war. Auf einem Tischchen, das ein Rest der ursprünglichen Einrichtung sein mochte, stand ein Kassettenrecorder und ließ die letzten Akkorde des Liebesliedes verklingen. Es wurde still.

„Ich bin gekommen!", rief er. „Wo bist du denn?" Leise Schritte näherten sich von hinten. Er wandte sich um. „Dich habe ich nicht erwartet", sagte er überrascht. Das waren seine letzten Worte. Es dauerte noch gut zwei Minuten, bis er tot war. Dann hörten die krampfhaften Zuckungen auf und das Röcheln verstummte. Es ist aber anzunehmen, dass er keine Qualen litt. Denn die scharfe Eisenspitze, die sein Schädeldach durchschlagen und tief ins Gehirn eingedrungen war, hatte sein Bewusstsein wohl sofort ausgelöscht.

Kapitel 1: Jetzt, Freitag

In der Nacht hatte er von ihr geträumt. Das hatte er schon lange nicht mehr getan, seit Jahren nicht mehr. Er konnte sich kaum mehr an ihr Gesicht erinnern. Im Traum war es überdeutlich gewesen, aber auch der Traum wurde rasch zu einem Schemen und drohte aus seiner Erinnerung zu verschwinden. Lediglich das Ende, das ihn aus dem Schlaf gerissen hatte, stand ihm noch deutlich vor Augen: Ein dunkler Keller, ein Geruch nach Moder und Verwesung und Schreie, Schreie, die nicht aufhören wollten.

Er lag auf dem Rücken und starrte zur Decke. Der Pyjama klebte ihm am Körper. Es war doch noch ein heißer Sommer geworden und die Nacht hatte kaum Abkühlung gebracht. So heiß war es damals auch gewesen, damals vor fünfundzwanzig Jahren.

Er stand mühsam auf und stellte sich unter die Dusche. Zuerst lauwarm und dann kalt. Danach fühlte er sich um kein bisschen frischer. Aus dem Spiegel schaute ihm ein Mann entgegen, der auf die Vierzig zuging, schon ein wenig korpulent wurde und mehr Falten im Gesicht hatte, als ihm recht war. Er seufzte und beschloss, sowohl auf eine Rasur, als auch auf seinen morgendlichen Gesundheitslauf zu verzichten. Ein Dreitagebart war zulässig und zum Laufen fühlte er sich zu müde.

Es hat Vor- und Nachteile, wenn man seine Wohnung und seinen Arbeitsplatz im gleichen Haus hat. Zu den Vorteilen gehörte ohne Zweifel, dass er sich nicht den Unannehmlichkeiten des morgendlichen Berufsverkehrs aussetzen musste. Er ging die Stiegen hinunter und öffnete die Tür zu seinem Büro. An der Tür stand lediglich sein Name, Fa. Amadeus Heinrich. Den Namen Amadeus verdankte er seinem Vater, einem Lateinprofessor, der nicht nur ein Verehrer Mozarts war, sondern auch einer Verwechslung von Vor- und Familiennamen vorbeugen wollte, damit ihn niemand für einen Heinz hielte. Seine Schulkollegen und Freunde riefen ihn trotzdem von Anfang an Heinz und machten so die Absicht seines Erzeugers gründlich zunichte. Der Vorname Amadeus, den er als Kind so gut es ging versteckt hatte, erwies sich später im Geschäftsleben als unerwartet nützlich, weil er sich den potentiellen Kunden einprägte und oft mit einem wohlwollenden Lächeln und einem Scherz registriert wurde. Ein Hinweis darauf, welche Dienstleistungen oder Waren die Fa. Amadeus Heinrich anbot, war auf dem Firmenschild nicht zu finden. Die Kunden, auf die es ihm ankam, wussten ohnehin, wo er zu finden war und auf andere Besucher legte er keinen Wert.

Das Büro bestand aus drei Räumen, seinem Zimmer, dem Zimmer seines Juniorpartners Richard Wizzig und dazwischen der eigentliche Büroraum, der von der Sekretärin Doris besetzt war.

„Guten Morgen", sagte Amadeus.

„Ein wunderschöner Morgen ist das", verkündete Richard und schwenkte ein Blatt Papier. „Der Scheck für unser Honorar in der Truckersache ist gekommen."

„Sind wir jetzt reich?", fragte Amadeus sarkastisch.

„Wir können die nächsten drei oder vier Monate überstehen. Für unsere Verhältnisse sind wir also reich."

„Ist sonst noch Post gekommen?"

Richard deutete auf ein Tischchen neben der Eingangstür. Die Post bestand nur aus einem einzigen Brief, der mit der Hand beschriftet war. Es war eine harte Schrift. Die Buchstaben waren akkurat und mit Nachdruck gesetzt, die Ober- und Unterlängen überdeutlich ausgeprägt, mit strengen Kanten und scharfen Spitzen. Obwohl das nicht mehr die Schrift des Schulmädchens war, das er gekannt hatte, wusste er, noch ehe er den Absender gelesen hatte, mit untrüglicher Sicherheit, dass sie ihm geschrieben hatte. Amadeus glaubte insgeheim an die prophetische Bedeutung von Träumen und ein leichter kalter Schauer rann ihm über den Rücken.

Er ging mit dem Brief in sein Zimmer und setzte sich hinter seinen Schreibtisch. Auf einmal hatte er ihr Gesicht wieder vor Augen. Es war das Gesicht eines zwölfjährigen Mädchens, hager, mit strähnigen Haaren und übergroßen grauen Augen, die ihn forschend anschauten. Er zögerte, den Brief zu öffnen und blickte in das Büro hinaus. Doris schrieb emsig auf ihrem Computer und hatte die Unterlippe zwischen die Zähne geklemmt. Er überlegte, was sie da eigentlich tat, denn Büroarbeit stand im Augenblick nicht viel an, das wusste er genau, weil alle aktuellen Fälle abgeschlossen waren. Wahrscheinlich verfasste sie einen Roman.

Er verzichtete darauf, sie in Verlegenheit zu bringen, indem er sie danach fragte, und zündete sich eine Zigarette an.

Dann gab er sich einen Ruck und öffnete den Brief. Was immer er erwartet hatte, der Inhalt war ausgesprochen nichtssagend. Sie schrieb, es gehe ihr gut und sie hoffe, dass es auch ihm gut gehe. Sie wohne noch immer in Grafenhotter und sie denke oft an ihre gemeinsamen Ferien zurück. Sie würde sich freuen, gelegentlich mit ihm über alte Zeiten zu plaudern. Das war alles. Trotzdem, die Botschaft war beunruhigend deutlich. Sie wollte ihn sprechen und zwar dringend. Das ergab sich daraus, dass sie nach einem Viertel Jahrhundert überraschend ihr Schweigen gebrochen hatte.

Er hob in einer fast unbewussten Bewegung den Brief und schnupperte daran. Das tat er immer, wenn er Post von einer Frau bekam. In letzter Zeit schrieben ihm Frauen, wenn sie es überhaupt taten, allerdings nur mehr Mails. Die schmeckten nach gar nichts, was sein derzeitiges Verhältnis zum weiblichen Geschlecht widerspiegelte. Das Papier roch nach Rauch und Feuer. Da war noch ein Geruch, zuerst kaum wahrnehmbar, dann immer deutlicher werdend: Süßlich, unangenehm, wie nach Verwesung. Er ließ den Brief fallen und starrte ins Büro hinaus. Dort stand Doris mitten im Zimmer und versprühte einen penetrant riechenden Raumspray. Sie war eine fast militante Nichtraucherin und hasste es, wenn er rauchte. Das war ihre Art dagegen zu protestieren. Mehr wagte sie nicht, weil sie auf den Job angewiesen war.

„Versprühen Sie nicht dieses scheußliche Zeug, Doris", sagte er schärfer als notwendig gewesen wäre. „Wenn es Sie stört, dass ich rauche, machen Sie einfach die Tür zu und das Fenster auf."

Sie sah ihn wütend an, schloss schwungvoll die Tür, bremste sie aber im letzten Moment ab, so dass sie sanft ins Schloss fiel. Sie war – wie gesagt – auf den Job angewiesen. Er legte den Brief vor sich auf den Tisch und ließ die Gedanken in die Vergangenheit schweifen. Damals war ein extrem heißer Sommer gewesen und er war ein Junge von zwölf Jahren.

Kapitel 2: Damals

Es war ein extrem heißer Sommer und er war ein Junge von zwölf, fast schon dreizehn Jahren, der sich in einem gewissen Zwiespalt befand. Seine Eltern hatten ihn in den Ferien nach Grafenhotter geschickt, zu einer älteren Schwester seines Vaters. Die Tante war alt und das Haus, in dem sie wohnte, war auch alt. Er lag auf dem Bauch in dem kleinen Kabinett, das ihm als Unterkunft zugewiesen worden war und schmökerte in einem Heftroman, den sein Vater, ohne ihn eines zweiten Blickes zu würdigen, als verderblichen Schund eingestuft und der Vernichtung zugeführt hätte. Seiner Tante war egal, was er las. Sie beschränkte sich darauf, ihm Unterkunft und Essen zu geben. Zu darüber hinausgehenden Erziehungsmaßnahmen fühlte sie sich nicht berufen. Er sah aus dem kleinen Fenster. Die Scheiben wurden teilweise durch einen mächtigen Kaktus verdeckt. Es war ein Weihnachts- oder ein Osterkaktus. Man wusste es nicht genau, weil er zwar tüchtig gewachsen war, aber all die Jahre noch nie geblüht hatte. Die Erde in dem Blumentopf war steinhart und trocken. Zwischen den Zweigen des Gewächses hatte eine Spinne ihr Netz gesponnen und war recht erfolgreich, wie die Fliegenleichen, die in dem Netz hingen, bewiesen. Draußen war ein strahlend schöner Tag. An einem solchen Tag sollte man sich im Freien aufhalten und das schöne Wetter genießen. Diese Lehre war ihm nachdrücklich von seinen Eltern mitgegeben worden. Viel lieber wäre er im Haus geblieben und hätte weiter gelesen. Aber das Gefühl, er könne etwas versäumen, wenn er den Tag nicht gebührend nutzte, ließ ihn schließlich aufstehen und das Haus verlassen. Er bog, nur mit einer Badehose und Sandalen bekleidet, in ein schmales Gässchen ein, das keinen offiziellen Namen hatte und von den Leuten daher nur als ‚Gassl' bezeichnet wurde. Links und rechts waren Mauern. Auf halben Weg hingen die Zweige eines Birnbaumes herüber. Die Früchte dieses Baumes waren verboten, das hatte ihm seine Tante eingeschärft. Der Besitzer mochte es nicht, wenn man sich seines überhängenden Eigentums bemächtigte. Er sah sich um, riss eine Birne ab und begann darauf zu kauen. Sie war noch nicht reif, hatte aber das Aroma des Verbotenen.

Das Gässchen mündete in einen Weg. Rechter Hand standen Häuser, links floss gemächlich ein Nebenarm des Kamp. Das Gewässer, an dieser Stelle kaum mehr als ein Bach, war etwa drei Meter breit und nicht viel tiefer als einen Meter. Alle paar Jahrzehnte erwachte der Kamp zu wütendem Ungestüm, trat über die Ufer und drang, gefürchtet von den Anwohnern, in Minutenschnelle bis in die Ortsmitte vor. Jetzt konnte man sich das kaum vorstellen. Das Ufer seines kleinen Trabanten war beiderseits von dichten Sträuchern bewachsen, die sich über das Flussbett neigten und das braune Wasser noch mehr verdunkelten. Er folgte dem Wasserlauf, bis er an eine Stelle kam, wo der Bewuchs schütterer wurde und das Flüsschen eine flache Bucht bildete, die früher als Pferdeschwemme gedient hatte. Das war sein bevorzugter Badeplatz, obwohl ein Schild verkündete, dass hier das Baden verboten sei. Warum, war ihm unklar, denn das Wasser war leidlich sauber und weder tief noch reißend.

Er zog sich die Sandalen aus und ging langsam an das schlammige Ufer. Schon damals hatte er die Neigung, Vorschriften kritisch zu interpretieren. Während er vorsichtig mit den Füßen in dem warmen Uferschlamm plätscherte, überlegte er sich, ab wann er das Badeverbot übertrat und damit zu einer Art Gesetzesbrecher wurde. Doch wohl noch nicht, wenn er nur ein Stück ins Wasser watete? Das konnte man kaum schon als Baden bezeichnen. Oder etwa doch? Was ihn weiter zu der Frage führte, welche Strafen jemanden drohten, der sich, so wie er, ständig über dieses Verbot hinwegsetzte. Die Verbotstafel gab darüber keine Auskunft, aber die Frage schien sich von selbst zu beantworten. Ein stechender Schmerz fuhr plötzlich durch seine große Zehe. Er hüpfte jammernd auf einem Bein herum und betrachtete das Unglück. Er war auf eine Biene getreten, die ihn sofort gestochen hatte.

„Hüpfen hilft nichts. Du musst Dreck draufschmieren. Am besten ist Hühnerdreck, aber es geht auch so."

An diesem Tag sah er sie zum ersten Mal. Sie saß auf der Uferböschung, halb hinter einem Busch verborgen. Zwei Dinge fielen ihm sofort auf: Die großen grauen Augen und die langen mageren Gliedmaßen. Sie kam ihm vor, wie ein langbeiniges Insekt, das ihn mit riesigen Augen anstarrte.

„So musst du es machen!" Sie bohrte ihre Zehen in den Schlamm und sah zufrieden zu, wie er es ihr nachmachte. „Wer bist du?"

„Ich heiße Heinz. Ich komme aus Wien und bin auf Ferien hier, bei meiner Tante, der Maria Heinrich."

„Aha, aus Wien bist du also." Sie sagte das so, als ob er aus einem fernen exotischen Land käme, das von fremdartigen Menschen mit sonderbaren Sitten und Gebräuchen bewohnt wurde. „Ich bin die Lieselotte vom Schmied. Du musst Lisa zu mir sagen, die Lotte mag ich nicht. Das ist eine fade Person, die mir ständig erklärt, was ich nicht machen soll."

Er war verwirrt, weil sie von sich sprach, als ob sie zwei verschiedene Personen wäre. „Hallo, Lisa", sagte er gehorsam.

Sie nickte zufrieden und kam zu ihm herunter. Sie war ungefähr gleich alt, aber einen halben Kopf größer als er und hatte strähniges, wild gekräuseltes Haar, das sie in einem halbherzigen Versuch, eine akzeptable Frisur herzustellen, zu einem Pferdeschwanz zusammengebunden hatte. Das Gesicht war schmal und hager, die leicht gekrümmte Nase war eindeutig zu groß. Selbst Amadeus, der sich zu dieser Zeit ansonst noch keine Gedanken über solche Dinge machte, ging durch den Kopf, dass sie wohl nie eine Schönheit werden würde.

„Magst du baden gehen?"

„Ich weiß nicht." Er betrachtete sorgenvoll seine große Zehe, die leicht angeschwollen war.

„Sei nicht so wehleidig. Im Wasser wird's besser." Sie zog sich das geblümte Kleid über den Kopf und hängte es über einen Strauch. Darunter trug sie einen einteiligen Badeanzug, unter dem ansatzweise weibliche Konturen zu erkennen waren. „Komm schon!"

Sie wateten gemeinsam in die Mitte des Flüsschens, wo ihnen das Wasser bis an die Brust reichte. Tiefer wurde es an dieser Stelle nicht. Das Wasser war wegen der seit Tagen anhaltenden Hitze und der geringen Fließgeschwindigkeit auch nicht all zu kalt. Sie schlug mit der flachen Hand auf die Oberfläche und spritzte ihm einen Schwall ins Gesicht.

Nachdem sie eine gute halbe Stunde herumgetobt hatten, setzten sie sich auf einen Grasfleck, um sich von der Sonne trocknen zu lassen. Es hätte ein perfekter Badenachmittag werden können, wenn sie allein geblieben wären.

Drei Halbwüchsige bummelten den Weg entlang, erblickten sie, tuschelten kurz miteinander und kamen dann näher. Amadeus kannte sie vom Sehen, war ihnen aber bisher aus dem Weg gegangen. Es entsprach nicht seiner Art, leicht Bekanntschaften zu machen und die Erfahrungen in den Straßen Wiens hatten ihn gelehrt, vorsichtig zu sein. Er gehörte zu den Kindern, die – aus Gründen, die er erst viel später verstand – Konflikte mit Gleichaltrigen geradezu anzogen und daher öfter als andere in Raufereien verwickelt wurden.

„Was machst du da?", fragte der größte von ihnen. Er redete nur Amadeus an, Lisa ignorierte er, als ob sie nicht da wäre.

„Gar nichts", antwortete Amadeus vorsichtig.

„Warst du im Wasser?"

„Wer lässt fragen?"

Der andere fühlte sich durch diese Antwort provoziert und er kam zur Sache, so wie er es ohnehin vorgehabt hatte. „Willst ein paar Watschen? Da ist das Baden verboten, überhaupt für Fremde!"

Amadeus stand auf. Sein Gegner versetzte ihm einen kräftigen Stoß gegen die Brust, so dass er sich mit einem Platsch in den Schlamm setzte. Die beiden anderen Buben grölten beifällig. Amadeus rappelte sich wieder hoch.

„Du willst dich stellen, du Depp?", schrie sein Widersacher. „Du gehst auf mich los? Na warte, ich hau dich grün und blau!"

Amadeus ging davon aus, dass er tüchtige Prügel beziehen werde – nicht zum ersten Mal in einer solchen Situation. Trotzdem hob er die Fäuste vor die Brust, um sich zu wehren, so gut es eben ging. Er hatte ohnehin Glück, wenn sie nicht zu dritt über ihn herfielen.

Der Stein traf den Rabauken so heftig an der Schulter, dass er aufschrie. Lisa hatte sich auf die Uferböschung zurückgezogen und schwang erneut den Arm.

„Bist verrückt, du Irrenhäuslerin", schrie der Angreifer und wich einen Schritt zurück. „Verschwind von da! Was hast du denn mit dem Fremden zu tun?"

Sie schleuderte ohne Vorwarnung den nächsten Stein. Er traf den Burschen an der Lippe, die sofort aufplatzte und zu bluten begann.

Gleichzeitig öffnete Lisa den Mund und ein Schwall obszöner Beschimpfungen ergoss sich über die drei Buben. Amadeus hatte die Hälfte dieser ungeheuerlichen Ausdrücke noch nie gehört, die andere Hälfte, deren Sinn er verstand, trieb ihm die Röte ins Gesicht.

Lisa bückte sich und raffte ein paar weitere scharfkantige Steine auf.

„Das sag ich meinem Vater", heulte der Verletzte. „Der sagt es deinem Vater. Du wirst schon sehen, was du davon hast." Der nächste Stein verfehlte nur haarscharf sein Gesicht. Er drehte sich um und rannte davon. Seine beiden Begleiter folgten ihm. Sie hatten ohnehin nur zusehen wollen.

Lisa schleuderte den Flüchtenden noch zwei Steine hinterher und kam dann die Böschung herunter. „Warum bist du nicht weggerannt?"

„Weil ich nicht schnell genug gewesen wäre", sagte er wahrheitsgemäß. „Wenn sie dich vorher jagen, verprügeln sie dich dann umso ärger. Das ist so, als ob du vor einem wütenden Hund davonrennst."

„Ich verstehe. Du bist also nicht tapfer, sondern bloß schlau."

„Wahrscheinlich, obwohl ich gar nicht in solche Situationen käme, wenn ich wirklich schlau wäre. Danke für deine Hilfe. Hoffentlich bekommst du keinen Ärger."

„Heute bekomme ich wahrscheinlich ohnehin Schläge", sagte sie gleichgültig. „Da ist es egal wofür."

„Was meinst du?"

„Ich sagte, heute bekomme ich wieder Schläge. Von meinem Stiefvater. Er verprügelt mich gelegentlich, damit ich mich bessere."

„Das ist ja schrecklich!" Amadeus hatte von seinem Vater noch nie Prügel bekommen. Strafweise Übersetzungen aus dem Lateinischen schon, aber keine Prügel. Das war auch nicht notwendig, denn er war, alles in allem gesehen, ein sehr fügsames Kind.

„Nicht so schlimm. Er haut nicht allzu fest zu. Es geht meistens mit ein paar blauen Flecken ab. Er ist ja auch nicht mein richtiger Vater. Meine Mutter hat mich in die Ehe mitgebracht. Wie sie gestorben ist, hat er bald wieder geheiratet. Ich muss froh sein, dass er und seine neue Frau mich behalten haben. Sonst wäre ich in ein Heim gekommen."

Amadeus schüttelte verwirrt den Kopf. „Kommst du morgen wieder her?"

Sie sah ihn aufmerksam an. „Wenn du willst ... Ich bin nach dem Essen da, falls er mich raus lässt und nicht zur Strafe einsperrt."

„Ich werde auch kommen. Hoffentlich laufe ich den drei von vorhin nicht wieder über den Weg."

„Da brauchst du keine Angst haben. Sie wissen jetzt, dass ich zu dir halte. Sie werden dir ausweichen. Sie fürchten sich vor mir. Das tun die meisten Kinder, überhaupt seit ich in dieser Klinik war, weil meine Stiefmutter gesagt hat, sie sorgt sich, dass ich noch einmal jemanden umbringe oder sonst etwas Schreckliches anstelle."

Sie nickte ihm freundlich zu, legte die Hand auf den Bauch, um zu prüfen, ob ihr Badeanzug schon trocken war und schlüpfte wieder in ihr Kleid. Er sah ihr nach wie sie davonrannte.

Kapitel 3: Jetzt

Amadeus nahm den Brief wieder auf und las den Absender ‚Charlotte Schmied'.

„Was hast du mit der Lisa gemacht?", flüsterte er. „Ist sie noch da? Oder bist du jetzt nur mehr die brave Lotte, die sich sogar zu einer Charlotte gemausert hat?"

Er versuchte sich vorzustellen, wie sie jetzt aussehen mochte: Kein Mädchen von zwölf, dreizehn Jahren, sondern eine Frau Mitte dreißig. Es wollte ihm nicht recht gelingen. Er sah immer nur das magere Geschöpf mit den großen grauen Augen und den unbändigen Haaren vor sich. Ein vages Gefühl von Melancholie und Zuneigung erfüllte ihn als Nachhall kindlicher Verliebtheit. „Die Jahre vergehen so rasch", dachte er. „Sie wohnt kaum zwei Stunden entfernt und es wäre ein Leichtes gewesen, wieder Kontakt mit ihr aufzunehmen, aber ich habe es nicht getan." Das Leben hatte ihn auf rascher Bahn mit sich getragen und die Erinnerung an sie verblassen lassen, obwohl sie nie völlig aus seinen Gedanken verschwunden war. Wie es wohl gekommen wäre, wenn ihre Bekanntschaft nicht so plötzlich abgerissen wäre?

Er seufzte, stand auf und ging zur Tür. Auf halbem Weg hielt er inne und blieb eine Weile mit nachdenklich gesenktem Kopf stehen. Dann öffnete er den Tresor an der Wand seines Zimmers, nahm eine Pistole heraus und steckte sie zu sich.

Als er die Tür aufriss, drückte Doris rasch eine Taste an ihrem Computer. Das Schreibprogramm, mit dem sie sich beschäftigt hatte, verschwand und wie durch Zauberhand erschien auf dem Bildschirm ein Ausschnitt aus der Firmenbuchhaltung, den sie konzentriert studierte. Er tat, als ob er nichts gemerkt hätte.

Richard saß in seinem Zimmer, hatte die Füße auf den Schreibtisch gelegt und betrachtete die Bilder in einem Herrenmagazin.

„Ich würde mir gern frei nehmen, ein paar Tage höchstens."

„Geht klar", sagte Richard. „Das letzte Mal habe ohnehin ich blau gemacht. Erfahrungsgemäß dauert es jetzt wieder ein oder zwei Wochen, bis wir einen fetten Auftrag hereinbekommen. Ich halte inzwischen die Stellung. Kann ich dich erreichen, wenn sich etwas ergibt?"

„Ja sicher. Ich fahre nach Grafenhotter. Das ist zwei Stunden von Wien entfernt. Ich kann jederzeit wieder da sein."

„Grafenhotter? Was ist denn dort?"

„Es ist ein kleines Nest in der Nähe von Krems, wo ich einmal als Kind die Ferien verbracht habe. Ich will eine Freundin aus dieser Zeit besuchen."

„Aha, der Brief von heute Morgen", mutmaßte Richard. „Der ist aus Grafenhotter gekommen. Eine Jugendliebe?"

„Wahrscheinlich kann man es so nennen. Sie war ein sonderbares Mädchen. Die Bekanntschaft mit ihr war jedenfalls sehr aufregend und in mancherlei Hinsicht nicht ungefährlich. Jetzt hat sie sich nach fünfundzwanzig Jahren wieder gemeldet. Ich will einfach nur wissen, warum."

„Nimm deine Pistole mit", riet Richard und versenkte sich wieder in sein Magazin.

„Ich vergönne mir ein paar Tage Freizeit", informierte Amadeus auch Doris. Sie hätte am liebsten gesagt, dass er ihr mit seinen stinkenden Zigaretten nicht abgehen werde, aber sie tat es nicht, weil sie auf den Job angewiesen war. Also sagte sie bloß mit falscher Freundlichkeit: „Schönen Urlaub, Chef."

Es war wenig Verkehr und er kam flott voran. Nach etwa zwei Stunden begann er die Gegend wiederzuerkennen. Bei einer Raststation legte er einen Stop ein und vergönnte sich ein Mittagessen in Form einer fetten Burenwurst. Dann hielt er Ausschau nach einer Abzweigung, die unter einer kleinen Brücke durchführte und sonst nur von landwirtschaftlichen Fuhrwerken benutzt wurde. Als er sie gefunden hatte und abbog, geriet sein Navigationsgerät, das ihn gerne noch eine Weile auf den Bundesstraßen im Kreis geführt hätte, in helle Aufregung. Es erklärte entschieden, er sei falsch abgebogen und befahl ihm, ehestens wieder umzukehren. Er achtete nicht auf das Gezeter, auch nicht auf die sinnlosen Vorschläge, die ihm das Gerät dann unterbreitete und dabei immer mehr in Verwirrung geriet. Erst als er den Ortsanfang von Grafenhotter erreichte, beruhigte sich das störrische Ding und erklärte selbstzufrieden, er habe jetzt sein Ziel erreicht.

Geografisch stimmte das auch, gefühlsmäßig allerdings nicht. Er hatte nämlich ein Déjà-vu-Erlebnis erwartet, das ihn in die Zeit seiner Kindheit zurückversetzen werde. Nichts dergleichen geschah. Der Ort hatte sich in einem Vierteljahrhundert durch eine rege Bautätigkeit und einen bescheidenen touristischen Aufschwung entscheidend verändert. Erst als er sich der Ortsmitte näherte, erkannte er einzelne Häuser wieder, die frisch renoviert und teilweise umgebaut, in neuem Glanz erstrahlten. Das Haus der verstorbenen Tante Maria war verschwunden und hatte einem Fertigteilhaus Platz gemacht. Das wunderte ihn nicht, denn es war schon seinerzeit mehr als heruntergekommen gewesen. Unweit der Kirche war die Werkstatt des alten Schmied gewesen. Er hatte dort einen Landmaschinenhandel und eine Schlosserei betrieben. Das Haus stand noch, hatte sich aber gleichfalls verändert. Er parkte sein Auto auf der gegenüberliegenden Straßenseite und ging hinüber. Über dem Eingang prangte ein Schild: ‚*Charlotte Schmied, Kunstschlosserei und Kunsthandwerk*'. In der Auslage waren verschnörkelte Probestücke von eisernen Toren, Zäunen und Geländern ausgelegt. Daneben gab es Metallskulpturen aller Art, Figuren aus Metallstücken und Blech, sehr hübsch und ein wenig kitschig. Es waren aber auch abstrakte Objekte da, die man als moderne Kunstwerke bezeichnen konnte. Nachdem er sich sattgesehen und immer wieder bewundernd den Kopf geschüttelt hatte, ignorierte er das Geschlossen-Schild und drückte versuchsweise gegen die Tür. Zu seiner Überraschung ging sie auf. Eine Glocke, die an einer Metallfeder über der Tür angebracht war, gab ein melodisches Klingeln von sich. Der Innenraum, es handelte sich um die ehemalige Werkstatt des alten Schmied, war zu einem Ausstellungsraum umgestaltet worden, wo noch mehr Metallobjekte präsentiert wurden. Er rief einige Male „Hallo" und ging dann, weil niemand antwortete, weiter. Den Weg kannte er noch immer. Ein kurzer Gang führte ihn in den ehemaligen Verkaufsraum für Landwirtschaftsmaschinen, der zu einem Atelier umgebaut worden war. Mit dem Rücken zu ihm stand eine Gestalt in blauer Schlossermontur und schweißte an einem Metallgestell. Glühende Metallteile stiegen wie kleine feurige Sterne empor und erloschen.

„Hallo Lisa", sagte er halblaut. „Ich bin zurückgekommen."

Ein Funkenregen stob empor. Er konnte deutlich sehen, wie sich ihr Rücken versteifte. Dann wandte sie sich langsam um. Der Schweißbrenner in ihrer Hand spie fauchend eine bläuliche Flamme aus. Ihre Augen waren von einer Schweißbrille verborgen. Ohne ein Wort zu sagen, drehte sie die Flamme ab und steckte den Brenner in einen wassergefüllten Kübel. Zischend stieg ein Dampfwölkchen auf. Jetzt erst sprach sie: „Ich habe gar nicht erwartet, dass du mir auf meinen Brief antworten wirst; noch weniger, dass du so rasch selber kommst." Sie nahm die Brille ab. Das Halteband hatte rote Streifen auf ihre Schläfen gezeichnet. Ihre Augen waren noch immer groß und grau. Ihre Stimme war dunkel mit einem metallischen Unterton.

„Ich dachte, es sei dringend."

„Dringend? Habe ich diesen Eindruck erweckt? Ich wollte dich nicht beunruhigen, aber es ist trotzdem schön, dich zu sehen. Ich ziehe mich nur rasch um, dann können wir reden."

Sie forderte ihn weder auf hinauszugehen, noch ging sie selber hinaus. Mit einer sicheren Bewegung zog sie den Reißverschluss der Schlossermontur auf und stieg heraus. Darunter trug sie nur ein Höschen und einen Büstenhalter. Die Jahre waren gut zu ihr gewesen. Ihr Gesicht war runder geworden und hatte die hagere Schärfe ihrer Mädchenzeit verloren. Ihre Figur war straff und kräftig, die Arme ließen deutlich ausgeprägte Muskeln erkennen. „Das kommt von der Schmiedearbeit", dachte er. Lediglich ihre Haare hatten sich nicht verändert. Sie waren noch immer strähnig und ungebärdet gekräuselt, aber immerhin kurz geschnitten.

„Du schaust gut aus", meinte er und dachte gleichzeitig, dass man das von ihm wahrscheinlich nicht sagen konnte.

„Danke. Es geht so, jedenfalls im Vergleich zu früher." Sie schlüpfte in ein leichtes Sommerkleid und wusch sich die Hände in einem kleinen Becken. „Komm, lass uns auf die Terrasse gehen."

Die Terrasse war neu. Sie ging auf den Garten hinter dem Haus hinaus und öffnete den Blick auf gepflegte Beete, in denen Blumen in allen Farben leuchteten. Das war auch neu. Der alte Schmied hatte von derlei nutzlosem Zeug nichts gehalten.

„Schön hast du es hier."

„Geht so; jedenfalls im Vergleich zu früher", wiederholte sie und grinste. Sie streckte spontan die Hand aus. „Willkommen in Grafenhotter." Ihre Hand war hart und schwielig, der Druck so kräftig, dass es ihm fast weh tat. „Was darf ich dir anbieten? Etwas zu trinken?"

„Kaffee wäre gut."

„Kommt sofort." Sie hantierte an einer Espressomaschine und stellte eine Tasse vor ihn auf den Tisch. „Zucker, Milch?"

„Beides, aber nur wenig."

Er nahm seine Zigaretten aus der Tasche und steckte sie gleich wieder ein.

„Du kannst ruhig rauchen", sagte sie amüsiert und holte einen Aschenbecher hervor. „Mich stört es nicht. Ich bin den Rauch des Schmiedefeuers gewohnt." Sie lachte. Ihr Lachen war fröhlich und klingelte, wie wenn man einen leichten Hammer auf einen Ambos prallen lässt.

Er öffnete den Mund, aber sie erahnte seine Absicht und kam ihm zuvor. „Jetzt erzähl schon. Wie ist es dir all die Jahre ergangen? Was machst du beruflich?"

„Ich arbeite für Versicherungen."

„Bist du Vertreter?"

„Nein. Ich habe eine eigene Firma und führe Ermittlungen für Versicherungen durch. Wenn eine Versicherung bei einem größeren Schadensfall den Verdacht hat, dass etwas nicht mit rechten Dingen zugegangen ist, beauftragt sie mich damit, die Wahrheit herauszufinden."

„Damit sie nicht zahlen müssen?"

„Darauf läuft es hinaus, aber natürlich nur, wenn wirklich Betrug vorliegt. Manchmal suche ich auch wertvolle Objekte, die gestohlen wurden."

„Du bist also eine Art Detektiv? Das hätte ich nicht gedacht. Aber du hast ja schon als Bub immer Detektivgeschichten gelesen. Kann man davon gut leben?"

„Es geht so. Die Versicherung zahlt ein Pauschale und die Spesen. Richtig lukrativ wird es nur dann, wenn sie auf Grund meiner Erhebungen nicht leisten müssen. In diesem Fall bekomme ich zusätzlich einen gewissen Prozentsatz von der eingesparten Versicherungssumme."

„Dann kannst du also deine Familie ordentlich versorgen?"

„Alle Frauen stellen diese Frage", dachte er. „Sie wollen wissen, ob du noch zu haben bist, unabhängig davon, ob sie überhaupt an dir interessiert sind."

„Ich habe keine Familie. Ich habe keine Kinder und ich bin geschieden."

„Weil sie dich nicht geliebt hat? Oder war es deine Schuld?"

„Ich weiß nicht. Der Richter war der Meinung, dass es ihre Schuld war. Wahrscheinlich hat sie sich bloß mit mir gelangweilt. Eines Tages ist sie mit einem Piloten, eigentlich war er nur Copilot, durchgebrannt."

„Langweilig warst du damals auch ein bisschen." Sie meinte die kurze Zeit ihrer Bekanntschaft. „Und außerdem schüchtern. Hat sich das geändert?"

„Nicht sehr", antwortete er selbstkritisch. „Aber ich kann mich jetzt viel besser verstellen, damit es nicht so auffällt. Nun bist aber du dran. Erzähl, was du die letzten fünfundzwanzig Jahre gemacht hast."

„Da gibt es nicht viel zu erzählen. Nach dem Sommer mit dir ist mein Leben irgendwie und ohne dass ich viel dazu beigetragen habe, in geordnete Bahnen geraten, wie man so schön sagt. Mein Stiefvater hat nach einiger Zeit aufgehört, mich zu prügeln und war der Meinung, dass ich mich am besten mit Hammer und Feuer abreagieren soll; das werde mir die Flausen schon austreiben. Er hat mich also nach der Schule in die Lehre genommen und zur allgemeinen Überraschung ist eine brauchbare Schlosserin aus mir geworden. Nachdem er sich von meiner Stiefmutter scheiden hat lassen, bin ich der einzige Mensch gewesen, den er gehabt hat. Er hat begonnen, mich als Nachfolgerin für seinen Betrieb anzusehen. Wir haben uns in den letzten Jahren ganz gut verstanden. Ein paar Tage nachdem ich die Meisterprüfung abgelegt hatte, hat er sich einfach hingelegt und ist zufrieden gestorben. Der alte Schmied war am Ende doch kein so übler Kerl. Er hat mir das alles hier vermacht und du siehst ja, was ich daraus gemacht habe."

„Ja, das ist wirklich beeindruckend. Sag, bist du verheiratet?"

„Gott bewahre, nein! Ich hatte einmal einen Kerl, mit dem ich zusammengelebt habe, aber der hat mich regelmäßig geohrfeigt, wenn er schlecht aufgelegt war."

„Das hast du dir gefallen lassen? Gerade du? Das kann ich nicht glauben!"
„Glaub es ruhig. Damals war ich ganz das brave Lottchen, das nichts Böses mehr tun wollte. Natürlich ist es auf die Dauer nicht gut gegangen. Eines Tages ist die böse Lisa in mir durchgekommen und ich habe zurückgeschlagen. Weißt du, wenn man den ganzen Tag in der Werkstatt arbeitet, bekommt man einen recht kräftigen Schlag. Er hat mich mit einer gebrochenen Nase verlassen und meidet mich seither wie die Pest."
„Du spielst noch immer das Spiel mit der Lisa und der Lotte? Wie soll ich dich denn nun nennen?"
„Ich weiß gar nicht ob es nur ein Spiel ist. Sag ruhig Lisa zu mir, um der alten Zeiten willen. Was willst du jetzt machen? Bleibst du noch ein paar Tage?"
„Ich denke schon."
„Das freut mich. Du kannst bei mir wohnen, wenn du willst. Schau nicht so verdattert. Ich habe zwei Fremdenzimmer, ganz vorschriftsmäßig beim Fremdenverkehrsverband registriert. Du musst nur einen Meldezettel ausfüllen und alles hat seine Ordnung. Willst du? Fein! Dann richte ich dir später dein Zimmer her. Jetzt muss ich aber in die Werkstatt zurück. Der Auftrag muss morgen fertig sein. Am Abend können wir dann weiterreden. Was wirst du inzwischen machen?"
„Ich werde mich ein wenig in der Ortschaft umsehen."
„Tu das. Bis später also." Sie trat an ihn heran und küsste ihn auf beide Wangen. Dann wich sie vor ihm zurück. „Was hast du da Hartes unter deiner Jacke?"
„Meine Pistole. Ich dachte, ich brauche sie vielleicht."
„Nein, nein, hier wirst du sie sicher nicht brauchen!"
„Lisa", sagte er ernst. „Warum hast du mich kommen lassen? Erzähl mir nicht, das sei einfach nur eine Laune gewesen, nach all den Jahren und obwohl du aufgehört hast, mir zurückzuschreiben. Ist es wegen damals ... ?"
„Ich weiß nicht. Ich habe nicht gedacht, dass du so rasch kommen wirst. Gib mir Zeit zum Nachdenken, ja? Bitte!" Sie lief ihm regelrecht davon.
Er ging zum Fluss hinunter, wo früher die Pferdeschwemme gewesen war. Jetzt war sie verschwunden. Man hatte die kleine Bucht aufgeschüttet und den

Flusslauf begradigt. Dort wo er seinerzeit auf sie gewartet hatte, stand eine Bank, gewidmet vom Fremdenverkehrsverband, den geschätzten Gästen. Das Schild mit dem Badeverbot war verschwunden. Er setzte sich nieder und starrte in die braunen Fluten, so wie er es auch in jenem Sommer getan hatte.

Kapitel 4: Damals

Er saß am Flussufer und starrte in die braunen Fluten. Die Uhr am Kirchturm hatte dreimal geschlagen. Sie hätte längst kommen müssen. Wahrscheinlich war sie zu Hausarrest verdonnert worden. Als er sich bereits dazu durchgerungen hatte, wieder nach Hause zu gehen, kam sie doch noch.
„Hast du lange auf mich gewartet?"
„Eine Weile. Wie geht es dir? Hast du Prügel bekommen?"
„Nein. Er hat furchtbar geschrieen, er haut mich windelweich, aber dann hat er es doch nicht getan. Er lässt nach, kommt mir vor. Zur Strafe habe ich bloß die Werkstatt aufräumen müssen. Ich bin erst jetzt fertig geworden."
„Willst du baden gehen?"
Sie sah ihn grübelnd an. „Nein, ich glaube nicht. Komm mit."
Sie zogen sich die Schuhe von den Füßen und wateten am Ufer entlang, bis sie einen Platz erreicht hatten, an dem sich dicht belaubte Zweige zu einer kleinen Höhle wölbten.
„Ich sitze oft da und denke nach. Hier findet mich niemand."
„Aha", sagte er und setzte sich vorsichtig auf eine Baumwurzel. „Und was machen wir da? Nachdenken?"
„Nein, wir tauschen Geheimnisse. Hast du ein Geheimnis, das mir gefallen könnte?"
Er dachte nach, aber es wollte ihm nichts Rechtes einfallen. „Ich lese Kriminalromane", gestand er schließlich, „obwohl es mein Vater verboten hat."
„Das ist aber nichts Besonderes, oder? Dafür kannst du kein Geheimnis von mir bekommen. Hast du nichts Besseres?"
Er versuchte es nochmals. „Ich bade an Stellen, wo es verboten ist und ich habe eine Birne gestohlen, gestern erst."
„Stehlen ist schon ganz gut. Aber wenn es nur eine Birne ist, brauchen wir gar nicht darüber reden. Hast du kein richtig schlimmes Geheimnis?"
Er war bisher recht behütet aufgewachsen und das, was man ein braves, unproblematisches Kind nennen konnte. Er hatte nämlich die für ihn

selbstverständliche Neigung, Regeln zu befolgen. Selbst die unbeobachtete Übertretung eines Badeverbotes verursachte ihm Gewissensbisse. „Ich glaube nicht", sagte er verzagt.

„Da müssen wir etwas dagegen tun." Sie deutete auf seine Hose. „Zeig mir dein Ding!"

Er war empört. „Das gehört sich nicht. Das tu ich nicht."

„Würdest du jemandem davon erzählen, dass du einem Mädchen dein Ding gezeigt hast?"

„Natürlich nicht. Da müsste ich mich ja genieren."

„Eben. Deswegen ist es auch ein Geheimnis. Jetzt mach schon, oder traust du dich nicht? Ich werde nur schauen, sonst nichts, versprochen.

Er gab sich einen Ruck und tat, was sie verlangt hatte. Die Röte stieg ihm dabei brennend über die Ohren. Sie sah ihm grinsend zu. Er hatte den Eindruck, dass sie sich mehr an seiner Verlegenheit weidete, als dass sie an dem interessiert war, was er ihr zeigte.

„Ist gut. Du kannst es wieder wegstecken. Jetzt hast du auch ein ordentliches Geheimnis."

Er befolgte eilig ihre Aufforderung. „Was für ein Geheimnis bekomme ich dafür von dir?"

„Du darfst es aber niemandem sagen. Schwörst du das?" Sie spuckte sich in die Handfläche und streckte sie ihm entgegen. Er tat es ihr nach und sie schüttelten sich feierlich die Hände. „Nicht abwaschen", befahl sie, als er die Hand nach der Wasseroberfläche ausstreckte. „Das muss jetzt eine Weile dran bleiben, damit es wirkt. Ich gehe in Häuser."

„Was tust du? In Häuser gehen? Was ist daran so besonderes?"

„Ich gehe in Häuser, in denen ich nicht sein dürfte; heimlich, wenn keiner dort ist, ohne dass es jemand merkt."

„Das verstehe ich nicht."

„Es ist ganz einfach. Ich schleiche in die Kirche, wenn sie geschlossen ist, oder ins Postamt, in das alte Herrenhaus, oder in die Schule. Solche Sachen eben."

„Was tust du denn da? Klaust du etwas? Machst du etwas kaputt?"

„Aber nein! Das wäre ganz falsch. Dann würden sie ja merken, dass jemand da war. Die Kunst besteht darin, hineinzukommen, ohne dass es jemand merkt, weil ja meistens zugeschlossen ist. Aber es gibt immer ein Schlupfloch, an das keiner gedacht hat."

„Was machst du beispielsweise in der Kirche?"

„Die Kirche ist ganz anders, wenn sie leer ist, wenn es dunkel wird und nur das ewige Licht brennt. Ich gehe dann herum, schau mir alles an, steige auf den Chor hinauf und schaue ins Kirchenschiff hinunter. Einmal war ich sogar bei den Glocken oben im Turm. Manchmal setzte ich mich auch in den Beichtstuhl, dort wo sonst der Pfarrer sitzt, und überlege mir, welche Sünden die Leute begangen haben."

„Eigenartig. Pass bloß auf, dass du nicht erwischt wirst."

„Keine Angst, ich bin vorsichtig. Unlängst war ich wieder einmal in der Schule. Das ist jetzt besonders einfach, weil sie über die Ferien garantiert leer ist. Ich bin sogar ins Zimmer des Direktors hineingekommen, obwohl es eine Weile gedauert hat, bis ich den Schlüssel gefunden habe. Der Direktor hat für jeden Schüler einen Akt. Meiner ist ziemlich dick. Willst du wissen, was drinnen steht? Ich bin überdurchschnittlich intelligent, aber meine schulischen Leistungen lassen zu wünschen übrig. Außerdem stamme ich aus ungünstigen Erziehungsverhältnissen, habe eine problematische Persönlichkeit, bin verhaltensgestört und es besteht der Verdacht einer psychischen Erkrankung. Wie findest du das?"

„Ein bisschen komisch bist du schon."

„Finde ich gar nicht. Ich kenne ein paar Mädchen, die hätten noch ganz andere Dinge mit dir angestellt, als sich nur dein Ding angeschaut. Das kannst du mir ruhig glauben. Ich habe es selber gesehen."

Er begann sich unbehaglich zu fühlen. „Gehen wir wieder", schlug er vor. „Ich kauf dir im Laden ein Eis."

„Lieber nicht. Er ändert das Ablaufdatum, wenn es soweit ist. Da bin ich auch draufgekommen, wie ich ein paar Mal heimlich drinnen war. Ich hätte Angst, dass ich von seinem Eis Bauchweh bekomme. Weißt du was? Ich glaube, ich muss dich mitnehmen, wenn ich wieder in ein Haus gehe. Am einfachsten wäre das Postamt."

„Das mache ich auf keinen Fall."

„Und warum nicht?"

„Es ist verboten."

„Hat dir jemand verboten, heimlich in ein Postamt zu gehen?"

„Das nicht gerade. Es ist ja bisher niemand auf die Idee gekommen, dass ich so etwas machen könnte."

„Woher willst du dann wissen, dass es verboten ist?"

„So etwas weiß man eben. Stell dir vor, wir werden erwischt!"

„Was bist du bloß für ein langweiliger Kerl. Du bist ein richtiger Traumichnicht. Mit dir ist einfach nichts anzufangen."

Ihre großen Augen hielten ihn gefangen. „Also gut", erklärte er spontan und ohne dass er es wirklich gewollt hätte. „Ich geh mit, aber nur einmal. Wann soll es sein?"

Die Turmuhr schlug viermal. „Jetzt gleich, bevor du es dir anders überlegst. Heute ist Samstag, da ist das Postamt den ganzen Tag geschlossen. Komm schon!"

Sie führte ihn durch einige Gassen, bis sie an einen verwilderten Garten kamen. Der Maschenzaun war desolat und wies Lücken auf. Sie kannte eine Stelle, wo zwei Kinder ohne Schwierigkeiten durchschlüpfen konnten. „Runter jetzt", befahl sie. „Du musst wie ein Indianer durch die Büsche schleichen, damit wir von den Nachbargärten nicht gesehen werden können."

Er zerkratzte sich die Knie und machte unangenehme Bekanntschaft mit Brennnesseln und dornigen Gewächsen, aber er hielt durch. Ihr schien das alles nichts auszumachen. Schließlich erreichten sie den hinteren Teil eines Gebäudes, an den ein hölzerner Schuppen angebaut war. Sie drehte ein loses Brett beiseite und ließ ihn durchschlüpfen. In einer Ecke waren Kohlen gelagert, die Kohlenluke zum Hauptgebäude war offen, ebenso ein zweites Kellerfenster. „Dort hinunter", befahl sie. „Es ist nicht tief. Unter dem Fenster steht ein leeres Fass. Da kannst du bequem draufsteigen." Er folgte ihr und sah sich in dem mit Gerümpel angefüllten Raum um. „Wo sind wir hier?"

„Im Keller des Postamtes. Ab jetzt ist es leicht. Die Türen sind alle offen."

Sie stiegen eine Treppe hoch, kamen an einem Abort vorbei und betraten schließlich das eigentliche Postamt. Durch vergitterte Fenster fiel Licht in den Raum. Sie schnupperte. „Hier riecht es interessant, findest du nicht? So amtlich, nach Papier, Stempeln und Bodenpolitur. Verändere nichts. Wir dürfen keine Spuren hinterlassen."

Sie ging in den hinteren Teil des Raumes, öffnete einen ausrangierten Schreibtisch und griff tief hinein. „Da hat die Postlerin ihr Tagebuch versteckt. Ich frage mich, ob wirklich alles wahr ist, was sie aufschreibt. Wenn ja, ist sie eine ziemliche Sau. Das ist sie aber auf jeden Fall, auch wenn sie sich solche Dinge nur ausdenkt. Lass uns sehen, was es Neues gibt."

Sie zerrte ein dickes, schwarz gebundenes und sehr amtlich aussehendes Buch hervor und begann darin den letzten Eintrag zu suchen. In diesem Augenblick wurde an der Vordertür hantiert. Die beiden erstarrten. „Wer ist das", flüsterte Amadeus verschreckt.

„Scheiße. Das ist die Postlerin. Nur sie hat einen Schlüssel, soviel ich weiß."

„Wir müssen fort."

„Zu spät. Leg dich flach auf den Boden."

Die Tür zum Vorraum schwang auf und mehrere Personen kamen herein. Amadeus konnte nichts sehen, weil ihm ein Paketwagen die Sicht versperrte. Er presste sich eng an den Boden, atmete den betäubenden Duft der Bodenpolitur ein und stellte sich vor, er wäre unsichtbar. Lisa drängte sich eng an ihn. Die Ankömmlinge waren in bester Stimmung. Sie lachten, tauschten anzügliche Scherze aus und tranken Schnaps. Amadeus merkte das an dem Geruch, der sich im Raum verbreitete. Es waren vier Personen, zwei Frauen und zwei Männer, das konnte er an den Stimmen erkennen. Die Frauen kreischten ein paar Mal auf, dann wurden die Stimmen leiser und gingen in ein Flüstern und Stöhnen über. Amadeus hielt die Augen fest geschlossen, konnte aber den Bildern, die sich sein Gehirn zu den eindeutigen Geräuschen ausdachte, nicht entkommen. Nach einer Weile wurde es ruhiger. Leises Gelächter war zu hören und eine Männerstimme sagte: „Bäumchentauschen ist angesagt!" Wiederum erfüllte rhythmisches Stoßen und Stöhnen den Raum. Amadeus kam es wie eine Ewigkeit vor. Lisa hatte ihn an der Hand genommen. Ihre Handfläche war von Schweiß klatschnass. Schließlich war die Sache zu Ende. Die Gespräche wurden wieder in normaler Lautstärke geführt. Eine Frauenstimme sagte: „Seid ihr jetzt zufrieden? So etwas kann euch kein Schulmädchen bieten, ihr geilen Schwänze." Alle lachten. Schritte entfernten sich, die Tür fiel ins Schloss, ein Schlüssel wurde umgedreht, es wurde still. Amadeus setzte sich zitternd auf.

„Das war knapp", sagte Lisa. „Es stimmt also wirklich alles, was sie aufschreibt. Ich hätte bloß nicht gedacht, dass sie es auch im Amtsraum treibt." Sie schob das Tagebuch wieder in sein Versteck zurück.

„Wer waren diese Leute?"

„Die Postlerin, Anna Schwegler heißt sie, die Handarbeitslehrerin aus der Schule, Friedl Potzhuber, der Turnlehrer, Max Viehgruber, und der Schulwart Maier. Lauter ordentliche Leute, die den Kindern sagen, was sich gehört und was nicht. Da schaust du, was?"

„Es war ekelhaft."

„Das machen die Erwachsenen so. Du wirst es auch so machen, in ein paar Jahren."

„Und du?"

„Ich sicher nicht", sagte sie mit Überzeugung. „Jedenfalls nicht so, wie diese Schweine. Verschwinden wir von hier."

Nach wenigen Minuten standen sie wieder am Flussufer. Ein neuer Gedanke war ihm gekommen. „Ist das eigentlich nicht recht gefährlich, was du treibst? Ich meine, du schnüffelst herum und kennst sicher eine Menge Geheimnisse, die nicht bekannt werden sollen. So wie zum Beispiel die Geschichte von vorhin, oder das Tagebuch der Postlerin. Hast du keine Angst, dass dich einmal einer erwischt und dir den Kragen umdreht, nur damit du nicht ausplaudern kannst, was du gesehen hast?" Sein Studium unzähliger Kriminalromane trug unverkennbar Früchte.

Sie war auf diesen Gedanken noch gar nicht gekommen. „Da ist etwas dran", meinte sie zögernd. „Du bist ein schlauer Kerl und du hast dich gut gehalten, heute. Ich glaube, mein früherer Freund hätte das nicht so gut hinbekommen."

„Dein früherer Freund?"

Es tat ihr leid, dass sie es gesagt hatte, aber sie wollte ihn nicht anlügen. „Bevor du gekommen bist, bin ich mit einem anderen herumgezogen. Das ist jetzt aber vorbei."

„Warum ist es vorbei?"

Das Thema war ihr sichtlich unangenehm. „Er ist zudringlich geworden. Er hat mir sein Ding – du weißt schon – gezeigt und wollte mir unter den Rock greifen. Da habe ich ihn stehen lassen."

„Aber du wolltest doch auch meines ... " Er verhaspelte sich und wusste nicht weiter.

„Bei dir ist das etwas anderes. Du wirst sicher nicht zudringlich. Da bestimme ich, was geschieht, und du tust nur das, was ich dir sage."

„Ach so ist das", sagte er verletzt. „Du glaubst, du kannst mit mir machen, was du willst. Da irrst du dich aber. Mich kommandiert kein Mädchen herum! Ich gehe jetzt nach Hause."

„Wann sehen wir uns wieder?", schrie sie ihm nach, aber er tat als ob er sie nicht gehört hätte.

Kapitel 5: Jetzt

Ein Hämmern riss ihn in die Gegenwart zurück. Er musste kurz eingenickt sein. „Entschuldigen Sie die Störung", sagte eine Frau. „Ich schaffe es einfach nicht, das Ding festzunageln." Sie war etwa fünfzig Jahre alt, mollig und hatte ein freundliches, mütterliches Gesicht. Sie versuchte ein Schild, auf dem ‚Zum Sportplatz' stand, an einem Holzmast zu befestigen.

Er stand von seiner Bank auf. „Darf ich helfen?"

Sie überließ ihm bereitwillig ihren Hammer. Mit ein paar kräftigen Schlägen fixierte er das Schild.

„Das ist sehr freundlich von Ihnen, junger Mann. Sie kommen mir bekannt vor. Kann das sein?"

„Da müssten Sie schon ein sehr gutes Personengedächtnis haben. Ich habe vor vielen Jahren in den Ferien bei der Maria Heinrich, meiner Tante gewohnt."

Ein Lächeln überzog ihr Gesicht. „Aber natürlich! Personengedächtnis ist meine Stärke. Das brauche ich als Lehrerin. Friedl Potzhuber ist mein Name. Erinnern Sie sich?"

„Dunkel", murmelte er und schüttelte die Hand, die ihm entgegengestreckt wurde. „Heinrich, Amadeus Heinrich; sehr erfreut."

„Ich erinnere mich noch recht gut an Sie." Sie war sichtlich stolz auf ihr Personengedächtnis. „Sie sind immer mit unserer Künstlerin, der Lieselotte Schmied zusammengesteckt. Damals war sie natürlich noch keine Künstlerin, sondern nur ein ungezogenes Kind, liebenswert, aber sehr ungezogen. Haben Sie die Lieselotte schon gesehen?"

„Ich wohne bei ihr. Ich möchte ein paar Tage Ferien machen."

„Wie schön. Unser Ort hat sich in den letzten Jahren gemausert. Es wird Ihnen hier gefallen. Ich bin die Vorsitzende des Verschönerungsvereines und da kommt auch schon meine rechte Hand." Sie wandte sich an eine Frau, die mit einer leeren Blumenkiste angetrabt kam. „Wer denkst du ist das, meine Liebe? Ein verloren geglaubter Sohn unseres schönen Ortes ist zurückgekehrt, könnte man sagen. Der Neffe von der Maria Heinrich, seligen Angedenkens." Sie sprach wieder Amadeus an. „Erinnern Sie sich? Das ist unsere ehemalige Postamtsleiterin und nunmehr Gattin unseres geschätzten Fleischermeisters."

„Wie es der Zufall will, habe ich eben an Sie gedacht", sagte Amadeus. „Das Postamt war ja nur zwei Häuser von unserem entfernt. Frau Schwegler, nicht wahr?"

„Seit meiner Heirat heiße ich Grießler." Sie war vor fünfundzwanzig Jahren eine hübsche aparte Person gewesen. Jetzt war sie nur mehr fett und starrte ihn aus kleinen Schweinsäuglein an. „Sie passt gut zu einem Fleischermeister", kam es ihm in den Sinn.

„Was wollen Sie denn hier?" Sie machte die blumige Freundlichkeit der Lehrerin durch ihren unfreundlichen Missmut wieder wett.

„Ich mache hier Urlaub."

„Aha, warum auch nicht. Komm jetzt, Friederike. Wir haben noch eine Menge zu tun." Die beiden Frauen entfernten sich. Die Lehrerin drehte sich um und zwinkerte ihm zu. Die ehemalige Postlerin würdigte ihn keines Blickes mehr.

Die Sonne begann bereits zu sinken als er zurückbummelte. Das Postamt war auch nicht mehr da. An seiner Stelle befand sich ein Fahrradverleih.

Lisa erwartete ihn auf der Terrasse. Sie trug ein adrettes Kleid, hatte ein klein wenig Make-up aufgelegt und sogar die Haare zu einer hübschen Frisur gebändigt.

„Du schaust gut aus", erklärte er und meinte es ganz ehrlich.

Sie freute sich über das Kompliment. „Das hast du schon einmal gesagt. Wenn du es nur oft genug wiederholst, fange ich an, es sogar zu glauben. Ich lade dich zur Begrüßung zu einem Abendessen im ‚Ochsen' ein. Der Wirt heißt Erich Melk. Er ist in unserem Alter. Vielleicht erinnerst du dich an ihn. Er hat das Wirtshaus von seinem Vater übernommen."

Amadeus konnte sich nur undeutlich an einen dicklichen Jungen erinnern, der sich mit viel Geschick aus allen Streitereien zwischen den Jugendlichen des Ortes herausgehalten hatte. „Ursprünglich wollte ich ja selber etwas kochen", fuhr Lisa fort", aber da wäre wahrscheinlich nichts Ordentliches herausgekommen. Ich bin nicht so gut im Kochen."

Sie hatte im ‚Goldenen Ochsen' einen Tisch reserviert. Das Gasthaus befand sich am Ortsende und war erst unlängst renoviert worden, so dass es sich nun den Anschein gab, es sei viel älter, als es wirklich war. Die Decken machten den Eindruck uralter Gewölbe, was gewiss nicht zutraf, weil die malerischen Spitzbögen vor fünfundzwanzig Jahren noch nicht da gewesen waren. An den Fenstern schimmerten grüne Butzenglasscheiben. Die Wände des Speisesaals waren mit den Fragmenten gotischer Wandmalereien geschmückt und mit Jahreszahlen aus dem 16. Jahrhundert versehen. „Falsch und kitschig", bemerkte Lisa. „Die Wandbilder habe ich gemacht. Ich bin nämlich auch eine ganz gute Malerin, obwohl das eigentlich nicht mein Metier ist."

Die Speisekarte versprach Spezialitäten aus der Region, zubereitet von Meistern ihres Faches, ein Erlebnis für jeden Gourmet. Die Preise waren dementsprechend.

„Üblicherweise esse ich dort drüben", Lisa deutete auf eine Tür jenseits des Einganges. „Das ist die Gaststube für die Einheimischen. Der Wirt war nicht so dumm, die alteingesessene Kundschaft wegen einiger Touristen, die kommen, oder auch nicht, zu vergrämen. Dort bekommt man ordentliche Hausmannskost zu moderaten Preisen."

„Und warum essen wir nicht auch dort?"

„Die einheimischen Mannsbilder mögen es nicht, wenn sich Fremde zu ihnen gesellen. Dort sehen sie nicht einmal ihre eigenen Frauen besonders gern, noch weniger ledige Weiber. Das steht natürlich nirgends und keiner sagt es dir, aber sie lassen es dich so deutlich spüren, dass du es kein zweites Mal versuchst."

„Und du darfst hinein?"

„Ich darf. Sie brauchen mich, wenn an ihren Maschinen oder Geräten eine Reparatur durchzuführen ist. In ihren Augen bin ich weniger Frau und Künstlerin, sondern mehr der Dorfschmied, wie es hier schon immer einen gegeben hat. Deshalb sehen sie großzügig über mein minderes Geschlecht und meine künstlerischen Ambitionen hinweg."

Der Wirt trat an ihren Tisch. „Hallo, Lotte! Schön dass du uns auch wieder besuchst. Guten Abend, der Herr."

Lisa bestellte Speisen, die nicht auf der Speisekarte standen und wohl nur zum Angebot für Einheimische gehörten. Dazu ließ sie eine Flasche Grünen Veltliner bringen.

„Ich habe eine bemerkenswerte Begegnung gehabt", erzählte Amadeus. „Erinnerst du dich an den Nachmittag im Postamt?"

Sie grinste. „Du meinst, wie wir die Gruppensexpartie belauscht haben? Und ob ich mich daran erinnere. Du bist mir an diesem Tag beleidigt davongerannt."

„Ich habe die beiden Damen unten bei unserem ehemaligen Badeplatz getroffen. Die Lehrerin hat mich wiedererkannt. Es ist unglaublich, wie sich die zwei verändert haben."

„Wer weiß, wie wir in fünfundzwanzig Jahren daherkommen", entgegnete sie melancholisch. „Jetzt sind sie brav geworden, verurteilen gnadenlos jeden, der ihrer Meinung nach gegen Sitte und Anstand verstößt, und rennen durch den Ort, um ihn zu verschönern."

„So sind sie mir vorgekommen. Was ist eigentlich aus dem Lehrer geworden, der dabei war?"

„Der Max Viehgruber hat es vom Turnlehrer zum Schuldirektor gebracht. Eine Zeitlang habe ich gehofft, sie werden ihn aus dem Schuldienst hinausschmeißen, aber daraus ist nichts geworden."

„Was war denn mit ihm?"

„Er hat Nachhilfe gegeben. Am liebsten für Mädchen so um die Dreizehn. Er hat sie nach dem Unterricht, wenn sonst niemand mehr da war, ins Schulhaus bestellt und sich sehr um sie bemüht."

„Verstehe ich dich richtig? Du meinst, er hat sie belästigt?"

„Nicht nur das. Zwei oder drei hat er auch richtig missbraucht."

„Das ist ja nicht zu fassen. Ist denn nichts aufgekommen?"

„Manche Leute haben geahnt, was da geschieht, aber keiner hat etwas gesagt. Es ist einfach nicht darüber geredet worden."

„Die Mädchen haben auch nichts gesagt?"

„Keine einzige. Du darfst dir das nicht so vorstellen wie in Wien, wo heutzutage ein Mädchen bei allen möglichen Stellen Hilfe und Unterstützung finden kann.

Damals hätte man ihr sehr rasch befohlen, den Mund zu halten und nicht solche Lügengeschichten zu erzählen. Es wäre in jedem Fall an ihr hängen geblieben, weil sie es schon als Schulmädchen mit dem Lehrer getrieben hat, so als ob es ihre Schuld gewesen wäre. Freilich, wenn etwas passiert wäre, so dass man es nicht mehr vertuschen hätte können, dann hätten die Leute ‚kreuzigt ihn' geschrieen und es wäre ihm an den Kragen gegangen. Aber das ist nie passiert."

„Woher weißt du das alles?"

„Nicht aus eigener Erfahrung. Ich war ihm sicher zu dürr und zu sonderbar. Außerdem hätte ich wahrscheinlich versucht, ihn umzubringen. Du weißt ja, wie ich damals war. Eine Freundin hat es mir Jahre später erzählt. Ich habe versucht, sie zu einer Anzeige zu überreden, aber sie wollte nicht und hat mich beschworen, nichts zu sagen."

„Das ist ja ein furchtbares Dorf."

Sie zuckte mit den Schultern. „Auch nicht schlimmer als andere. Du darfst halt nicht zu genau unter die Oberfläche schauen, dann ist es ganz hübsch."

„Was ist denn aus den drei Rabauken geworden, die mich verprügeln wollten? Du weißt schon, an dem Tag, an dem wir uns kennengelernt haben."

„Die sind auch noch da. Eigentlich sind alle noch da. Die wenigsten ziehen jemals weg. Die meisten, die einmal hier Fuß gefasst haben, sterben auch hier. Ich verstehe das nicht, aber ich selber bin ja auch nie weggegangen. Derjenige, der dich hauen wollte, der Edi Schröcksmüller, ist Polizist geworden. Wahrscheinlich weil er dachte, dass er die Leute so am besten schikanieren kann. Er ist jetzt unser Postenkommandant. Einer der beiden anderen, die nur zugeschaut haben, ist der Karl Selbster. Der ist jetzt unser Bürgermeister, gar kein schlechter, wie ich zugeben muss. Dem Dritten, dem Ernst Gruber gehört der Fahrradverleih, dort wo früher das Postamt war. Er wird wahrscheinlich bald in Konkurs gehen, wie man so hört. Na wer sagt es denn ... Wenn man vom Teufel spricht ... "

Die Tür zum Speisesaal schwang weit auf und ein Mann in Polizeiuniform trat ein. Er steckte die Daumen in den Gürtel und schaute sich mit gerunzelter Stirn um. „Der Kerl sieht zu viel Wildwestfilme", dachte Amadeus. „Genauso kommt immer der Sheriff in den Saloon."

Der Blick des Sheriffs blieb an ihrem Tisch hängen. Er kam näher, drehte einen Sessel um und setzte sich rittlings darauf. „Was für ein Idiot", dachte Amadeus. „Das hat er auch aus einem Wildwestfilm."

„Hallo Lotte! Du hast einen neuen Gast, habe ich gehört? Hast du schon den Meldezettel abgegeben?"

Ehe Lisa antworten konnte, sagte Amadeus kalt. „Ich hab dich nicht eingeladen, dich zu uns zu setzen. Steh auf und such dir einen anderen Platz."

Schröcksmüller war fassungslos. „Ich bin im Dienst. Reden Sie mich gefälligst nicht mit ‚Du' an."

„Warum nicht? Früher hast du mich einen Deppen genannt und wolltest mich grün und blau hauen."

„Und ich habe dir dafür ein Cut verpasst", ergänzte Lisa.

Schröcksmüller schaute zwischen ihnen hin und her. Dann dämmerte Erkenntnis in seinem Gesicht. Er griff sich an die Lippe, wo eine kleine Narbe zu sehen war. „Sie sind das; du bist das also!" Er erstarrte. „Was hast du da unter deinem Sakko?"

Durch eine ungeschickte Bewegung hatte Amadeus einen kurzen Blick auf seine Pistole freigegeben. Er ärgerte sich, weil ihm das passiert war. Mit einem raschen Griff zog er einen Ausweis hervor und warf ihn auf den Tisch. „Mach dir keine Gedanken, das ist mein Waffenpass. Ich darf so ein Ding tragen. Im Übrigen wäre es mir lieber, Sie würden in Hinkunft ‚Sie' zu mir sagen. So gut haben wir uns schließlich auch nicht gekannt, Schröcksmüller."

Der Polizist glotzte ihn fassungslos an, dann stand er abrupt auf und ging weg. Den Ausweis ließ er unbeachtet am Tisch liegen.

„Du bist ganz schön nachtragend", bemerkte Lisa.

Sie verzehrten den Nachtisch und leerten einträchtig die Flasche Wein. Dann winkte Lisa den Wirt zu sich.

„Was hast du mit dem Schröcksmüller gemacht?" fragte Melk. „Er steht hinten an der Bar, murmelt vor sich hin und kippt schon seinen dritten Schnaps, obwohl er angeblich im Dienst ist."

„Er ist ein Idiot."

„Das schon, aber er ist immerhin unser Postenkommandant. Du weißt doch, wie lästig er werden kann."

„Ich werde es mir merken. Setzt du, bitte, unsere Zeche auf meine Liste?"

„Wird gemacht. Hat's geschmeckt, der Herr?"

„Aber dass du mir ja die Preise für Einheimische berechnest", ließ sich Lisa nicht ablenken.

„Das ist doch selbstverständlich. Wofür hältst du mich?"

„Für einen geschäftstüchtigen Wirten." Sie grinsten sich verständnisinnig an.

„Ich habe ihm dabei geholfen, sein Lokal zu renovieren", erzählte Lisa auf dem Heimweg. Ich habe allerhand Schnickschnack aus Schmiedeeisen für ihn angefertigt und in einigen Räumen pseudohistorische Bilder an die Wand gemalt. Damals war er finanziell ziemlich beengt und wir haben uns darauf geeinigt, dass er seine Schulden bei mir ratenweise abbezahlt, besser gesagt, ich esse sie ratenweise ab. Er schreibt meine Zechen so lange auf, bis wir quitt sind. Für ihn ist das ein gutes Geschäft. Ich habe mich darauf eingelassen, damit er mir gewogen bleibt. Er ist ein wichtiger Mann in der Gemeinde."

„So pragmatisch kenne ich dich gar nicht."

„Anders kannst du auf die Dauer hier nicht überleben. Ich habe auch eine Weile gebraucht, bis ich dahintergekommen bin."

„Verrätst du mir jetzt, warum du mir geschrieben hast?"

„Weil ich dich wiedersehen wollte."

„Bitte Lisa!"

„Wir reden morgen darüber. Je mehr ich darüber nachdenke umso mehr glaube ich, dass ich mir unnötige Gedanken mache. Trotzdem tut es mir nicht leid, dir geschrieben zu haben. Es ist schön, dich wiederzusehen."

Sie hatten ihr Haus erreicht. „Ich zeig dir jetzt dein Zimmer."

Das Zimmer war unter dem Dach, klein aber liebevoll eingerichtet. Die Bettwäsche duftete frisch und blumig."

„Gefällt es dir?"

„Ich werde mich hier wohlfühlen."

„Das freut mich. Du hast ein Zimmer mit Frühstück. Frühstück bekomme ich gerade noch hin mit meinen Kochkünsten. Morgen um halb acht, wenn es dir recht ist. Der Meldezettel liegt am Tisch. Vergiss nicht, ihn auszufüllen. Kann ich sonst noch etwas für dich tun?"

„Wir könnten uns gegenseitig wärmen, so wie wir es schon einmal getan haben." Er wusste nicht, welcher Teufel ihn ritt, das zu sagen. Es tat ihm leid, kaum dass er es ausgesprochen hatte, und er war auf eine schroffe Antwort gefasst.

„Ich weiß", sagte sie mit ruhiger Stimme. „Aber damals waren wir zwölf. Heute wäre das etwas ganz anderes, findest du nicht auch? Schlaf gut, Amadeus." Sie schloss behutsam die Tür.

Er lag am Bett und starrte zur Decke. Er dachte an Lisa, wie sie als Mädchen gewesen war und wie sie heute war. Das Gesicht des mageren Kindes verfloss mit dem der reifen Frau. Er dachte daran, wie er sich damals nach und nach in sie verliebt hatte, ohne in seiner Einfalt zu wissen, was ihm da widerfuhr. Er versuchte überlegen darüber zu lächeln, aber es wollte ihm nicht recht gelingen, weil ihm plötzlich klar wurde, dass jenes alte Gefühl der Verliebtheit unversehens und mit einer unerwarteten Heftigkeit wieder aufgeflammt war.

Die Schwüle des Tages hatte ein Gewitter angelockt, das jetzt mit Blitz und Donner eintraf, sich aber nicht lange über Grafenhotter aufhielt, sondern rasch weiterzog und mit leisem Grollen in der Ferne verschwand. Lediglich der Regen war geblieben. Müdigkeit senkte sich wie eine große Glocke über ihn, während seine Gedanken in die Vergangenheit glitten und der Regen gegen die Fensterscheiben prasselte.

Kapitel 6: Damals

Der Regen prasselte gegen die Fensterscheiben. Es regnete jetzt schon den dritten Tag. Die Menschen beobachteten besorgt den Pegelstand ihres Flusses. Er war bis jetzt nicht merklich gestiegen. Wenn es dann doch geschehen sollte, würde es sehr rasch gehen, das wussten alle. Amadeus war seit seinem letzten Treffen mit Lisa nicht mehr aus dem Haus gegangen. Tante Maria hatte ihn mit einem Stoß von Kriminalromanen versorgt, wahrscheinlich war es der ganze Bestand des Dorfladens gewesen. Das war ungewöhnlich. Auch wenn sie seine Lektüre tolerierte, war doch nicht zu erwarten gewesen, dass sie etwas unterstützte, das ihr Herr Bruder, der Lateinprofessor, so nachhaltig missbilligte.

Ihre Motivation schimmerte durch, als sie ihm den begehrten Lesestoff aushändigte. „Bei dem Sauwetter brauchst du nicht hinauszugehen. Bleib zu Hause und lies etwas. Du wirst dich doch nicht im Regen umhertreiben wollen, mit irgendwelchen Leuten, die nichts für dich sind."

„Ich kenne gar keine Leute, außer der Lieselotte vom Schmied."

Die Tante sagte nicht, dass sie genau diese Lieselotte gemeint hatte, sie dementierte es aber auch nicht. Er hatte trotzdem verstanden, was sie meinte. „Was ist mit der Lieselotte?"

„Ach gar nichts. Sie ist bloß ein bisschen sonderbar. Sie zieht meist nur mit Buben herum."

„Mit mir zum Beispiel?"

„Nicht nur mit dir. Bevor du gekommen bist, war sie mit dem Melchior Kasparik unterwegs."

„Was ist so schlimm daran?"

„Gar nichts, ich will gar nichts gesagt haben. Den Melchior kann man ja auch nicht mehr fragen."

„Tante Maria! Was soll denn das wieder heißen?"

Sie drückte herum, dann rang sie sich zu einer Antwort durch. „Der Melchior ist verschwunden, schon seit mehr als drei Wochen. Man hat überall nach ihm gesucht, ihn aber nicht mehr gefunden. Die einen meinen, er sei von zu Hause weggelaufen und werde schon wieder kommen, andere glauben, er sei in den Fluss gefallen und ertrunken und ein paar tuscheln, er sei umgebracht worden."

„Das ist schlimm, hat aber sicher nichts mit der Lieselotte zu tun. Sie hat mit ihm Schluss gemacht."

„Hat sie dir das erzählt? Hat sie dir auch gesagt, wie sie mit ihm Schluss gemacht hat?"

Er sah seine Tante fassungslos an. „Ich will niemandem etwas nachsagen, nein, ungerecht will ich nicht sein. Sie ist ja nur ein Schulmädchen, noch nicht einmal dreizehn Jahre alt. Ich will auch nicht behaupten, dass sie verdorben ist", fuhr die alte Frau eilig fort. „Ich meine nur, mach dir ein paar gemütliche Tage mit deinen Romanen und gib dich nicht soviel mit der Lieselotte ab."

Er hatte ihren Rat befolgt. Nicht weil er Lisa für eine böse Person hielt, ein bisschen verrückt schon, aber nicht bösartig oder verdorben. Er wusste dabei nicht einmal genau, was unter dem Ausdruck ‚verdorben', zu verstehen war. Vielleicht hatte das etwas damit zu tun, dass er ihr sein Ding zeigen musste. Aber als so schlimm empfand er das im Nachhinein auch nicht – so lange es ein Geheimnis blieb und niemand davon erfuhr.

Der eigentliche Grund für seine Zurückhaltung war, dass sie ihn beleidigt hatte. Er hatte nämlich eine feste Vorstellung davon, wie er sein wollte: Tapfer, überlegen, jeder Situation gewachsen, ein harter Bursche eben, wie er im Buche stand, wie ein Detektiv im Kriminalroman, genau genommen. Man muss seinem Vater recht geben, dass diese Romane mit ihren unbezwingbaren Helden nicht geeignet waren, ihm eine realistische Weltsicht zu vermitteln. Bisweilen, wenn er sich unbeobachtet glaubte, übte er vor dem Spiegel gefährlich blitzende Augen und verächtlich herabgezogene Mundwinkel, die jeden Gegner in Furcht versetzen mussten. Bis jetzt hatten ihn solche Posen zwar nicht vor Prügel durch andere Buben bewahrt, er arbeitet aber unverdrossen an seinem pubertären Selbstbild.

Die Tatsache, die Lisa so unbefangen angedeutet hatte, er lasse sich von ihr herumkommandieren, war seinem von Machovorbildern geprägtem Selbstwertgefühl recht abträglich gewesen. Er war nämlich klug genug, um zu erkennen, dass sie völlig recht hatte.

Es war später Vormittag. Die Tante hatte schon in aller Früh das Haus verlassen und würde erst am Abend zurückkehren. Wie jedes Jahr unternahmen die christlichen Frauen der Gemeinde an diesem Tag ihre Wallfahrt. Auf der Hinfahrt würden sie eifrig beten und Marienlieder singen, auf der Rückfahrt, nach einem geselligen Zusammensein, eher weltliche Lieder, sogar unanständige, wie man sich erzählte. In der Küche standen ein paar belegte Brote, die sie ihm als Proviant zurückgelassen hatte.

Amadeus saß am Fenster und beschäftigte sich mit der Vernichtung der ‚Ratten von London', einer berüchtigten Verbrecherbande. Das Quietschen von Bettfedern ließ ihn herumfahren. Lisa saß mit untergeschlagenen Beinen auf seinem Bett und sah ihn mit großen unbeweglichen Augen an, wie eine Katze. Sie musste auf lautlosen Pfoten hereingeschlichen sein.

„Was machst du hier? Wie bist du überhaupt hereingekommen? Das Tor ist doch zugesperrt", rief er, nachdem er sich von seiner Überraschung erholt hatte.

„Als ob mich das aufhalten könnte. Wo bist du die ganze Zeit gewesen? Ich habe jeden Tag stundenlang auf dich gewartet und du bist nicht gekommen."

„Es regnet, da habe ich lieber gelesen."

„Deswegen lässt du mich links liegen? Du bist mir ein schöner Freund!"

„Wir sind nicht Freunde. Du bist bloß ein Mädchen, das mich herumkommandieren will."

Sie wusste genau, was er meinte. „Das stimmt doch gar nicht. Es tut mir leid, was ich gesagt habe. Das war nicht so gemeint. Ein Freund kommandiert den anderen nicht. Man entscheidet alles gemeinsam."

Er dachte nach. Sie stellte ihre Beziehung auf eine neue Basis, indem sie ihn als gleichberechtigten Freund anerkennen wollte. Das war gerade noch akzeptabel, obwohl sie nur ein Mädchen war. „Sind wir wirklich Freunde, die alles gemeinsam entscheiden?"

„Ganz sicher. Du musst mir einen Kuss geben, dann ist unsere Freundschaft besiegelt."

„Muss das sein?"

„Unbedingt! Auf den Mund!" Sie schloss die Augen und legte den Kopf zurück. Er trat vorsichtig an sie heran und küsste sie. Einen kurzen Augenblick berührte ihre Zunge die seine. Er wich zurück. „Was machst du da?!"

„Das gehört dazu. Das ist ein Freundschaftskuss. Jetzt sind wir richtige Freunde."

Er wischte sich verstohlen über den Mund. „Also gut. Wir sind richtige Freunde. Was machen wir jetzt? Willst du Karten spielen? Oder Mensch ärgere dich nicht?"

„Das könnten wir machen." Sie sah ihn nachdenklich an. „Vielleicht später. Zuerst müssen wir ein richtiges Freundschaftsabenteuer bestehen, damit unsere Freundschaft hält."

„Lisa! Was hast du schon wieder vor? Ich schleiche sicher nicht in ein fremdes Haus. Das vorige Mal hat mir gereicht. Außerdem regnet es."

„Schau aus dem Fenster! Es hat zu regnen aufgehört und die Sonne kommt heraus."

„Das ist mir egal. Ich mache solche Sachen nicht mehr. Du bist verrückt!"

„Das sagen viele Leute, seit mich meine Stiefmutter in dieses Krankenhaus für gestörte Kinder geschickt hat. Egal! Ich verlange nichts Schwieriges von dir, sondern etwas ganz Leichtes. Wir gehen in das alte Herrenhaus. Dort ist garantiert kein Mensch. Ich war schon wochenlang nicht mehr da und möchte mich wieder einmal umsehen."

„Warum gehst du nicht allein?"

„Warum sollte ich, wenn ich einen Freund habe? Du musst mitgehen, weil du mein Freund bist."

„Ich muss gar nichts. Du kommandierst mich schon wieder."

„Tu ich nicht. Du musst nicht mitgehen, weil ich es dir sage, sondern weil du mich geküsst hast, sogar mit Zunge. Das hast du ganz freiwillig getan. Dazu hat dich keiner gezwungen. Daher musst du mit mir gehen, egal wohin ich gehe."

Er konnte der Logik ihrer Argumentation nicht folgen. Den Ausschlag gaben, nicht zum letzten Mal in seinem Leben, ihre großen Augen, die ihn in ihren Bann schlugen. „Also gut. Einmal noch. Aber dann hören wir mit diesem Unsinn auf. Einverstanden?"

„Wenn du es sagst ... Zieh dir etwas Ordentliches an, falls es wieder zu regnen anfängt." Natürlich kommandierte sie ihn schon wieder herum.

Das Herrenhaus stand etwas außerhalb des Ortes in einem von einer Mauer umgebenen kleinen Park. Es war vor vielen Jahren – die Gründe kannte Amadeus nicht – aufgegeben worden und unbewohnt. Das mit einem Vorhängeschloss gesicherte, verrostete Tor zum Park stellte kein Hindernis dar. Lisa kannte eine Stelle, wo die Mauer so desolat war, dass man einfach hinübersteigen konnte. Der Park war völlig verwildert. Die Pflanzen, die dort ungehindert wucherten, ließen durch die Konturen ihres jeweiligen Reviers noch erahnen, wo früher Beete gewesen sein mussten. Die Sonne brannte heiß und ließ alle Farben vor dem Hintergrund eines immer dunkler werdenden Himmels leuchtend erstrahlen. Aus den verwilderten Wiesen dampfte die Feuchtigkeit der vergangenen Regentage empor.

Lisa schaute hoch. „Das wird nicht lange halten. Schau, wie schwarz der Himmel wird. Beeilen wir uns lieber!" Der Kiesweg, der zum Haupthaus führte, war teilweise zugewachsen, aber noch ganz gut zu begehen. Lisa bewegte sich ohne jede Vorsicht. Sie war sich ganz sicher, dass sie ungestört waren.

„Wem gehört das hier?", fragte Amadeus.

„Das weiß ich nicht genau. Ganz früher soll hier ein Graf gewohnt haben, oder ein Prinz. Nach dem Krieg ist der letzte Besitzer, er war ein Fabrikant aus Wien, gestorben. Seine Erben können sich nicht einigen, was sie damit anfangen sollen. Das Haus ist nämlich ziemlich baufällig. Eines Tages wird es einfach zusammenfallen und damit hat sich die Sache erledigt."

Das Haus mochte baufällig sein, aber es war imposant. Ein breiter, hoher Schwibbogen bildete den Zugang zum Innenhof. Über dem Tor war ein Wappen angebracht, dessen Heraldik man nicht mehr erkennen konnte. Im Inneren des Hofes standen verrostete Geräte und ein zerbrochener Leiterwagen. Das Haupthaus selbst war in Schönbrunngelb gestrichen und hatte seine Farbe noch recht gut bewahrt. Die Fenster waren mit massiven schmiedeeisernen Gittern versehen. Es war ganz still, nur ein paar blauschimmernde Aasfliegen summten umher. Quer über die Eingangstür war ein Schild genagelt. ‚Zutritt verboten! Einsturzgefahr! Lebensgefahr! Eltern haften für ihre Kinder!'

„Ist nicht so schlimm", erklärte Lisa. „So etwas schreiben sie immer, wenn sie nicht wollen, dass Kinder wo spielen. Dort hinten geht es hinein."

Sie umrundeten das Haus. Eine kleine eisenbeschlagene Pforte war von steinernem Rankenwerk umgeben. Lisa drückte gegen die Tür, die sich knarrend öffnete. „Das ist oft so", erklärte sie. „Es gibt vorne Zäune, Schlösser und weiß Gott was noch alles, aber hinten lassen sie dann einen Eingang offen, weil keiner daran gedacht hat."

Sie wanderten durch das Haus. Amadeus bestaunt die Reste ehemaliger Pracht. Im großen Saal fesselte ihn besonders das Deckengemälde, obwohl die Farben teilweise abgeblättert waren. „Ganz schön", bemerkte er fachmännisch, wobei nicht ganz klar war, ob er die Kunst des Malers oder die nackten Frauengestalten meinte, die unter dem Vorwand allegorischer Darstellungen nicht mit ihren Reizen geizten. Lisa sah ihn von der Seite an und verzog den Mund. „Stehst du bei einer Frau auf eine große Brust?", fragte sie unvermittelt und ein wenig sorgenvoll.

Darüber hatte sich Amadeus bisher noch keine besonderen Gedanken gemacht. „Das muss nicht unbedingt sein", erklärte er zögernd.

Lisa verzog neuerlich den Mund und zerrte ihn weiter. „Der Keller ist interessanter. Ich glaube der ist wirklich alt. Dort gibt es Gewölbe mit Steinsäulen und einen Brunnen."

Sie zog ihn zu einer Tür, wo eine steinerne Wendeltreppe in die Tiefe führte. Er sah misstrauisch hinunter. „Da ist es stockdunkel drunten und es stinkt. Ich mache mir nicht so viel aus alten Kellern. Man sieht ohnehin nichts."

Sie zog eine Taschenlampe aus ihrem Kleid. „Komm schon, es wird dir gefallen."

„Ganz sicher nicht", murmelte er, stieg aber gehorsam vor ihr hinunter. Auf halbem Weg gab die Treppe nach. Sie brach nicht zur Gänze ein, sondern nur auf dem kleinen Stück, auf dem Amadeus stand. Das genügte, um ihn etwa zwei Meter in die Tiefe stürzen zu lassen. Zum Glück überstand er den Fall unbeschadet, zumal ihn einige nachfallende Steintrümmer haarscharf verfehlten. Lisa begann zu schreien. Sie klammerte sich an der Bruchstelle fest und ihre

Beine zappelten in der Luft. Dieses verrückte Mädchen bringt uns noch beide um, dachte Amadeus und versuchte sich aufzurappeln. Sie konnte sich nicht länger halten, kreischte auf und fiel genau auf ihn. Er knallte mit dem Kopf auf den Steinboden und verlor kurzzeitig das Bewusstsein.

Er konnte nicht lange betäubt gewesen sein. Seine ersten Wahrnehmungen, als er wieder ins Bewusstsein zurückglitt, waren dumpfe Kopfschmerzen, ein widerlicher Gestank und ein langgezogenes Heulen, so wie von einem Tier in Todesangst. Er setzte sich auf und versuchte etwas zu erkennen. Der Lichtstrahl von Lisas Taschenlampe irrte durch die Dunkelheit.

„Ist dir etwas passiert, Lisa?", schrie er. Das Heulen ging vorübergehend in ein Winseln über und verstärkte sich zu einem anhaltenden unartikulierten Schreien. Er kroch auf sie zu, nahm ihr die Taschenlampe aus der Hand und leuchtete sie an. Lisa stand an der Wand, mit weit aufgerissenen Augen, und schrie. Sie war, soweit er sehen konnte, unverletzt. „Ist ja gut, Lisa!", rief er. „Es ist nichts passiert!"

Sie hörte nicht auf zu schreien, deutete aber wenigstens auf die andere Seite des Raumes. Er ließ den Lichtstrahl herumschwenken und sah die Ursache ihres Entsetzens. Dort drüben lag eine Leiche. Er hatte bisher noch keinen Toten gesehen, aber es konnte keinen Zweifel geben, dass diese grausige Gestalt eine Leiche war. Der Körper war aufgedunsen und das Gesicht graugrünlich verfärbt. Es war ein Halbwüchsiger, der mit verrenkten Gliedern dort lag, das konnte Amadeus trotz der Verwesungsspuren deutlich erkennen. Ein unbeschreiblicher Gestank ging von dem armen Kadaver aus. Amadeus drehte sich weg und kämpfte verbissen, um sich nicht übergeben zu müssen. Das Grauen verschwand wieder in der Dunkelheit, nur der Verwesungsgeruch blieb.

Als er zu Atem gekommen war, wandte er sich Lisa zu. Sie schrie noch immer. Ihre Stimme war heiser geworden, aber sie schrie und schrie und hielt nur kurz inne, um fauchend Luft zu holen. Sie reagierte nicht auf sein Zureden. Amadeus hatte gelesen, dass man in solchen Fällen hysterischen Frauen Ohrfeigen geben musste. Dann beruhigten sie sich und warfen sich im Allgemeinen an die Brust ihres Retters. Das hatte er natürlich aus seinen Kriminalromanen. Obwohl er

Zweifel an dieser Methode hegte und dachte, sie werde es ihm wahrscheinlich übelnehmen, klemmte er den Bügel der Taschenlampe zwischen die Zähne und haute ihr links und rechts eine herunter. Sie hörte augenblicklich zu schreien auf und starrte ihn ungläubig an. „Du hast mich geschlagen", sagte sie empört.

„Und ich tu es noch mal, wenn du wieder zu brüllen anfängst. Wir müssen hier heraus. Klettere die Stiege hoch, dort wo sie noch steht. Hab keine Angst. Ich bin dicht hinter dir."

Sie gehorchte ihm widerspruchslos. Sie gehorchte ihm auch wortlos als er sie aus dem Haus führte. Der Himmel war pechschwarz geworden. Von der Sonne war nichts mehr zu sehen. Heftige eiskalte Windstöße fegten durch die alten Bäume. Erste dicke Regentropfen klatschen auf sie nieder und gingen in einen Wolkenbruch über. Amadeus graute davor, hier zu bleiben und in dem Leichenhaus Unterschlupf zu suchen.

„Wir rennen nach Hause, zu mir", ordnete er an. Lisa gab keine Widerworte. Sie rannte mit ihren langen Beinen schweigend hinter ihm her und hielt mühelos Schritt. Unterwegs begegnete ihnen keine Menschenseele. Jeder vernünftige Mensch hatte sich vor dieser Sintflut in Sicherheit gebracht.

Erst als sie tropfnass in seinem Zimmer standen, von wo sie zu ihrem Abenteuer aufgebrochen waren, beschäftigte er sich wieder mit Lisa. „Ist alles in Ordnung mit dir?" Er sah auf den ersten Blick, dass überhaupt nichts in Ordnung war. Sie starrte blicklos ins Leere. Ihr rechtes Augenlied zuckte und ihre Lippen waren blau geworden. Sie zitterte unkontrolliert und klapperte mit den Zähnen. Aus dem Mund rann ein dünner Speichelfaden. Das Wasser tropfte aus ihrem Kleid und bildete eine Pfütze. Sie zeigte alle Anzeichen eines schweren Schocks, der in einen Anfall überzugehen drohte. Amadeus hatte keine Worte dafür, aber er begriff die Bedrohlichkeit ihres Zustandes.

„Zieh dir die nassen Sachen aus, geh ins Bett und deck dich warm zu!" Sie sah in abwesend an. Erst als er seine Aufforderung mehrmals drängend wiederholt hatte, zog sie sich das nasse Kleid über den Kopf und kroch nur mit ihrer Unterwäsche bekleidet ins Bett. Ihr Zustand verschlimmerte sich trotzdem. Sie begann unregelmäßig zu atmen und leise zu winseln. Ihre Augen verdrehten sich nach oben. Ein verständliches Wort war nicht aus ihr herauszubringen.

Amadeus war ratlos. Das war eine Situation, die ihn gänzlich überforderte. Er überlegte, auf die Straße zu rennen und um Hilfe zu schreien, scheute aber letztlich davor zurück. Schließlich riss er sich die nassen Kleider vom Leib, trocknete sich mit einem Handtuch ab und schlüpfte zu ihr unter die Decke. Er hielt sie fest umschlungen und versuchte sie mit seinem Körper zu wärmen, obwohl er selbst erbärmlich fror. Er wischte ihr den Speichel vom Gesicht, streichelte ihren strubbeligen Kopf und flüsterte ihr beruhigende Worte ins Ohr. Was er sagte war belanglos. Auf den Tonfall kam es an. Diese aus der Verzweiflung geborene Therapie erwies sich als erstaunlich wirkungsvoll. Nach einer Weile begann sie ruhiger und gleichmäßig zu atmen. Das Zittern und Zähneklappern hörte langsam auf. Dann redete sie zum ersten Mal, seit sie sich über die Ohrfeigen beschwert hatte. „Es geht schon wieder. Nein, lass mich nicht los; ich friere so." So lagen sie eine Weile bewegungslos da, bis der ausgestandene Schrecken seinen Tribut forderte und Amadeus erschöpft einschlief.

Er erwachte, weil sie ihn an der Schulter schüttelte. Sie hatte sich das Kleid wieder angezogen und stand neben dem Bett. Sie sah noch immer blass um die Nase aus, aber sie hatte sich sichtlich gefangen. „Ich muss jetzt verschwinden. Deine Tante kommt bald nach Hause."

„Wie geht es dir?"

„Mir geht's wieder gut. So einen Anfall habe ich lange nicht mehr gehabt. Als kleines Mädchen schon, aber nicht mehr in den letzten drei Jahren. Wenn es vorbei ist, habe ich kein Problem mehr. Du warst sehr tapfer und sehr lieb."

Er wollte aus dem Bett klettern, dann fiel ihm ein, dass er nackt war und er verzichtete darauf. „Was machen wir jetzt? Wir müssen das melden."

„Sag bitte niemandem etwas."

„Das geht doch nicht. So etwas muss angezeigt werden."

„Der Junge da unten war der Melchior."

„Dein ehemaliger Freund?"

„Ja. Wenn sie ihn finden, werden sie mich fragen, fragen und nochmals fragen. Dann wird herauskommen, was ich so mache. Dann werden sie noch mehr fragen. Am Ende werden sie mich wieder in dieses Krankenhaus bringen. Meine Stiefmutter wartet nur auf eine solche Gelegenheit. Ich überlebe das nicht, wenn ich noch einmal dorthin muss. Bitte, du bist mein Freund!"

In diesem Augenblick begann sein absoluter Glaube an die Verbindlichkeit von Regeln erste massive Risse zu zeigen. Ein Effekt, der sich nicht mehr aufhalten ließ, wie sein späterer Lebensweg zeigte.

„Ich werde vorläufig niemandem etwas sagen. Aber wir müssen uns beraten. Schon morgen."

Sie beugte sich vor und küsste ihn so rasch auf den Mund, dass er sich nicht rechtzeitig in Sicherheit bringen konnte. „Lass doch die ständige Küsserei", protestierte er indigniert.

„Das ist so, wenn man eine Freundin hat; gewöhn dich daran." Sie war wieder halbwegs auf dem Damm und kommandierte ihn wie gewohnt herum: „Du musst hier noch etwas Ordnung machen, bevor die Tante zurück ist. Komm schon, steh endlich auf!"

Kapitel 7: Jetzt, Samstag

„Komm schon, steh endlich auf", sagte Lisa und rüttelte ihn an der Schulter. „Was bist du bloß für eine Schlafmütze. Es ist schon acht Uhr und das Frühstück wartet."

Sie stand dicht neben seinem Bett. Dieses ‚Komm schon' klang sehr vertraut und erinnerte ihn an die zwölfjährige Lisa. Einen Augenblick hoffte er, sie werde sich wie damals überraschend vorbeugen und ihn auf den Mund küssen. Stattdessen zog sie die Vorhänge auf. Heller Sonnenschein drang ins Zimmer.

Er blinzelte. „Ich komme ja schon. In einer viertel Stunde bin ich unten." Sie nickte zufrieden und huschte aus dem Zimmer.

Das Frühstück wurde in der Küche angerichtet, weil auf der Terrasse wegen des nächtlichen Regengusses noch alles nass war. Er war der einzige Gast, den Lisa zur Zeit beherbergte. Eine Glocke ließ ein melodisches Klingeln hören.

Lisa stand mit marmeladebeschmierten Fingern da und schaute ein wenig ratlos. „Heute ist Samstag, da habe ich geschlossen."

„Soll ich nachsehen?", erbot sich Amadeus. „Vielleicht liefert jemand etwas."

„Ja, bitte."

Amadeus sperrte die Tür zum Laden auf. Der Schlüssel hatte innen gesteckt. Auf der Straße parkte ein Traktor. Ein etwa sechzigjähriger Mann in derber Kleidung und Gummistiefeln stand davor.

„Wer bist denn du?"

„Ein Feriengast, ich wohne hier."

„Mit dir kann ich nichts anfangen. Ich brauch die Schmiedin."

„Sie sagt, sie hat heute geschlossen."

„Das ist mir egal. Hol sie heraus. Ich kann nicht hinein, sonst schreit sie mich wieder an." Er deutet auf seine Stiefel, mit denen er vermutlich durch eine Jauchegrube gewatet war. „Sag ihr, der Moser ist da."

Amadeus ging zurück. „Draußen steht einer mit dreckigen Stiefeln. Er traut sich nicht herein, weil du ihn sonst anschreist. Er sagt, er ist der Moser und er will dich dringend sehen."

„Oh je", sagte Lisa verlegen. „Das ist mir jetzt ausgesprochen unangenehm ... "
Sie leckte sich sie Finger ab und schaute auf das halbfertige Frühstück.

„Das ist schon in Ordnung. Wir essen eben später. Schau was er will, bevor er mit seinen Miststiefeln doch noch hereinlatscht."

Lisa eilte hinaus. „Da bist du ja", sagte der Moser. „Du musst mir helfen. Die Anhängevorrichtung ist hinüber." Er deutete auf seinen Traktor.

Lisa begutachtete den Schaden. „Das schaut nicht gut aus. Du solltest dir ein Ersatzteil besorgen."

„Ein Ersatzteil? Weißt du was das kostet? Und wie lang das dauert, bis es geliefert wird? Kannst du gar nichts machen? Ich brauch den Traktor. Ich muss Mist ausführen."

„Wenn ich Zeit hätte, könnte ich das Ding schweißen."

„Dann mach doch!"

„Hundert Euro", sagte Lisa. „Übermorgen ist er fertig."

Der Moser zuckte zurück. „Übermorgen erst? Fünfzig Euro werden es dann wohl auch tun."

„Achtzig, keine Rechnung und du kannst gleich darauf warten."

„Gemacht." Der alte Moser streckte seine Pranke aus und schüttelte Lisa die Hand.

Der Traktor wurde hinter das Haus gefahren. Lisa hatte ihre Schlossermontur angezogen und schleppte Kabel und Werkzeug heran.

„Tüchtige Person, die Schmiedin", bemerkte Moser zu Amadeus, der fasziniert zuschaute. „Schade, dass sie nur eine Frau ist."

„Das finde ich gar nicht."

„Ja so", meinte der alte Moser. „Ich versteh schon. Das kommt halt auf den Standpunkt an." Er kratzte sich mit einem dicken Finger am Kopf. „Sag einmal, kenn ich dich vielleicht?"

„Grüß dich Gott, Heinz", sagte die Frau, die bisher unbeachtet auf dem Traktor gesessen hatte. Sie war in Lisas Alter, unscheinbar und abgehärmt. „Kennst du mich noch? Ich bin die Anna. Die Anna vom Moser."

Ein vages Bild tauchte vor seinen Augen auf: Ein fröhliches pausbäckiges Mädchen mit zwei langen blonden Zöpfen. Davon war nichts geblieben. „Grüß dich Gott, Anna. Natürlich erinnere ich mich", erklärte er freundlich. „Wie geht es dir?"

„Ich helfe dem Vater in der Landwirtschaft." Sie sagte das so, als ob es ihr gesamtes Leben umschrieb und als ob es nichts weiteres mehr zu berichten gäbe. „Du bist also doch noch zu deiner Lieselotte zurückgekommen. Sie hat oft von dir geredet."

„Seid still", befahl Lisa, die mit tief gesenktem Kopf werkelte. „Euer Klatschen stört mich bei der Arbeit."

Nach einer halben Stunde war sie fertig. „Es schaut nicht gerade neu aus", verkündete sie, „aber es wird halten."

Der alte Moser griff in seine Latzhose. „Fünfzig Euro hast du gesagt?"

„Komm schon, Moser!"

„War ja nur ein Scherz." Er zählte ihr fünfzig Euro in die Hand. „Mehr habe ich nicht dabei. „Die Anna bringt dir den Rest am Nachmittag, so um fünf wenn es dir recht ist."

„Du hast Kredit bei mir, Moser."

Der alte Moser ratterte fröhlich davon, um seinen Mist auszubringen.

„Die Anna", murmelte Amadeus. „Sie schaut nicht gerade glücklich aus."

„Dazu hat sie auch keinen Grund." Der Unterton in ihrer Stimme alarmierte ihn. Er sah sie an. Ihre Gesichtszüge waren plötzlich wieder scharf geworden und erinnerten an einen Raubvogel, der mit starrenden Augen über seiner Beute kreist.

„Das ist eines der Mädchen, die der Max Viehgruber auf dem Gewissen hat. Sie ist die Freundin, von der ich dir erzählt habe. Es hat schon in dem Sommer begonnen, in dem du bei uns warst, kurz nachdem du wieder nach Hause gefahren warst. Wir sollten in die dritte Klasse versetzt werden und er hat ihr angeboten, er gibt ihr in den Ferien Nachhilfe in Mathematik, weil sie da schwach ist. Er hat sie gleich in der ersten Stunde hergenommen. Es war noch ein zweiter dabei. Wer das war, hat mir die Anna nie verraten. Soll ich es vornehm formulieren, oder brutal? Ich glaube brutal wird der Sache gerechter. Sie war nicht einmal noch dreizehn und die beiden haben sie gründlich durchgefickt. Da hat kein Betteln, kein Weinen und kein Zappeln geholfen. Viehgruber hat ihr gesagt, wenn sie irgendetwas erzählt, kommt sie in ein Heim. Sie hat geschwiegen, aber die Anna ist nie darüber hinweggekommen. Sie hat, auch wie sie älter geworden ist, keinen Mann mehr angeschaut und ist unverheiratet geblieben. Sie war so ein liebes, fröhliches Mädchen und was ist aus ihr geworden? Siehst du diesen Schweißhammer? Ich stelle mir oft vor, ich erschlage ihn damit. Im alten Rom haben sie schwer verwundete Gladiatoren so erlöst. Es geht ganz leicht und rasch. Du musst auch gar nicht fest zuschlagen. Die Spitze macht ein Loch in seinen Schädel und dringt tief ins Gehirn. Er ist in der Hölle, bevor er überhaupt weiß, was ihm passiert ist. Eines Tages schleiche ich in sein Haus, so wie ich damals in die Häuser gegangen bin, und tue es wirklich." Ihre Stimme begann vor unterdrückter Wut zu zittern.

„Bitte, Lisa", sagte er verstört.

Sie atmete ein paar Mal tief durch, dann hatte sie sich wieder in der Gewalt. „Ist schon gut. Die Lotte würde so etwas nie tun, das weißt du doch. Du bist eben mit der Lisa befreundet und die kommt manchmal auf so dumme Gedanken. Vergiss einfach, was ich gesagt habe. Lass uns frühstücken! Komm schon!"

Das Frühstück hatte durch die Unterbrechung gelitten. Der Toast war kalt, die Spiegeleier hatten eine lederartige Konsistenz angenommen und die Marmeladesemmeln wirkten eingetrocknet. „Ich richte uns etwas Neues her", erbot sich Lisa.

„Meinetwegen nicht." Er machte sich über seine Portion her und verzehrte sie bis auf den letzten Rest. Lisa war gerührt.

Sie küsste ihn auf die Wange und wich rasch zurück, als er sie um die Hüfte nehmen wollte. „Entschuldige, ich weiß, dass du diese Küsserei nicht magst."

Er nahm sich vor, ihr bei passender Gelegenheit zu sagen, dass sich die Zeiten geändert hätten und er sehr gerne von ihr geküsst werden wollte.

„Komm, gehen wir auf die Terrasse", fuhr sie fort. „Die Sonne hat schon alles abgetrocknet."

Er blickte auf die Blumenpracht und zündete sich eine Zigarette an. „Warum hast du meine Briefe nicht mehr beantwortet? Warum hast du mir nicht mehr geschrieben?"

„Ich habe nicht gewusst, was ich dir zurückschreiben soll." Sie lächelte melancholisch. „In deinen Briefen warst du auf einmal ganz anders, gar nicht mehr so schüchtern. Du hast geschrieben, du liebst mich und solche Sachen. In deinem letzten Brief hast du sogar geschrieben, du willst mich heiraten. Ich war ratlos, ich war doch erst zwölf, dreizehn Jahre alt, und bei weitem nicht so weltklug, wie ich immer getan habe. Ich dachte, du kommst ohnehin in den nächsten Ferien zurück, dann wird sich schon alles finden. Aber im folgenden Winter ist deine Tante gestorben. Du bist nie mehr zurückgekommen und hast auch aufgehört zu schreiben. So habe ich eine rosa Schleife um deine Briefe gebunden und geglaubt, du hast mich vergessen. Die Briefe habe ich noch immer."

„Ich habe dich nie vergessen", sagte Amadeus leise. „Warum hast du mir dann doch noch geschrieben? Nach so langer Zeit?"

„Sie haben begonnen das alte Herrenhaus zu renovieren."

Amadeus schwieg eine lange Weile, dann sagte er nachdenklich: „Ich verstehe. Du fürchtest, sie werden ihn finden."

„Sie werden ihn sicher finden. Ich habe vor kurzem mit dem Chef der Sanierungsfirma gesprochen. Er hat mich gefragt, ob ich Arbeiten aus Schmiedeeisen übernehmen möchte, wie beispielsweise das Tor und die Fenstergitter. Es ist ein schöner Auftrag. Er hat mir auch erzählt, dass die Kellerräume wahrscheinlich ein paar hundert Jahre alt sind, nur jetzt ist der Zugang durch die eingestürzte Treppe verschüttet. Sie wollen in den nächsten Tagen mit der Freilegung beginnen. Da ist diese alte Geschichte in mir wieder hochgekommen und hat mir keine Ruhe mehr gelassen. Ich habe ja niemanden gehabt, mit dem ich darüber reden hätte können. Also habe ich dir geschrieben und gehofft, du meldest dich. Schwer zu finden warst du nicht. So viele Leute, die Amadeus Heinrich heißen, gibt es schließlich nicht."

„Du machst dir unnötige Sorgen. Ich bin mir zwar nicht sicher, ob es damals wirklich klug war, unseren Fund zu verschweigen, aber jetzt ist es gleichgültig geworden und der arme Kerl bekommt doch noch ein ordentliches Begräbnis."

„Werden sie herausfinden, wer er war?"

„Ganz gewiss. Mit einer DNA-Analyse wird es leicht sein."

„Können sie auch die Todesursache feststellen?"

„Das ist schwer zu sagen. Es werden nur mehr ein paar Knochen übrig sein, die vermutlich durch den Einsturz der Treppe beschädigt wurden. Wahrscheinlich war es ohnehin ein Unfall. Er ist vermutlich die Treppe hinuntergefallen und hat sich den Hals gebrochen."

„Und wenn es doch kein Unfall war?"

„Du meinst Fremdverschulden, wie es die Juristen nennen? Das wird man nach so vielen Jahren nur dann feststellen können, wenn sich am Skelett signifikante Spuren finden."

„Zum Beispiel, wenn ihm der Schädel eingeschlagen wurde? Mit einem Gegenstand der eindeutige Spuren hinterlassen hat?"

„Das wäre eine Möglichkeit, aber ich glaube nicht daran."

„Sie werden auf jeden Fall auf mich kommen, weil ich mich damals mit ihm ein paar Mal getroffen habe und das Getratsche wird wieder anfangen. Du weißt doch, wie die Leute seinerzeit über mich geredet haben. Sie haben gesagt, ich sei halb verrückt und meine Stiefmutter hat herumerzählt, sie würde sich nicht wundern, wenn ich einmal jemanden umbringe. Kurz vor seinem Verschwinden hat sogar der Melchior behauptet, er fürchtet sich vor mir, weil ich gewalttätig bin. Am Ende werden sie mich noch für seine Mörderin halten."

„Was ist eigentlich aus deiner Stiefmutter geworden?"

„Oh, die lebt noch. Sie wohnt in der Nachbarortschaft und ist die Stütze der dortigen Pfarrgemeinde. Sie hat es mit ihren Liebschaften dann doch zu bunt getrieben. Das war ungefähr zwei Jahre nachdem du hier warst. Ich habe als Kind ja gedacht, der alte Schmied erschlägt sie, wenn er ihr auf die Schliche kommt. Er hat sie aber bloß hinausgeschmissen und sich scheiden lassen. Er hat ihr sogar als Abfindung das Haus überlassen, in dem sie jetzt wohnt, mehr hat sie aber nicht bekommen. Sie kann mich noch immer nicht leiden, weniger als je zuvor. Wenn man mich mit dem Mord an Melchior in Zusammenhang bringt, wird sie sicher wieder überall herumerzählen, sie habe schon immer gedacht, ich werde etwas Schlimmes anstellen."

„Lass die alten Geschichten. Heute bist du ein anerkanntes und geschätztes Mitglied der Gemeinde. Kein Mensch wird auf solche Gedanken kommen. Außerdem muss dir doch klar sein, dass du wegen keiner Tat belangt werden kannst, die du vielleicht als Strafunmündige begangen hast. Schon gar nicht nach fünfundzwanzig Jahren."

„Das weiß ich natürlich. Trotzdem würde meine Position hier, für die ich hart gearbeitet habe, unhaltbar werden. Ich müsste wegziehen und das will ich nicht."

„Mach dich nicht konfus. Selbst wenn Fragen gestellt werden, die man nicht ohne weiteres abtun kann, hast du ja mich. Wenn es hart auf hart kommt, werden wir zugeben, dass wir damals die Leiche gemeinsam gefunden haben. Wir waren zwei verängstigte Kinder, die sich nicht getraut haben, ihren Fund zu melden, weil sie unerlaubterweise in ein Haus eingestiegen sind. Wer will uns deswegen nach so langer Zeit schon schelten? Ich kann bezeugen, dass du mich ganz unbeschwert in das Gutshaus geführt hast und vor Entsetzen zusammengebrochen bist, wie du die Leiche gesehen hast. Das beweist hinreichend, dass du nicht wusstest, dass sie da liegt. Du konntest mit seinem Tod also nichts zu tun haben."

„Du hast recht, mein schlauer Detektiv." Sie küsste ihn auf die Wange, ließ sich aber wiederum nicht fangen, als er nach ihr griff. „Ich wusste, dass du mich nicht hängen lässt. Genau genommen bist du das perfekte Alibi für mich, falls es notwendig sein sollte. Ich räume nur rasch die Küche auf. Überleg dir inzwischen, was wir dann unternehmen. Es wird heute ein schöner Tag."

Kapitel 8: Damals

Es war ein schöner Tag geworden. Er saß an ihrem Treffpunkt bei der Pferdeschwemme und wartete auf sie. Als sie um vier Uhr noch nicht gekommen war, gab er sich einen Ruck und beschloss, zu ihr nach Hause zu gehen. Das tat er nicht gerne, weil er sich, wie die anderen Kinder des Ortes auch, vor dem alten Schmied fürchtete, aber er machte sich Sorgen um sie.

Der alte Schmied war eine mächtige, furchterregende Erscheinung. Er hieß nicht nur Schmied, sondern er war auch einer. Als Amadeus in die Werkstatt trat, stand er am Ambos. Eine lederne Schürze bedeckte seinen tonnenförmigen Rumpf, auf dem Kopf trug er eine schwarze lederne Kappe. Der schwere Hammer wirkte in seiner Hand wie ein Spielzeug. Die Esse im Hintergrund fauchte, zwischen glühenden Kohlen lagen Eisenstücke. Der Schmied starrte Amadeus unter buschigen weißen Augenbrauen an, in denen sich schwarzer Russ festgesetzt hatte.

„Guten Tag, Herr Schmied."

„Was willst du?" Kinder hatten artig zu grüßen, aber sie wurden meist nicht zurückgegrüßt. Vom Pfarrer natürlich schon und von Verwandten, aber nicht von jemandem wie dem alten Schmied. Von dem schon gar nicht.

„Dürfte ich, bitte, mit der Lieselotte sprechen?"

Die Augenbrauen zogen sich finster zusammen, die Esse fauchte wütend auf und verbreitete rötliches Licht. Der Hammer in der Hand des alten Schmied schwang hin und her. Amadeus sah sich nach einem Fluchtweg um.

„Bist du der Junge, mit dem sie jetzt ständig zusammensteckt, der aus Wien?"

„Wir haben uns ein paar Mal getroffen, Herr Schmied."

„Sie ist krank. Sie liegt im Bett. Bist du gestern mit ihr im Regen herumgerannt?"

„Es tut mir leid. Auf einmal war die Sonne weg und es hat zu schütten begonnen."

„Der Sonne darf man nicht trauen. Wo wart ihr denn?"

Wenn man etwas verheimlichen will, soll man keine komplizierten Lügen auftischen, sondern möglichst nahe an der Wahrheit bleiben. Diese Weisheit hatte Amadeus von seinem Lieblingskommissar. „Wir waren nur spazieren. In der Ortschaft, beim alten Herrenhaus und zurück. Dabei hat uns das Wetter erwischt."

„Wart ihr drinnen?"

„Im Herrenhaus? Natürlich nicht, Herr Schmied! Das ist doch verboten! Darf ich die Lieselotte besuchen?"

Der alte Schmied zog einen glühenden Eisenstab aus der Esse, betrachtete ihn prüfend und stieß ihn wieder ins Feuer zurück. Dann verkündete er seine Entscheidung: „Erster Stock, mittlere Tür; du klopfst an und gehst nur hinein, wenn sie es erlaubt. Die Tür lässt du offen. Du setzt dich nicht aufs Bett. Du hast eine Viertelstunde Zeit. Wenn du dann nicht herunterkommst, hole ich dich. Vielleicht schaue ich auch schon früher nach euch."

Bei jedem Punkt schlug er mit seinem Hammer auf den Ambos.

„Jawohl, Herr Schmied." Amadeus drückte sich an dem finsteren Riesen vorbei, lief durch den Ausstellungsraum, in dem etliche Maschinen standen, und die Treppe hoch.

„Wer ist da?", fragte eine klägliche Stimme, als er an der mittleren Tür klopfte.

„Ich bin es, der Heinz"

„Komm herein!" Er trat ein, schloss die Tür, machte sie aber gleich wieder auf. Lisa lag im Bett, schniefte und hatte eine rote Nase. Er setzte sich vorsichtig auf einen Stuhl. Viel lieber hätte er sich zu ihr aufs Bett gesetzt. Nur der Gedanke an den alten Schmied, der vielleicht hereinschauen würde, hielt ihn davon ab.

„Wie geht es dir? Bist du arg krank?"

„Es ist bloß ein Schnupfen. Lieb von dir, dass du mich besuchst. Hast du jemanden etwas erzählt?"

„Nein, ich habe es dir doch versprochen. Wir sollten aber schon ... "

„Bitte nicht, Heinz! Glaub mir, es ist besser, wenn wir den Mund halten."

„Ich dachte nur ... Er war doch dein Freund."

„Das war er nicht! Früher einmal ein bisschen, aber dann nicht mehr.

„Was ist denn geschehen?"

„Das habe ich dir doch schon erzählt." Sie bewegte sich unbehaglich hin und her und zog sich die Decke bis ans Kinn hoch. „Er war ein paar Jahre älter als ich. Er hat wollen, das ich ihn angreife und er hat mir gezeigt, was ich machen soll. Dabei hat er blöd herumgeredet. Es war unangenehm und widerlich. Wie er mich dann angefasst hat und zwingen wollte, bin ich durchgedreht. Ich habe ihn außerdem gar nicht richtig gemocht, so wie ich dich mag. Das ist bei mir so, wenn die böse, verrückte Lisa nicht mehr auf die Lotte hören will. Ich habe zu kreischen und zu toben angefangen, dann habe ich einen großen Stein erwischt und damit auf ihn eingedroschen. Obwohl er natürlich größer und stärker war als ich, hat er sich so erschrocken, dass er weggerannt ist. Er hat dann die paar Kratzer und blauen Flecken, die nicht der Rede wert waren, herumgezeigt und erzählt, ich wäre eine gefährliche Tobsüchtige, vor der man sich fürchten müsse. Das Komische ist nur, dass mich der alte Schmied, der sonst wegen jeder Kleinigkeit in die Luft geht, deswegen nicht verprügelt hat."

„Du meinst, es macht dir nichts aus, wenn er da unten liegen bleibt, für immer?"

„Überhaupt nicht. Bitte Heinz!" Ihre großen Augen, die auf einmal mitleiderregend und flehend waren, wie die eines sterbenden Rehs – sie konnte diesen Blick schon ganz gut – hielten ihn fest.

Amadeus zögerte noch immer. „Da ist noch etwas", bekannte Lisa mit leicht zitternder Stimme. „Ich selber habe ihn in das Herrenhaus gelockt und eingesperrt. Wenn das herauskommt, bringen sie mich sicher wieder in dieses schreckliche Krankenhaus."

„Was hast du getan?", fragte Amadeus entsetzt.

Lisa zog die Decke noch weiter hoch. Es fehlte nicht viel und sie hätte sich darunter verkrochen. „Der Melchior war ein eingebildeter Kerl, der geglaubt hat, er kann mit den Mädchen machen, was er will. Einige sind ja wirklich auf ihn abgefahren, andere haben sich über ihn geärgert. Einige auch deswegen, weil er sie stehen hat lassen. Nachdem bekannt geworden ist, dass ich ihn verprügelt habe, haben ein paar von ihnen mit mir geredet und gemeint, dass er das verdient hat, es sei aber noch nicht genug. Wir sollten ihm einen heftigen Streich spielen, damit er von seinem hohen Ross herunterkommt. Wir konnten doch nicht wissen, dass es so ausgehen wird."

„Welche anderen Mädchen?"

„Du kennst sie wahrscheinlich vom Sehen. Die Anna Moser, die Susi Jehlik und die Angelika Forsthuber. Es hat mir gefallen, dass sie mich ins Vertrauen gezogen haben, denn sonst haben sie mich meist links liegen lassen. Ich habe dann auch die Idee gehabt, dass wir ihn in das alte Herrenhaus locken und dort die Nacht über einsperren. Es gibt nämlich Geschichten, dass es dort spuken soll. Die Susi hat gemeint, er scheißt sich sicher vor Angst in die Hose. Ich habe ja gewusst, wie man in das Haus hineinkommt, weil ich schon früher die offene Seitentür entdeckt habe und drinnen war. Der Schlüssel hat immer innen gesteckt. Also habe ich ein Liebesbriefchen geschrieben und ihn zu einem Date bestellt. Dann habe ich mich hingeschlichen und geschaut, ob er wirklich kommt. Ich habe ihn zwar nicht gesehen, aber aus dem Haus ganz leise Musik gehört. Weil ich mich etwas verspätet hatte, habe ich gedacht, er ist schon drinnen und wartet auf seine Verehrerin. Also habe ich rasch zugesperrt, den Schlüssel außen stecken lassen und bin fort."

„Du lieber Gott", stöhnte Amadeus.

„Am nächsten Tag haben wir ihn herauslassen wollen. Der alte Schmied hat mir aber wieder einmal Hausarrest verpasst, deshalb habe ich die Susi angerufen und ihr gesagt, sie soll hingehen und aufsperren. Das hat sie auch getan, aber sie hat nicht geschaut, ob er wirklich herauskommt, sondern ist rasch weggerannt. Wie der Melchior aber nicht mehr aufgetaucht ist, haben wir uns Gedanken gemacht. Am übernächsten Tag sind wir alle vier in das Haus geschlichen und haben nachgeschaut. Es war aber keine Spur von ihm zu finden."

„Du lieber Gott", wiederholte Amadeus.

„Verstehst du jetzt? Er muss im Dunkeln die Treppe hinuntergefallen sein und sich den Hals gebrochen haben. Wenn das herauskommt, werden sie mir die Schuld geben. Sie werden sagen, ich hätte ihn umgebracht und mich wieder in die Klinik bringen. Bitte Amadeus! Ich habe ihm sicher nichts antun wollen. Ich könnte mich erinnern, wenn ich ihm etwas getan hätte. Ich erinnere mich meistens daran, wenn die böse Lisa etwas angestellt hat."

„Wahnsinn", flüsterte Amadeus. „Mit wem rede ich denn gerade? Mit der Lisa oder mit der Lotte?"

„Mit mir, mit beiden. Bitte hilf mir, Amadeus! Wenn wir nichts sagen, wird alles gut. Sie werden ihn da unten wahrscheinlich nie finden."

Amadeus hatte da seine Zweifel, aber er konnte sich dem flehenden Blick ihrer großen Augen nicht entziehen. Der Gedanke, sie könnte durch seine Schuld in ein Irrenhaus kommen – das war in seiner Vorstellung die Klinik vor der sie sich so fürchtete – war ihm unerträglich. Sein bisher so festgefügtes, auf Regeln gegründetes Weltbild bekam einen weiteren Riss. „Wenn du es so willst, dann schweigen wir", verkündete er entschlossen.

„Komm her zu mir. Sie nahm seinen Kopf zwischen die Hände und küsste ihn auf die Stirn. „Damit ich dich nicht anstecke", flüsterte sie erklärend.

„Was macht ihr da oben?", brüllte der alte Schmied, dass es durchs ganze Haus hallte. „Du bist jetzt schon eine halbe Stunde droben! Soll ich hinaufkommen?"

Als Amadeus die Schmiede verlassen wollte, nicht ohne sich artig verabschiedet zu haben, wofür er nur missmutiges Grollen erntete, kam ein Mädchen mit blonden Zöpfen herein. „Guten Tag, Herr Schmied. Darf ich, bitte, die Lieselotte besuchen?"

„Ist das hier ein Krankenhaus ohne feste Besuchszeiten? Oder ein Kindergarten?", donnerte der alte Schmied. „Ich dulde es nicht, dass ständig fremde Kinder in meiner Werkstatt herumlungern. Dauernd fehlt mir dann etwas. Mein halbes Werkzeug ist schon verschwunden. Das kann doch nicht die Katze gefressen haben!"

Das Mädchen senkte demütig den Kopf. Amadeus breitete die Arme aus, um zu zeigen, dass er keine Hämmer oder sonstiges Werkzeug eingesteckt hatte.

„Du kennst den Weg, Anna", wandte sich der Schmied an das Mädchen. „Eine halbe Stunde und treibt keinen Unfug." Der Hammer fiel nur einmal auf den Ambos. Bei Mädchen waren die Auflagen weniger streng als bei Jungen. Amadeus suchte das Weite.

Kapitel 9: Jetzt

„Denkst du an die alten Zeiten?", fragte Lisa. Sie hatte sich umgezogen und hübsch gemacht. „Hast du entschieden, was wir machen?"

„Das überlasse ich dir, so wie damals."

Sie stemmte die Arme in die Hüften. „Tu nicht so, als ob ich dich ständig herumkommandiert hätte. Ich denke, wir bummeln zum Herrenhaus."

„Das habe ich befürchtet. Wir könnten auch ganz woanders hingehen und uns einen schönen Tag machen."

„Später vielleicht. Ich möchte nur wissen, wie weit die Bauarbeiten fortgeschritten sind. Ich kann jederzeit hingehen, ohne dass es Aufsehen erregt, weil dort Arbeiten auf mich warten. Schau nicht so verdrießlich, Amadeus. Bitte! Komm schon!"

„Du bist zwar viel hübscher als damals, aber sonst hast du dich nicht sehr geändert."

Sie kommentierte diese Bemerkung nicht.

Auf dem Weg zum Gutshaus gingen sie eng nebeneinander, ihre Hände berührten sich gelegentlich und blieben schließlich ineinander hängen. Sie verschränkte ihre Finger mit den seinen. Leute kamen ihnen entgegen und grüßten freundlich.

Sie merkte seine Verlegenheit und sagte amüsiert: „Keiner denkt sich etwas Besonderes, wenn du mit mir Hand in Hand gehst. Sie halten das für selbstverständlich. Du bist nämlich längst zur Kenntnis genommen, registriert und eingeordnet worden. Das ist so in diesem Dorf. Mehr Menschen als du glaubst, erinnern sich noch an dich und auch daran, dass du damals ständig mit mir beisammen warst. Wenn die Leute von dir reden, dann sagen sie nur: ‚Der Schmiedin ihr Freund aus Wien.' Das wird noch eine Weile so bleiben. In vielen Jahren vielleicht – wenn du nicht mehr zu den zugereisten Fremden gerechnet würdest – bekämst du einen eigenen Namen. Bis dahin bist du einfach nur ‚der Freund von der Schmiedin aus Wien'. Finde dich damit ab. Die Leute gehen nämlich davon aus, dass wir ein Verhältnis miteinander haben oder zumindest bald eines haben werden. Da kann man gar nichts dagegen machen."

„Ich würde sie ungern enttäuschen", murmelte Amadeus. Sie tat, als ob sie das nicht gehört hätte.

Am Eingang zum Herrenhaus erwartete sie eine Überraschung. Unter dem frisch renovierten Schwibbogen stand ein Polizist. Amadeus merkte, wie sich Lisa verkrampfte. Er hielt ihre Hand ganz fest. „Ruhig", murmelte er. „Du hast es so gewollt, jetzt lass dir nichts anmerken."

„Sie können nicht hinein, es ist abgesperrt", erklärte der Polizist. „Wer sind sie überhaupt?"

Lisa hatte sich gefasst. „Ich bin hier für die Kunstschmiedearbeiten zuständig. Was ist denn los?"

„Es hat einen Unfall gegeben. Ich fürchte, auch Handwerker dürfen nicht hinein."

„Ja, wen haben wir denn da!", rief ein Mann, der aus dem Hof auftauchte. Er war einige Jahre älter als Amadeus, von großer massiger Gestalt und missmutigem Gesichtsausdruck. „Wenn das nicht der Amadeus Heinrich ist. Nach einem Versicherungsfall schaut mir das aber nicht aus." Er schüttelte Amadeus die Hand und sah Lisa fragend an.

„Darf ich dir Herrn Chefinspektor Hagenberg vom Landeskriminalamt vorstellen", sagte Amadeus eilig. „Wir kennen uns noch von unserer gemeinsamen Zeit bei der Polizei, ehe ich mich selbständig gemacht habe."

„Fahnenflüchtig ist er geworden", lachte Hagenberg und gab Lisa die Hand.

„Charlotte Schmied, Kunstschlosserin", sagte Lisa förmlich. „Ich mache hier Kunstschmiedearbeiten und Renovierungen."

„Da wird Ihnen der Amadeus aber nicht viel helfen können. Er kann ja nicht einmal einen Nagel gerade in die Wand schlagen. Ich weiß das, weil sich auf dem Wachzimmer die Belegschaft krumm und schief gelacht hat, wie er versucht hat, das Bild von unserem verehrten Bundespräsidenten an die Wand zu hängen."

„Ich bin bloß ein paar Tage auf Urlaub hier", erklärte Amadeus. „Die Charlotte ist eine liebe alte Freundin aus Jugendtagen."

„Lieb sicher, aber doch nicht alt, mein Bester!" Hagenberg betrachtete Lisa nachdenklich und verzog das Gesicht zu einer Grimasse, die verbindlich wirken sollte.

„Und was machst du hier? Seit wann untersuchst du Unfälle?"

„Überhaupt nicht. Wenn es wirklich ein Unfall war, bin ich schneller weg, als du schauen kannst. Eigentlich ist das auch gar nicht mein Revier. Sie haben mich bloß hergeschickt, weil Not am Mann war."

„Was ist denn passiert?"

„Man hat gestern Nachmittag eine Leiche unter einer eingestürzten Treppe gefunden."

„Und jede Hilfe ist zu spät gekommen?"

„Das kann man so sagen. Es war nur mehr ein Skelett da. Er muss vor langer Zeit gestorben sein."

„Im Mittelalter? Das Haus soll sehr alt sein."

„So alt auch wieder nicht. Zwanzig bis dreißig Jahre schätzt der Gerichtsmediziner."

„Ich verstehe noch immer nicht, was du damit zu tun hast: Du, einer der Chefermittler in Mordsachen."

„Na ja. Der Gerichtsmediziner hat eine eigenartige Verletzung am Schädelskelett festgestellt. Ein viereckiges Loch. So als ob man ihm einen mittelalterlichen Streithammer in den Schädel geschlagen hätte. Der Doktor ist sich noch nicht ganz sicher, ob das nicht auch durch einen herabfallenden Stein verursacht worden sein kann und will es im Labor genauer untersuchen. Bis dahin bleibe ich am Ball."

Amadeus merkte ein leises Zittern an Lisas Hand. Hagenberg wurde abgelenkt. Ein Zivilist trat an ihn heran, flüsterte ihm etwas zu und reichte ihm einen Zettel.

„Da haben wir schon die Liste der Vermissten aus dem fraglichen Zeitraum und der näheren Umgebung. Viele sind es nicht." Er las die Namen laut vor.

„Den Melchior Kasparik habe ich gekannt", gestand Lisa tapfer und im Bewusstsein, dass das ohnehin herauskommen werde.

„Das ist ja eine Überraschung, liebe Charlotte. Ich darf sie doch Charlotte nennen, verehrte Freundin meines alten Freundes Amadeus?"

„Ja natürlich können Sie mich Charlotte nennen. So überraschend ist das auch wieder nicht. Ich habe mein ganzes Leben in Grafenhotter verbracht. Der Melchior war ein Junge aus dem Dorf. Er ist vor ungefähr fünfundzwanzig Jahren verschwunden."

„Das könnte passen. Das könnte sogar sehr gut passen. Der Doktor sagt, der Tote war vermutlich ein Jugendlicher. Haben Sie ihn gut gekannt?"

„In so einem kleinen Nest kennen die Leute einander alle mehr oder weniger gut. Er war zwei oder drei Jahre älter als ich."

„Ausgezeichnet. Dann wissen wir ja auch, wo wir mit einer DNA-Untersuchung ansetzen müssen. Leben noch Verwandte von ihm im Dorf?"

„Eine Cousine, glaube ich."

„Ausgezeichnet. Das wird hoffentlich für eine Identifizierung ausreichen. Vielleicht finden wir auch noch seinen Zahnarzt. Sie haben mir sehr geholfen, meine Liebe, sehr geholfen."

„Das freut mich, wenn der Ausdruck bei einem so traurigen Anlass überhaupt angebracht ist." Lisa klang leicht erschöpft.

„Aber ja doch. Den Kriminalisten freut so etwas immer, nicht wahr Amadeus, alter Privatschnüffler?"

„Was erhoffst du dir eigentlich?", fragte Amadeus. „Falls es wirklich kein Unfall war, ist der Täter vielleicht schon tot oder die Sache ist verjährt. Beweise wirst du ohnehin kaum mehr finden."

„Sag das nicht. Ich finde meistens etwas. Außerdem ist es für mich nicht so wichtig, was die Staatsanwaltschaft daraus macht. Mir kommt es nur darauf an, das Rätsel zu lösen. Sollte es wirklich der Kasparik sein und es war Mord, dann werde ich zunächst einmal überprüfen, mit wem er kurz vor seinem Tod zusammen war. Der Täter findet sich oft im persönlichen Umfeld des Opfers. Das haben sie uns schon auf der Polizeischule beigebracht, erinnerst du dich? Sagen Sie, liebe Charlotte, verehrte Kunstschlosserin, verwendet man in ihrem Beruf eigentlich Spitzhämmer?"

„Gelegentlich. Darf ich Sie daran erinnern, dass ich vor fünfundzwanzig Jahren noch keine Schlosserin war, sondern ein zwölfjähriges Schulmädchen?"

Hagenberg hob abwehrend die Hände. „Aber ja, meine Liebe, das weiß ich doch. Wollt ihr mich jetzt bitte entschuldigen? Wir werden uns gewiss noch sehen. Bis später, liebe Charlotte, bis später, Amadeus, alter Freund!"

Sie sahen ihm schweigend nach. „Er ist gut, nicht wahr?", fragte Lisa schließlich. „Er tut nur so, als ob er leutselig wäre, mit seiner aufgesetzten Freundlichkeit. In Wahrheit ist er kalt wie eine Hundeschnauze."

„Wahrscheinlich ist er der Beste, den sie haben."

Sie löste ihre Hand aus der seinen. „Er hat mich im Verdacht."

„Nein, das hat er sicher nicht. Mach dich bloß nicht verrückt. Was er da gemacht hat, gehört zur Methode. Er überrascht die Leute auf gut Glück mit einer provokanten Frage und studiert dann ihre Reaktion. So wie bei dir, indem er dich nach einer möglichen Mordwaffe gefragt hat. Er hat es aber nicht wirklich ernst gemeint. Das war eher einer seiner eigenartigen Scherze, der für mich bestimmt war; sozusagen als Reminiszenz an meine Ausbildung bei der Polizei. Er war damals einer meiner älteren Kollegen."

„Hoffen wir das Beste. Bringst du mich, bitte, nach Hause? Mir ist die Lust zu Spaziergängen vergangen, und es wird Zeit fürs Mittagessen."

Lisa machte sich erbötig, rasch ein Mittagessen zuzubereiten, aber Amadeus lud sie mit so blumigen Worten in den ‚Goldenen Ochsen' ein, dass sie nicht ablehnen konnte. Er war nämlich hungrig und fürchtete sich vor ihren Kochkünsten.

Der ‚Ochse' war gut besucht. Sie bekamen trotzdem einen angenehmen Tisch. Amadeus ließ Lisa bestellen, stellte aber klar, dass die Rechnung auf ihn ginge.

„Dass du ihm ja die Preise für Einheimische berechnest", forderte Lisa ungeniert vom Wirten.

„Es ist doch selbstversverständlich", versicherte Melk, „dass dein Freund aus Wien – solange er es ist – nur die einheimischen Preise bezahlt."

Das Mittagessen war ausgezeichnet und sie redeten erst wieder beim Nachtisch.

„Er ist also erschlagen worden", sagte Lisa und sprach damit etwas aus, das die ganze Zeit schweigend zwischen ihnen gestanden hatte. „Warum fragst du mich nicht? Zum Beispiel ob ich es war?"

„Das ist nicht notwendig. Ich kenne die Antwort. Ich weiß, dass du es nicht warst."

Sie seufzte. „Für einen Detektiv bist du reichlich vertrauensselig. Wer könnte es deiner Meinung nach sonst gewesen sein?"

„Wäre ich der Detektiv in einem Roman, würde ich mit geheimnisvoller Miene andeuten, dass ich schon einen Verdacht habe. In Wirklichkeit habe ich nicht die geringste Ahnung."

Schröcksmüller kam an ihrem Tisch vorbei und zögerte einen Augenblick. „Wollen Sie uns nicht Gesellschaft leisten, Herr Postenkommandant, wenn es der Dienst erlaubt?", fragte Amadeus verbindlich lächelnd.

Schröcksmüller war durch diese freundliche Einladung überrumpelt. „Ich will aber nicht stören." Er setzte sich vorsichtig.

„Darf ich Sie zu einer Erfrischung einladen, vielleicht ein Bier, wenn es der Dienst erlaubt?" Der Polizist murmelte etwas, das man als Zustimmung deuten konnte. „Wissen Sie", fuhr Amadeus fort, „es ist mir daran gelegen, die Sache zwischen uns in Ordnung zu bringen. Ich fürchte, ich war gestern sehr, sehr unfreundlich zu Ihnen. Das tut mir leid. Ah, da ist schon Ihr Bier. Auf dein Wohl! Ich bin noch immer der Heinz, wenn es dir recht ist."

„Und ich der Edi." Schröcksmüller lächelte leutselig. Jetzt durchschaute er die Situation. Der Freund der Schmiedin wollte sich bloß mit ihm versöhnen. Das war verständlich, denn immerhin war er als Postenkommandant eine wichtige Person in der Ortschaft. „Du brauchst dir keine Gedanken mehr zu machen", sagte er gönnerhaft. „Ich trag dir nichts nach und ich verprügle auch niemanden mehr. Außer natürlich, er leistet Widerstand gegen die Amtsgewalt. Aber das ist dann dienstlich. Privat mache ich so etwas längst nicht mehr." Er prostete Amadeus neuerlich zu. Lisa schaute zwischen ihnen hin und her und konnte es nicht fassen.

Amadeus lehnte sich vor. „Schrecklich ist das mit dem Toten oben im Herrenhaus. Angeblich soll es der Melchior sein. Ermittelst du in dieser Sache?"

„Das kann man so sagen. Wie das Skelett gestern knapp vor Arbeitsschluss gefunden wurde, habe ich natürlich sofort das Landeskriminalamt angerufen. Das ist so Vorschrift. Heute früh haben sie einen Chefinspektor geschickt. Der hat mich damit beauftragt, zu erheben, mit wem der Melchior befreundet war, kurz vor seinem Tod. Er sagt, in diesen Kreisen findet man oft einen Verdächtigen."

„Warst du nicht einer seiner besten Freunde?", fragte Lisa hinterhältig.

Schröcksmüller war das unangenehm. „Wir waren doch alle mit ihm gut bekannt. Man kann wirklich nicht sagen, dass ich sein bester Freund war. Sogar du warst mit ihm befreundet."

„Flüchtig, nur sehr flüchtig", winkte Lisa ab. „Wir haben uns nicht besonders gut verstanden. Er war viel älter als ich und ist mehr mit euch Buben herumgezogen."

„Ich glaube nicht, dass uns solche alten Kindergeschichten weiterbringen", räumte Schröcksmüller ein. „Aber der Chefinspektor will es halt so. Ich dachte, ich rede vielleicht mit dem Schuldirektor. Der hat alle Kinder gut gekannt. Am Samstag kommt er meistens um diese Zeit in den ‚Ochsen'."

Lisa fauchte wie eine gereizte Katze und Amadeus warf ihr einen warnenden Blick zu. Schröcksmüller war abgelenkt, weil eben ein Mann hereinkam und sich nach einem freien Tisch umsah. Er war mittelgroß, weißhaarig etwa sechzig Jahre alt, hatte eine sportliche Figur und ein rosiges Gesicht, das Wohlwollen und Güte ausstrahlte.

Der Postenkommandant stand hastig auf. „Entschuldigen Sie, Herr Direktor, hätten Sie ein paar Minuten für mich übrig?"

Viehgruber schaute ratlos auf den besetzten Tisch. Amadeus stand gleichfalls auf. „Wenn Sie uns die Ehre geben wollen, sich zu uns zu setzen, Herr Direktor?" Er wandte sich an Schröcksmüller. „Außer es ist vertraulich, lieber Edi. Sozusagen ein Amtsgeheimnis. Ich glaube, so nennt man das. Dann werden wir uns natürlich zurückziehen."

„Was soll daran schon geheim sein." Schröcksmüller holte beflissen einen Sessel vom Nebentisch. Der Schuldirektor nahm Platz.

„Heinrich, Amadeus Heinrich" stellte sich dieser vor. „Ich bin der Charlotte ihr Freund aus Wien."

Der Direktor blinzelte mit wässrigen Augen und lächelte freundlich. „Ich habe schon von Ihnen gehört. Wir haben uns sogar kennengelernt, damals wie Sie bei Ihrer Tante – Gott hab sie selig – zu Besuch waren. Angenehme Ferien wünsche ich Ihnen in unserem schönen Grafenhotter. Grüß dich Gott, Lieselotte. Was wollen Sie denn nun von mir, Schröcksmüller?"

„Es geht um den Melchior; weil man ihn doch jetzt gefunden hat, vermutlich."

„Tragisch, sehr tragisch." Der Direktor wischte sich rasch über die Augen. „Er war so ein begabter Junge und allseits beliebt. Wenn ich daran denke, dass er all die Jahre dort unten gelegen hat, drückt es mir das Herz ab." Er wandte sich an Amadeus. „Haben Sie ihn noch gekannt? Sie waren damals doch auf Ferien hier!"

„Ich habe ihn nie im Leben gesehen." Amadeus freute sich heimlich über die Zweideutigkeit seiner Antwort.

„Er hätte Ihnen gefallen. Er hat allen gefallen, besonders den Mädchen." Er schaute Lisa an. „Warst du nicht auch ein wenig verschossen in ihn? Er hat mir erzählt, er trifft sich mit dir. Der gute Junge hat mich oft ins Vertrauen gezogen. Ich dachte schon, aus euch wird ein Paar."

„Für eine Paarung war ich damals entschieden zu jung", sagte Lisa eisig.

„Ja, das warst du wahrscheinlich wirklich. Obwohl, für die Liebe kann man nie zu jung sein, das hat mich meine Erfahrung als Pädagoge gelehrt." Er hob den Zeigefinger. „Selbstverständlich in den Grenzen von Anstand und Gesetz, damit mich da niemand missversteht."

„Die Lieselotte scheidet wahrscheinlich aus", murmelte Schröcksmüller und kritzelte etwas in sein Notizbuch.

„Was machen Sie denn da?", erkundigte sich Viehgruber.

„Ich soll melden, mit wem der Melchior vor seinem Verschwinden besonders befreundet war. Deswegen wollte ich auch Ihren Rat einholen."

„Aha. War er nicht auch mit Ihnen befreundet?"

„Nicht sehr. Ich scheide definitiv aus." Schröcksmüller schrieb wieder etwas in sein Büchlein.

„Der Karl Selbster?"

„Scheidet selbstverständlich aus, der ist doch Bürgermeister." Schröcksmüller machte ein paar nachdrückliche Striche in sein Buch.

„Dann fällt mir noch der Ernst Gruber ein", schlug Viehgruber vor.

Der Postenkommandant kaute an seinem Bleistift. „Der könnte passen. Ich habe gehört, er muss demnächst in Konkurs gehen, mit seinem Fahrradverleih. Den kann ich mit ruhigem Gewissen melden." Er machte einen sorgfältigen Eintrag in sein Notizbuch.

„Na sehen Sie." Viehgruber stand auf. „Entschuldigen Sie mich bitte. Dort kommt unser Bürgermeister. Ich muss mit ihm unser neues Jugendförderungsprogramm besprechen. Ach, es haben ja so viele Kinder Lernrückstände. Besonders die Mädchen sind in Mathematik schwach."

Er nickte gütig und eilte auf den Neuankömmling zu. Lisa gab ein lang anhaltendes Fauchen von sich, das Schröcksmüller zum Glück überhörte, weil er den ausgeborgten Sessel wieder an seinen Platz zurückstellte.

„Sag einmal Edi, war der Melchior wirklich so ein Herzensbrecher, wie der Direktor angedeutet hat?", fragte Amadeus. „Er war doch kaum älter als fünfzehn oder sechzehn Jahre."

„Das war er. Er hat sich mit den Mädchen leicht getan. Wir Buben haben ihn alle darum beneidet. Nur die wenigsten Mädchen haben ihn abblitzen lassen. Deine Lieselotte war eine davon. Sie hat ihn halb erschlagen, wenn wahr ist, was man sich erzählt hat."

„So arg war es gar nicht", sagte Lisa nervös. „Du wirst das doch nicht in dein Büchlein schreiben?"

„Vielleicht wäre es nützlich, wenn man herausbekäme, mit welchen Mädchen er sich in diesem Sommer abgegeben hat", grübelte Amadeus.

„Mag sein. Ich weiß bloß nicht, welchen Sinn es haben soll, solche alten Geschichten auszugraben. Diese Kindereien haben sicher nichts mit dem zu tun, was dem armen Melchior dann passiert ist. Wenn du mich fragst, es war einfach ein Unfall und man sollte nicht mehr hineingeheimnissen. So, jetzt muss ich aber weiter; der Dienst ruft. Danke für das Bier." Schröcksmüller zog sich an die Theke zurück, wo er sich einen Schnaps vergönnte.

Auf dem Heimweg schwiegen sie. Amadeus grübelte vor sich hin. Lisa hätte gerne mit ihm geredet, erkannte aber, dass zur Zeit mit ihm nichts anzufangen war. Also zog sie sich in ihre Werkstatt zurück und überließ ihn seinen Gedanken.

Kapitel 10: Damals

„Worüber denkst du nach?", fragte Lisa. Sie saßen an ihrem Lieblingsplatz unter den Büschen am Flussufer. Der Pegelstand war gestiegen und die Wellen reichten fast bis an ihre Füße. Trotzdem bestand keine Gefahr mehr für den Ort. Es hatte zu regnen aufgehört und der Sommer war zurückgekommen.

„Ich frage mich, woran er gestorben ist. Ich meine, in unserem Alter stirbt man doch nicht so einfach."

„Ich will es gar nicht wissen. Ich will am liebsten nicht darüber reden. Wahrscheinlich ist er die Treppe hinuntergefallen. Das habe ich dir doch schon gesagt."

„Glaubst du, er war sofort tot? Oder hat er noch eine Weile gelebt?"

„Ich weiß es doch nicht. Hör bitte auf, ja? Wenn du mir versprichst aufzuhören, zeige ich dir noch ein Geheimnis"

„Lieber nicht! Du mit deinen Geheimnissen bringst mich immer nur in Schwierigkeiten. Komm doch einfach zu mir nach Hause spielen."

„Spielen ist etwas für Kinder. Für kleine Kinder. Ich zeige dir etwas. Ich zeige dir ein Kunstwerk!"

Amadeus dachte nach. Er konnte mit dem Begriff Kunstwerk zwar nicht viel anfangen, es schien ihm aber unverfänglich zu sein. „Komm schon", drängte Lisa. Er gab nach – wie immer.

Sie führte ihn tief in den Auwald hinein. Abseits aller Wege stand eine Holzhütte, so schief und krumm, dass sie schon längst umgefallen wäre, wenn sie sich nicht an einen Baum hätte lehnen können. Die Tür war mit einem Stück Draht gesichert.

„Was ist das?"

„Das haben Holzarbeiter aufgestellt. Schon vor langer Zeit. Jetzt ist die Hütte unbenutzt und ich habe meine Werkstatt drinnen eingerichtet."

„Du hast eine Werkstatt?"

„Du wirst schon sehen." Sie band den Draht auf und ließ ihn eintreten. Der Boden bestand aus blanker Erde und war sauber gefegt. Licht bekam der Raum durch ein Fenster, dessen Glasscheiben durch dickes ölgetränktes Papier ersetzt worden waren. Das Dach schien dicht zu sein, hing aber so tief herab, dass Lisa gerade noch stehen konnte. In einer Ecke lag ein Klumpen Eisen, dessen glatte Oberfläche man zur Not als behelfsmäßigen Ambos verwenden konnte. Dort waren vermutlich einmal die Werkzeuge der Holzarbeiter gerichtet worden. Lisa hob ein paar Bretter vom Boden. Darunter war ein Loch in die Erde gegraben. Amadeus schaute neugierig hinein. Auf ölgetränkten Fetzen lagen ein paar Hämmer, Zangen, kleine Meißel und verschiedene andere Werkzeuge, für die er keinen Namen hatte.

„Wo hast du das her?"

„Dem alten Schmied geklaut, was denn sonst. Wenn er wüsste, dass ich es habe, würde er mich glatt erschlagen. Er kommt bloß nicht auf die Idee, ich würde mich für so etwas interessieren. Also jammert er zwar, dass ihm ständig etwas fehlt, er kommt aber nicht dahinter wieso. Sag jetzt bloß nicht, dass man nicht stehlen darf. Das erzählt mir die Lotte ohnehin ständig."

Er hatte sich inzwischen ein wenig daran gewöhnt, dass sie bisweilen von sich selbst redete, als ob sie nicht ein, sondern zwei Mädchen wäre. „Die Lotte hat sicher recht. Wozu brauchst du das alles?"

„Schau her." Sie hob noch ein paar Bretter hoch. Darunter lagen die verschiedensten Arbeiten aus Blech, Draht und Metallstücken. Sie hob sie behutsam heraus und stellte sie auf den Boden. Besonders gefiel ihm ein chinesischer Kuli, aus starkem Schweißdraht gebogen, der eine Rikscha aus Blech zog.

„Du bist ja eine richtige Künstlerin", sagte er bewundernd.

„Noch nicht, aber ich werde eine, du wirst schon sehen. Es ginge viel besser, wenn ich hier schweißen oder zumindest löten könnte. Schau, das ist meine letzte Arbeit."

Auf ein Stück Weißblech war eine Figur im Seitenprofil eingraviert. Sie erinnerte ihn an ein ägyptisches Wandbild, wie es in seinem Geschichtsbuch abgebildet war. Die Arbeit war mit viel Liebe zum Detail und sehr sorgfältig ausgeführt.

„Das ist aber schön. Was stellt es denn dar?"

„Das bist du."

Amadeus war gerührt. Sie hatte ein Bild von ihm gemacht. Nur etwas störte ihn. „Was ist das da? Den Zipfel meine ich."

„Es ist ein Aktbild. Das muss man sehen, wenn du nichts an hast."

„Das will ich nicht", sagte er empört.

„Wenn du unbedingt willst, mach ich es weg. Ich klopfe halt mit dem Hammer drauf", erbot sie sich zögernd.

Der Gedanke war ihm unangenehm und er wollte sie nicht betrüben. „Lass nur, sonst ruinierst du noch das schöne Bild. Man erkennt ohnehin nicht genau, dass ich das bin."

„Deswegen schreibe ich noch deinen Namen dazu: Heinz."

„Es ist so", gestand er verlegen, „dass mich zwar alle Heinz rufen, aber das ist nicht mein richtiger Name. In Wirklichkeit heiße ich Amadeus."

„Amadeus", sie ließ das Wort auf der Zunge zergehen. „Das gefällt mir. Ich werde Heinz und Amadeus schreiben. Sie begann mit den Fingern die Raumeinteilung auf dem Bild abzumessen.

Amadeus betrachtete sie voller Zuneigung und fasste einen heroischen Entschluss. „Darf ich dich küssen?"

Sie sah erstaunt auf. „Wann immer du willst. Du musst nicht jedes Mal fragen. Ich bin schließlich deine Freundin. Außer, ich bin wütend auf dich. Dann solltest du es besser nicht versuchen." Sie schloss die Augen und neigte den Kopf zurück. Er berührte ihre Lippen mit den seinen. Der Kuss dauerte länger, als er vorgehabt hatte. Als er sich von ihr löste schaute sie ihn mit verschleierten Augen an und streichelte über sein Haar. „Das war schön", flüsterte sie. „Wir zwei passen gut zusammen. Nimm dich nur vor der Lisa in Acht. Das ist ein ziemliches Luder."

Er wich verstört einen Schritt zurück.

„Was hast du?", fragte Lisa. „Macht dir die Lotte schöne Augen? Achte gar nicht auf sie. Die ist nichts für dich. Da kämen ja zwei schöne Langweiler zusammen. Bei mir bist du besser aufgehoben."

Er fühlte sich unbehaglich und wich noch einen Schritt zurück. „Bitte hör mit dem Lisa-Lotte-Spiel auf. Das wird mir unheimlich. Kannst du nicht einfach die Lieselotte sein?"

„Für dich bin ich die Lisa und dabei bleibt es auch." Sie begann ihre Schätze wieder sorgfältig in ihrem Versteck zu verbergen. „Früher oder später werde ich eine ordentliche Werkstatt brauchen, ich weiß bloß noch nicht, wie ich das anstellen soll." Sie schüttelte den Kopf. „Ich komme mir schon vor, wie der alte Schmied. Mir geht mein Spitzhammer ab, aber ich wüsste nicht, wo er hingekommen sein könnte. Weggenommen wird ihn wohl keiner haben, alles andere ist ja auch noch da." Sie schüttelte neuerlich den Kopf und legte die Bretter wieder sorgfältig über die Erdlöcher. Dann wischte sie sich die Hände an ihren Jeans ab und sah ihn prüfend an. „Willst du mich noch einmal küssen, bevor wir gehen?"

Er wollte sie nicht kränken, aber er fand, dass man die Küsserei auch nicht übertreiben sollte. „Jetzt nicht, vielleicht später."

„Ist recht", sagte Lisa ungerührt. „Ich werde es der Lotte ausrichten."

Kapitel 11: Jetzt

„Ist die Lotte da?", fragte Anna. „Der Vater schickt die restlichen dreißig Euro." Amadeus hatte ihr die Tür geöffnet, weil Lisa in der Werkstatt schweißte und nicht unterbrechen wollte.

„Sie muss noch eine Arbeit fertig machen. Willst du nicht hereinkommen?"

Er führte sie auf die Terrasse und nahm die Kaffeemaschine in Betrieb.

„Viel Milch und Zucker." Anna sah ihn von der Seite an. „Es ist sicher eigenartig, nach so langer Zeit seine Jugendfreundin wiederzusehen."

„Nicht so sehr. Die Lisa hat sich verändert, natürlich. Wir sind älter geworden. Bei ihr hat sich das viel besser ausgewirkt, als bei mir. Trotzdem kommt mir immer mehr vor, ich wäre gar nicht lang weg gewesen. Sie ist im Grunde die Gleiche geblieben."

„Du nennst sie noch immer Lisa? Alle anderen sagen inzwischen Lotte zu ihr."

„Sie will es so. Sie wollte von mir immer nur Lisa genannt werden. Eine Zeit lang hat es mich ganz konfus gemacht, wenn sie einmal die Lisa und dann wieder die Lotte war. Ich glaube, dieses Spiel spielt sie noch immer."

„Nur bei Leuten, denen sie bedingungslos vertraut. Davon gibt es nicht viele. Es ist schon eigenartig: Du bist ihr nie mehr aus dem Kopf gegangen, obwohl ihr damals doch nur Kinder wart. Sie hat ein Bild, das sie in diesem Sommer von dir gemacht hat, immer behalten. Jetzt hängt es sogar in ihrem Schlafzimmer. Es soll ein Aktbild sein."

Amadeus lachte. „Du meinst das Blechbild? Ich hätte sie beinahe dazu gebracht, den Akt wieder wegzumachen."

„Sie hat Heinz und Amadeus daraufgeschrieben, so als ob ihr zwei verschiedene Personen wärt. Hast du es noch nicht bemerkt?"

„Ich war noch nie in ihrem Schlafzimmer. Ich meine, jetzt als Erwachsener." Amadeus wurde verlegen und wechselte das Thema. „Hat sie dir auch ihre Werkstatt in der Au gezeigt?"

„Ja. Sie hat damals wieder Geheimnis tauschen gespielt. Das war eines ihrer Lieblingsspiele. Das Geheimnis, das ich bekommen habe, war die Werkstatt im

Wald. Ein paar Wochen später ist ihr der alte Schmied auf die Schliche gekommen. Er hat bemerkt, dass sie eine Zange einsteckt und sich verdrückt. Da ist er ihr nachgegangen und hat entdeckt, was sie treibt. Lisa hat es mir erzählt. Sie dachte, ihre letzte Stunde sei gekommen. Sie war sich ganz sicher, dass er sie an Ort und Stelle erschlagen wird. Nichts davon ist geschehen. Der Alte hat sich auf den Boden gesetzt und jedes einzelne Stück, das sie gemacht hat, genau studiert. Dann hat er bloß gesagt: ‚In diesem Dreckloch kannst du nicht ordentlich arbeiten. Morgen richte ich dir zu Hause eine eigene Werkbank ein.' Er war schon ein furchteinflößender Mann, der alte Schmied. Mit Kindern, besonders mit Mädchen hat er nichts anfangen können, aber seine Handwerkskunst ist ihm über alles gegangen. Von da an hat er sie mit anderen Augen gesehen und das Verhältnis zwischen den beiden hat sich grundlegend zum Besseren geändert."

„Klatscht ihr über mich?" Lisa. küsste Anna auf beide Wangen.

„Überhaupt nicht", antworteten Amadeus und Anna im Chor.

„Es ist ganz schön etwas los", bemerkte Lisa und öffnete den Reißverschluss ihrer Schlossergarnitur ein Stück. „Jetzt, weil sie doch den Melchior gefunden haben. Was reden denn die Leute so?"

Ihr Büstenhalter war grün. Amadeus' Augen blieben fasziniert an den beiden leicht gebräunten Halbkugeln hängen, die daraus hervorlugten.

„Ich habe erst vor kurzem davon gehört", erklärte Anna. „Die meisten sagen, es sei ohnehin klar gewesen, dass er tot ist."

Sie sah Amadeus vorsichtig von der Seite an.

„Er weiß es", sagte Lisa. „Er weiß es schon seit dem Sommer damals. Ich habe es ihm erzählt."

„Und er hat nie etwas gesagt?" Anna schaute Amadeus wohlwollend an. „Eine blöde Geschichte ist das schon. Wenn herauskommt, dass du ihn in dem Haus eingesperrt hast, gibt es einen ganz schönen Wirbel. Es wird Unannehmlichkeiten geben, nicht nur für dich, sondern für uns alle, die wir beteiligt waren. Hast du schon mit der Susi und der Angelika geredet?"

„Noch nicht. Ich weiß es ja auch noch nicht lange."

„Wir sollten mit ihnen reden, damit sie den Mund halten. Wenn du willst, übernehme ich die Angelika und du redest mit der Susi. Weißt du überhaupt, was sie jetzt macht und wo sie ist? Ich habe schon lange nichts mehr von ihr gehört."

„Ich habe noch immer Kontakt zu ihr. Sie betreibt in Krems eine Bijouterie. Sie hat ein paar Sachen von mir zum Verkauf übernommen und erst unlängst angerufen, ich soll ihr wieder etwas bringen. Das wäre eine gute Gelegenheit, um mit ihr zu reden."

„Es sollte aber bald sein." Anna machte eine Pause und schaute nachdenklich. „Was in dieser Nacht wohl wirklich geschehen ist? Glaubst du, er ist einfach die Treppe hinuntergefallen? Weiß man schon etwas über die genaue Todesursache?"

„Die Polizei ermittelt noch", warf Amadeus rasch ein, ehe Lisa antworten konnte. „Schröcksmüller hat mir erzählt, der Melchior habe vor seinem Tod ziemlich viel mit Mädchen herumgemacht. Stimmt das?"

Anna schaute unbehaglich. „Das sind alte Geschichten, die man nicht aufwärmen sollte. Den Mädchen von damals wäre es unangenehm, wenn man das breittreten würde."

„Jetzt, nach fünfundzwanzig Jahren spielen so kleine Jugendsünden wohl keine Rolle mehr, nicht einmal in Grafenhotter." Amadeus lachte. „Ich fürchte, die Polizei wird es ohnehin herausbekommen. Sie wollen alle Leute vernehmen, mit denen er befreundet war."

„Wie unangenehm." Anna schaute Lisa an.

„Ich mache mir darüber keine Gedanken", erklärte Lisa. „Ich habe ja schließlich nichts mit ihm gehabt. Bloß verprügelt habe ich ihn. Das kann man wohl nicht befreundet nennen."

„Du hast dich damals noch nicht so richtig für Buben und Liebeleien interessiert. Du hättest zwar auch gern einen Freund gehabt, aber nur für deine Abenteuertouren. Das war bevor Heinz gekommen ist."

„Der war ein richtiger Missgriff. Ich habe ihn immer mühsam überreden müssen, damit er mit mir auf Abenteuer geht und Schmusen hat er am Anfang auch nicht wollen. Ich habe es richtig schwer mit ihm gehabt."

Die beiden Frauen lachten. Amadeus nahm zur Kenntnis, dass sie über ihn redeten, als ob er nicht da wäre. Er beschloss, sich still zu verhalten und versenkte sich wieder in die Betrachtung von Lisas Brüsten.

„Außerdem warst du damals meistens mit den Arbeiten in deiner Werkstatt beschäftigt", fuhr Anna fort, „bevor dein geliebter Missgriff gekommen ist."

Jetzt ärgerte sich Amadeus: „Macht euch nur lustig über mich! Ich war damals noch ein Kind."

Auch Lisa war verlegen geworden. Sie registrierte Amadeus' Blicke, zog den Reißverschluss wieder hoch und wandte sich an Anna. „Mit wem hat der Melchior denn damals noch herumgemacht, verrätst du mir das? Du bist mir ohnehin noch ein paar Geheimnisse schuldig."

Anna lachte „Zum Beispiel mit der Susi Jehlik, du neugierige Katze. Sie war ja älter als wir und ein ausgesprochen freches Ding. Ich glaube, sie hat es richtig mit ihm getrieben."

Lisa schaute verdrossen. „Wer hätte das gedacht. Die Susi! Sie hat nie etwas erwähnt."

„Warum hätte sie auch? Sie hat es ihm ausgesprochen übelgenommen, dass er sich an dich herangemacht hat, auch wenn du ihn abblitzen hast lassen. Deswegen war sie auch Feuer und Flamme für unseren Plan, ihm eins auszuwischen." Die Fröhlichkeit, die so unvermutet aufgekommen war, verschwand aus Annas Gesicht und sie wirkte wieder grau und abgehärmt. „Ich bin mir sicher, sie hat auch mit dem Viehgruber etwas gehabt. Ihr hat es nichts ausgemacht." Sie schaute Amadeus von der Seite an.

„Auch das weiß er", sagte Lisa kurz.

Anna nickte. „Er hat jahrelang Ruhe gegeben, wahrscheinlich, weil ihm der Boden unter den Füßen zu heiß geworden ist, aber jetzt fängt es wieder an. Er will in den Ferien wieder Nachhilfe geben. Meine Nichte, die Margit, hat er schon eingeladen. Er hat ihr väterlich auf den Hintern geklopft und gesagt, er wird sie schon auf Vordermann bringen. Sie ist gerade so alt, wie ich damals war."

„Die Zeiten haben sich geändert", warf Amadeus ein. „Es werden immer mehr Missbrauchsfälle aufgerollt, die weit in der Vergangenheit liegen. Ich habe Kontakt zu verschiedenen Behörden und ich kenne eine sehr kompetente Dame, die für so etwas zuständig ist. Die würde sich mit Freuden auf ihn stürzen."

„Das ist lieb von dir, aber deine Kontakte werden dir nichts nützen. Nicht hier in Grafenhotter. Einfach deswegen, weil sich keine Belastungszeuginnen finden werden. Ich habe der Margit zugeredet und ihr gesagt, dass sie keine Nachhilfe braucht. Sie soll lieber ihre Ferien genießen. Aber auch wenn sie auf mich hört, ist das Problem damit noch nicht aus der Welt geschafft."

„... aus der Welt geschafft", murmelte Lisa abwesend.

Amadeus schaute sie irritiert an. Anna stand auf. „Ich muss zurück. Der Vater wartet sicher schon auf mich. Sie legte dreißig Euro auf den Tisch, küsste Lisa auf beide Wangen und nach kurzem Zögern auch Amadeus.

„Du solltest die Susi gleich anrufen und ihr ein paar neue Sachen bringen", sagte Amadeus, als sie allein waren. „Vielleicht schon morgen. Ich begleite dich gern."

Sie musterte ihn. „Was hast du vor? Willst du eine Mordermittlung durchführen?"

„Hast du mich nicht deswegen kommen lassen?"

„Nein. Ich habe dir geschrieben, weil ich jemanden zum Reden gebraucht habe und so ... "

Er nahm sie in die Arme. „Das ‚und so' könnte mir gefallen. Darf ich dich küssen?" Sie hielt seine Hand, die sich all zu weit vorgewagt hatte, mit eisernem Griff fest. „Nein, das darfst du nicht."

Er war verletzt. „Früher wolltest du immer geküsst werden. Ich dachte, du magst mich?"

„Eben deswegen. Wenn wir uns jetzt küssen, liegen wir zehn Minuten später im Bett. Das wissen wir doch beide."

„Was wäre daran so verkehrt?", fragte er leise.

Sie schob ihn von sich. „Der Lotte würde es sicher gefallen, aber die Lisa ist noch nicht so weit. Also gedulde dich, mein Freund!"

Amadeus war beunruhigt. „Was hast du im Sinn, Lisa?"

„Nichts, worüber du dir Gedanken machen müsstest. Ich sollte jetzt noch eine Arbeit fertigstellen und dann will ich zeitig schlafen gehen. Es macht dir doch nichts aus, im Ochsen allein zu Abend zu essen? Sag dem Melk, er soll dir ja die Preise für Einheimische berechnen, sonst komm ich über ihn. Morgen ist Sonntag. Da habe ich dann den ganzen Tag Zeit für dich, wenn du willst."

Amadeus brauchte sein Abendessen nicht allein einzunehmen. Kaum hatte er im ‚Goldenen Ochsen' Platz genommen, erschien Hagenberg und gab sich Mühe leutselig zu wirken. „Amadeus, alter Freund und Zwetschkenröster, schau nicht so grantig! Darf ich mich zu dir setzen? Das ist sehr freundlich von dir!" Er setzte sich ohne eine Antwort abzuwarten.

Amadeus musterte ihn erstaunt. „Was machst du noch hier? Solltest du nicht schon längst wieder in der Zentrale sein?"

„Ich habe hier im Gasthof ein Zimmer genommen, damit ich mir das lästige Hin- und Herfahren erspare. Geht alles auf Reiserechnung."

„Dann war es also doch Mord, nicht wahr?"

„Eindeutig. Der Gerichtsmediziner hat mich vor kurzem verständigt. Dem Jungen wurde der Schädel mit einem spitzen, vierkantigen Gegenstand eingeschlagen. Am Schädelknochen haben sich noch mikroskopische Spuren von Eisen, Öl und Russ gefunden. Es hat sich höchstwahrscheinlich um das Werkzeug eines Schmiedes oder Schlossers gehandelt. Ist das Fiakerbeuschel zu empfehlen?"

Er nickte dem Wirt, der an ihren Tisch getreten war, freundlich zu. Nachdem sie bestellt hatten, fuhr Hagenberg fort: „Wo ist eigentlich deine Freundin, die liebreizende Kunstschlosserin?"

„Zu Hause geblieben. Sie will noch eine Arbeit fertigstellen."

„Sie ist eine ganz entzückende Person, wenn ich mir die Bemerkung erlauben darf. Wirst du sie heiraten?"

Amadeus lachte. „Deine Art überraschende Fragen zu stellen, verfängt bei mir nicht. Wenn du es unbedingt wissen willst: Sie hat meinen Heiratsantrag noch nicht abgelehnt."

„Du hast sie wirklich schon gefragt?"

„Schon vor fünfundzwanzig Jahren. Wir waren damals zwölf. Sie denkt noch immer darüber nach."

„Du bist schon ein komischer Kerl. Schnapp sie dir einfach. Sie wird nicht ‚nein' sagen, das habe ich ihr angesehen; schon allein daran, wie sie dich an der Hand gehalten hat."

„Danke für den Rat. Jetzt erzähl mir, was du weiter wegen dieses alten Teenagermordes unternehmen wirst."

„Ich werde vorerst alle Jugendlichen ausforschen, mit denen er damals zusammen war. Wenn ein männlicher Jugendlicher umgebracht wird, sind die Täter in der überwiegenden Zahl der Fälle andere Jugendliche, meist mehrere. Jugendliche Einzeltäter kommen vor, sind aber nicht so häufig. Das ergibt sich aus der Kriminalstatistik. Aber wem erzähle ich das? Das weißt du ja ohnehin. Natürlich könnte auch ein Erwachsener der Täter gewesen sein. Bei einem Mädchen als Mordopfer wäre das sogar naheliegend, aber nicht bei einem sechzehnjährigen Jungen – statistisch gesehen." Er seufzte. „Mir kommt vor, ich werde meinem Vorgesetzten, dem Hofrat Sortini immer ähnlicher. Der hat es auch ständig mit Statistiken. Mein Problem besteht darin, dass die Leute nicht aufrichtig zu mir sind. Sie können sich an nichts mehr erinnern, wenn ich sie frage. Ich habe den Postenkommandanten mit Erhebungen in diese Richtung beauftragt, aber dabei ist auch nicht viel Brauchbares herausgekommen. Er ist ..."

„Ein Idiot?", schlug Amadeus vor.

„So könnte man sagen. Ich bin davon überzeugt, dass du, mein Freund, viel mehr über diese Dinge weißt, allein schon durch deine Freundin. Willst du mir nicht einen Tipp geben?"

Amadeus seufzte. „Dann bist du mir aber etwas schuldig, wenn sich unsere Fälle wieder einmal kreuzen sollten. Also hör zu: Melchior hat damals zu einer Gruppe von Burschen gehört, die ständig zusammengesteckt sind. Der Anführer war der erwähnte Postenkommandant selbst, sowie der jetzige Bürgermeister von Grafenhotter und der Betreiber des Fahrradverleihs auf der Hauptstraße, ein gewisser Ernst Gruber."

Hagenberg pfiff leise durch die Zähne und sah Amadeus abwartend an.

„Außerdem habe ich gehört", fuhr dieser fort, „dass der Junge ziemlich erfolgreich hinter Mädchen her war und trotz seines jugendlichen Alters etliche Liebschaften hatte. Namen kann ich dir im Augenblick noch nicht nennen."

„Das ist nicht so tragisch. Ein Eifersuchtsmord eines Mädchens an einem Jungen ist in dieser Altersgruppe extrem selten – statistisch gesehen. Verrate mir noch etwas: Welches Interesse hast du an dem Fall? Erzähl mir bloß nicht, dass du nur ein zufälliger Zaungast bist. Ich würde dir das nicht glauben."

Amadeus erwog in Sekundenschnelle die Möglichkeit alles abzustreiten und entschied sich dann dazu, Hagenberg nicht zu unterschätzen. „Die Lieselotte, meine Freundin, ist kurz vor seinem Verschwinden mit dem Melchior herumgezogen. Als er zudringlich geworden ist, hat sie ihn auf sehr drastische Weise zurückgewiesen und ihn dabei leicht verletzt. Sie konnte damals sehr zornmütig sein, wenn ihr etwas gegen den Strich gegangen ist. Jetzt hat sie Sorge, man könne sie mit dem Tod des Jungen in Verbindung bringen."

Hagenberg nickte nachdenklich. „Das hat mir der Postenkommandant Schröcksmüller auch so erzählt. Ich danke dir für die Informationen und die Aufrichtigkeit. Deine Lieselotte wird mir immer sympathischer. Ich frage mich jetzt, was der Ermordete dort im Keller gemacht hat."

„Da kann ich nur spekulieren. Das leerstehende Gebäude war bei den Kindern und Jugendlichen des Ortes sicher zeitweise eine Art Abenteuerspielplatz. Ich bin davon überzeugt, dass etliche wussten, wie sie hineinkommen, auch wenn sie es heute nicht mehr zugeben. Die Tat ist wahrscheinlich nicht im Keller geschehen, sondern in einem der oberen Räume. Dann hat man den Toten über die Stiegen in den Keller geworfen. Ich verstehe bloß nicht, wieso er dort so lange unentdeckt bleiben konnte."

„Das kann ich dir beantworten. Die Treppe ist noch im selben Sommer, in dem der Junge verschwunden ist, gänzlich eingestürzt und hat damit den Keller unzugänglich gemacht. Wie oft warst du selber im Herrenhaus?"

Amadeus hatte diese Frage längst erwartet und lächelte sanft. „Kein einziges Mal. Versuch doch nicht immer deine Tricks an mir."

„Entschuldige, alter Freund, das ist eben Gewohnheit bei mir. Ich glaube dir sogar, dass du nie drinnen warst, denn deine Theorie vom Abenteuerspielplatz stimmt nicht. Ich habe mich bei der Verwaltung erkundigt. Das Gebäude war zwar leer und desolat, ist aber trotzdem – auch damals – in regelmäßigen Abständen inspiziert worden. Es haben sich zu keinem Zeitpunkt Anhaltspunkte für ein widerrechtliches Betreten gefunden. Keine Beschädigungen, keine außergewöhnlichen Verschmutzungen, keine Anzeichen, dass dort Partys gefeiert wurden oder etwas in der Art. Wenn es Leute gegeben hat, die wussten, wie man in das Haus eindringen kann, haben sie sich sehr bemüht, keine Spuren zu hinterlassen, was für herumalbernde Jugendliche oder Kinder untypisch wäre."

Diesmal war es Amadeus, der leise durch die Zähne pfiff. „Wenn das so ist, müssen wir annehmen, dass der Junge nicht mit Freunden hingegangen ist, um Unfug zu treiben, sondern dass er sich ganz heimlich mit jemandem treffen wollte. Immer unter der Voraussetzung, das Herrenhaus war der Tatort. Es wäre auch möglich, dass man die Leiche erst dorthin gebracht hat."

„Daran habe ich auch schon gedacht. Es wäre für den Täter allerdings ein erhebliches Risiko gewesen, sich Zutritt zum Park zu verschaffen, mit einem Auto bis zum Haus zu fahren, die Leiche hineinzutragen und in den Keller zu werfen. Dabei hätte er leicht gesehen werden können. Er konnte überdies nicht damit rechnen, dass die Treppe bald darauf einstürzen und den Toten verschütten wird. Wäre die Tat wo anders geschehen, hätte der Täter daher wahrscheinlich einen einfacheren Weg gesucht, sich der Leiche zu entledigen. Mangels brauchbarer Spuren gehe ich als Arbeitshypothese davon aus, dass der Junge im Haus erschlagen wurde. Eine andere Spur ist das ungewöhnliche Tatwerkzeug."

„Das wäre eine gute Spur bei einem aktuellen Mord. Nach so langer Zeit ist sie allerdings nichts wert. Du kannst nicht damit rechnen, die Mordwaffe noch zu finden. Wir wissen ja nicht einmal, worum es sich wirklich gehandelt hat. Die Annahme, es habe sich um ein Werkzeug, wahrscheinlich einen Spitzhammer gehandelt, ist auch nicht mehr als eine Arbeitshypothese. So einen Hammer können viele Leute gehabt haben. Auf jeden Fall der Stiefvater meiner Freundin. Der war hier Schlosser und Schmied."

„Ich weiß. Darauf hat mich Schröcksmüller – ich glaube, er mag dich und deine Charlotte nicht besonders – ausdrücklich hingewiesen. So kehren unsere Gedanken also immer wieder zu deiner Freundin, unserer verehrten Kunstschlosserin zurück. Ich weiß noch nicht, was ich davon halten soll. Bei dir, du romantischer Liebhaber, ist es natürlich kein Wunder, dass du ständig an sie denkst. Du solltest jetzt nach Hause gehen, sie wartet sicher schon auf dich. Ich werde auch schlafen gehen. Ich habe das Gefühl, morgen wird ein schwerer Tag. Nein lass nur, die Zeche übernehme ich. Das lässt sich unter Spesen für die Vernehmung einer Auskunftsperson oder eines Verdächtigen verbuchen."

Als Amadeus an Lisas Zimmer, es war noch immer das mittlere im ersten Stock, vorüberging, schimmerte Licht unter ihrer Tür durch. Sie war noch wach. Er hielt inne und starrte die magische Tür an. Eine fast schmerzhafte Sehnsucht, sie in die Arme zu nehmen, erfüllte ihn. Das Licht erlosch. Er blieb noch einen Moment stehen, dann wandte er sich ab, enttäuscht über seine eigene Zaghaftigkeit, und ging weiter.

Die Nacht war schwül. Er konnte lange nicht einschlafen, weil er die unsinnige Hoffnung hegte, die Tür zu seinem Zimmer werde plötzlich aufgehen und Lisa hereinkommen.

Kapitel 12: Damals

Die Tür ging auf und Lisa schaute vorsichtig herein. „Du hast Besuch", sagte Tante Maria, ohne ihre Missbilligung zu verbergen.

Amadeus setzte sich im Bett auf und rieb sich die Augen. „Was ist los? Was willst du in aller Früh?"

Lisa schlüpfte ungeniert in sein Kabinett. Sie trug ein hübsches Kleid und hatte ihre widerspenstigen Haare mit einer roten Schleife gebändigt. „Heute ist Kirtag. Hast du das schon vergessen? Du musst mit mir hingehen."

„Ich muss gar nicht. Ich will lieber zu Hause bleiben."

„Komm schon", sagte sie unbeeindruckt von seiner Weigerung und versuchte ihm die Decke wegzuziehen. „Du bist schließlich mein Freund. Ich will dort nicht allein herumstehen." Amadeus hielt seine Decke entschieden fest.

Die Tante räusperte sich. „Warte in der Küche, bis er aufgestanden ist", murrte sie. Lisa gehorchte aufs Wort, allerdings nicht, ohne vorher noch kurz an seiner Decke gezerrt zu haben, sozusagen als Demonstration.

Als Amadeus in die Küche kam, war die Tante mit Frühstückmachen beschäftigt. Lisa saß in einer Ecke und schaute wie eine hungrige Katze.

„Waschen", befahl die Tante kurz. Das alte Haus hatte kein Badezimmer. Der einzige Wasseranschluss war in der Küche. Amadeus ging in den Hof zu dem altertümlichen Schöpfbrunnen. Lisa folgte ihm und zog an dem Schlegel. Wasser sprudelte aus dem Brunnenrohr in einen steinernen Trog. Amadeus hielt kurzerhand den Kopf unter den Strahl und prustete gequält, weil das Wasser eiskalt war.

„Du musst dir etwas Ordentliches anziehen." Lisa betrachtete ihn kritisch, während er sich über sein Frühstück hermachte. Sie schaute mehr denn je, wie eine hungrige Katze.

Der Tante war das nicht entgangen. „Möchtest du auch etwas essen?"

„Nein, danke", lehnte Lisa artig ab. „Höchstens ein ganz kleines Stückchen."

Die Tante sah ihr mit gerunzelter Stirn zu, wie sie mehrere dick bestrichene Brote verputzte. „Bekommst du zu Hause kein Frühstück?"

Lisa zuckte mit den Schultern. „Manchmal schon, manchmal auch nicht, wenn sie keine Zeit hat oder nicht daran denkt." Sie meinte ihre Stiefmutter. „Heute hat sie keine Zeit gehabt, weil sie sich für den Kirtag hergerichtet hat. Allein darf ich mir nichts nehmen."

Tante Maria schüttelte den Kopf. „Willst du etwas trinken?"

„Nein, danke, höchstens ein ganz kleines Schlückchen Kaffee."

„Bist du nicht zu jung für Kaffee?"

„Ich glaube nicht." Lisa füllte einen großen Becher zur Hälfte mit Kaffee, zur Hälfte mit Milch und tat zwei Löffel Zucker hinein.

„Das war gut!", Sie wischte sich über den Mund. „Danke für das Frühstück, Frau Heinrich."

Amadeus hatte sich ausgehfertig gemacht und kam wieder in die Küche. „Habt ihr Geld?", fragte die Tante.

Lisa senkte den Kopf. „Wir werden kein Geld brauchen."

„Ich habe genug für uns beide einstecken", erklärte Amadeus, der regelmäßig Taschengeld bekam und sehr sparsam war.

„Dann unterhaltet euch gut und macht keinen Unsinn", verabschiedete sie die Tante.

„Komm schon!" Lisa zog Amadeus an der Hand hinter sich her. „Keine Sorge, Frau Heinrich. Ich kümmere mich um ihn."

„Genau das habe ich gemeint", murmelte Tante Maria sorgenvoll.

Die Kirchenglocken begannen zu läuten. „Sie läuten schon zusammen", erklärte Lisa. „Zuerst gehen wir in die Kirche."

„Muss das sein?"

„Es ist eine Sünde, wenn man die Sonntagsmesse versäumt. Das müsste ich dann irgendwann einmal beichten." In Wahrheit wollte sie bloß mit ihrem Freund in der Kirche gesehen werden.

Amadeus schaute sie erstaunt an. Seine Neigung Regeln zu befolgen hatte keinen spirituellen Aspekt, obwohl er natürlich auch im Religionsunterricht ein braver Schüler war. „Du gehst beichten?"

„Das müssen alle Kinder, sonst gibt es Ärger mit dem Religionslehrer. Ich weiß meistens gar nicht genau, ob etwas, das ich getan habe, schon eine Sünde war, oder nicht. Aber du kannst nicht einfach sagen: ‚Ich habe wahrscheinlich gar keine Sünden'. Das geht nicht. Wenn ich es richtig verstanden habe, sündigt man ständig, kaum dass man wieder aus dem Beichtstuhl draußen ist: In Worten, Gedanken und Werken, sagt der Religionslehrer. Wenn keiner etwas davon weiß, dann sind es eben geheime Sünden. Ich glaube der Pfarrer sammelt solche geheimen Sünden, wie andere Briefmarken. Er fragt oft so komische Sachen. Er kennt sicher viele interessante Geheimnisse. Dabei darf er angeblich nichts weitererzählen, egal was man sagt. Du kannst ihm sogar gestehen, dass du jemanden umgebracht hast und er darf nichts sagen."

„Erzählst du ihm auch deine Geheimnisse?"

„Ich erzähle ihm, was er hören will. Ich denke mir meine Sünden immer nach dem Katechismus aus, weil ich ja Sünden brauche, wenn ich beichten gehe. Zum Beispiel, dass ich die Messe versäumt habe, dass ich gelogen habe, dass ich ungezogen und zornig war und solche Sachen. Das hört er gerne."

„Erzählst du ihm auch, dass du mein Ding sehen wolltest?"

„Bist du verrückt? Das geht ihn doch nichts an. Wenn das wirklich eine Sünde war, dann war es deine und nicht meine." Lisa war sich der Anfechtbarkeit ihrer Argumentation bewusst und grinste ihn herausfordernd an.

Sie drängten sich in eine Reihe, die für ältere Kinder vorgesehen war. Amadeus wirkte andächtig, verfolgte die Messe aber nur mit halbem Ohr und studierte die bunten Glasfenster, die im magischen Licht erstrahlten. Lediglich die Predigt erweckte vorübergehend seine Aufmerksamkeit. Der Pfarrer wies darauf hin, dass vor nicht langer Zeit ein junger Mann aus ihrer Mitte verschwunden sei und forderte die Gläubigen auf, für das Seelenheil des Unglücklichen zu beten. Ein Gedanke hakte sich in Amadeus' Kopf fest. Warum sollte es nötig sein, für das Seelenheil Melchiors zu beten und nicht für seine glückliche Rückkehr, wenn doch außer ihm und Lisa niemand etwas über sein böses Schicksal wusste? Es gab noch mehr, was dem geistlichen Herrn am Herzen lag. Er erinnerte an das sechste Gebot, sprach über die Versuchungen des Fleisches und ermahnte besonders jene, denen das Wohl der Jugend anvertraut war, zu einem vorbildlichen Wandel. Die Gemeinde ließ keine sichtbare Reaktion erkennen, sondern antwortete nur mit einem dumpfen „Amen", als der Pfarrer schloss.

Nach der Messe bewegte sich die Menge gemächlich Richtung ‚Goldener Ochse'. Vor dem Gasthaus war ein Tanzboden aufgebaut, neben dem eine Blaskapelle Platz genommen hatte. Tische und Bänke luden die Gäste zu einem Frühschoppen ein. Gegenüber waren einige Stände und eine Schießbude aufgestellt worden. Amadeus und Lisa bewunderten den vielfältigen Tand, der zum Verkauf feilgehalten wurde und Kinder magisch anzog. An einem kleinen Tisch bot eine ältere Frau Modeschmuck an. Lisa war hingerissen und berührte unter den wachsamen Blicken der Händlerin ein Stück nach dem anderen. Ganz besonders hatte es ihr ein Silberkettchen mit einem gefassten Herz aus Rosenquarz angetan. Schließlich wandte sie sich entschlossen ab und ging zu der Schießbude, wo sich zwei junge Männer unter den anfeuernden Rufen der Umstehenden einen Schießwettbewerb lieferten.

Amadeus blieb zurück, betrachtete die Kette, dann das Preisschild und seufzte.

„Das ist echtes Silber", flüsterte die Verkäuferin. „Ich gebe dir zwanzig Prozent Preisnachlass." Der Preis war objektiv gesehen nicht hoch, würde aber den größten Teil seiner Barschaft verschlingen. Amadeus verstand selbst nicht warum er sagte: „Einverstanden. Ich kaufe es."

„Wo bleibst du?", fragte Lisa. Sie erstarrte, als sie sah, was er verlegen in der Hand hielt.

„Ich habe ein Geschenk für dich."

„Ist das für mich?" Ihre Stimme schwankte. „Du willst mir das schenken?"

„Darf ich dir nichts schenken?"

„Du darfst mir schenken was du willst. Du bist schließlich mein Freund. Aber das ist doch viel zu teuer."

Er hielt ihr schweigend das Kettchen hin.

„Du musst es mir umlegen, damit es wirklich mir gehört."

Sie standen mitten auf dem Platz und wurden von mehreren Leuten beobachtet. Amadeus war die Situation peinlich, aber er begriff instinktiv, dass er den

Augenblick nicht verderben durfte. Also legte er ihr das Kettchen um den Hals und verriegelte die Schließe. Sie zog ihn überraschend an sich und küsste ihn mitten auf den Mund. Er spürte, wie er bis über die Ohrenspitzen rot wurde. Jemand lachte. „Dass du dir ja nicht den Mund abwischt, wenn ich dich loslasse", raunte Lisa in sein Ohr.

Die Kapelle begann ein Musikstück zu spielen. Die meisten der Plätze waren bereits von durstigen Kirchgängern besetzt. Kellnerinnen eilten zwischen den Tischen hin und her. Amadeus und Lisa zogen sich an den Rand des Festplatzes zurück und setzten sich unter einen ausladenden Kastanienbaum, von wo sie alles gut überblicken konnten. Schröcksmüller kam mit seinen beiden Kumpanen vorbei. Er musterte Amadeus herausfordernd. „Da ist ja der Wiener. Heute wird noch gerauft werden, das spüre ich ganz deutlich."

Lisas Stimme klirrte wie eine angespannte Stahlsaite: „Wenn du ihn anrührst, bringe ich dich um."

Schröcksmüller lachte unsicher. „Wie willst du das anstellen, du halbe Portion von einem Mädchen?"

„Ganz einfach. Wenn du nicht daran denkst, stehe ich auf einmal hinter dir und hau dir den Schädel mit einem Hammer ein." Sie stand auf.

„Lass sie in Ruhe", intervenierte Selbster, der spätere Bürgermeister. „Du weißt doch, was sie anstellen kann, wenn sie durchdreht."

Die drei zogen ab.

„Manchmal bist du schon zum Fürchten", bemerkte Amadeus.

„Es hat auch seine Vorteile, wenn man für unberechenbar gehalten wird." Sie lehnte sich an ihn. „Willst du den Arm um mich legen?"

„Wozu denn?"

„Nur so, weil es mir Freude machen würde."

Er war der Meinung, dass es darauf auch nicht mehr ankam. Er hatte ihr ein Geschenk gekauft, war von ihr öffentlich geküsst worden und sie hatte einen Jungen, der mit ihm raufen wollte, mit dem Umbringen bedroht. Also legte er vorsichtig den Arm um ihre knochigen Schultern und nahm erstaunt zur Kenntnis, dass sich niemand darum kümmerte. Lisa lächelte zufrieden.

„Weißt du, was mir durch den Kopf geht?", fragte er nach einer Weile. „Der Pfarrer hat so sonderbar über den Melchior gesprochen. So als ob er genau wüsste, dass er tot ist."

Lisa schaute unbehaglich. „Inzwischen glauben viele Menschen, dass er tot ist. Lass uns über etwas anderes reden."

„Es geht mir halt nicht aus dem Kopf. Glaubst du, jemand hat dem Pfarrer in der Beichte etwas gesagt?"

„Möglich wäre es schon."

„Wer könnte das gewesen sein?"

Lisa machte eine Bewegung, die den ganzen Festplatz einschloss. „Die meisten von denen."

„Das würde aber bedeuten, dass der Tod des Melchior etwas mit einer Sünde zu tun hat, die man beichten muss. Vielleicht hat ihm jemand etwas angetan?"

„Bitte hör auf und verdirb uns nicht den schönen Tag. Ich habe jetzt noch Albträume von diesem furchtbaren Keller." Sie zögerte einen Augenblick. „Wenn wirklich jemand so etwas gebeichtet hat, was ich nie tun würde, dann ist es jemand, der fest an die Hölle glaubt und sich davor fürchtet."

Er sah sie erstaunt an. „Auf diese Idee bin ich noch gar nicht gekommen. Du bist nicht nur hübsch, du bist auch gescheit."

„Du findest mich hübsch?", fragte sie interessiert. „Was gefällt dir denn besonders an mir?"

Amadeus, der diese Frage in seinem späteren Leben noch einige Male hören sollte, wagte sich auf unbekanntes Gebiet. Einem Mädchen Komplimente zu machen, noch dazu solche, die eingefordert wurden, war ihm bisher noch nie in den Sinn gekommen. „Du hast wunderschöne Augen."

Lisa war entzückt. „Findest du? Was gefällt dir noch an mir?"

Zum Glück wurde Amadeus einer Antwort enthoben. „Hallo, Lisa!" Das Mädchen war etwa fünfzehn, hatte ein hübsches, freches Gesicht und die Figur einer jungen Frau.

„Hallo, Susi", sagte Lisa zurückhaltend, aber nicht unfreundlich.

Sie zog Amadeus spontan noch enger an sich. Dem war das peinlich, trotzdem wehrte er sich nicht dagegen, um sie nicht zu kränken. Susi musterte ihn.

„Das ist der Heinz, mein Freund aus Wien." Amadeus und Susi sagten „Hallo" zueinander. Susi hockte sich zu ihnen.

„Eine schöne Kette hast du. Die kenne ich noch gar nicht."

„Ein Geschenk vom Heinz." Lisa gelang es, diese Bemerkung so klingen zu lassen, als ob sie ständig von ihm mit Schmuck überschüttet würde. Susi war gebührend beeindruckt.

Die ersten Wagemutigen drehten sich auf der Tanzfläche zu einem langsamen Walzer. „Und da ist auch schon meine liebe Stiefmutter", bemerkte Lisa, ließ Amadeus los und zog sich unauffällig in die Deckung des Baumstammes zurück. Amadeus sah sie an diesem Tag zum ersten Mal. Sie war eine stattliche Frau, angetan mit einem tief ausgeschnittenen Dirndlkleid und hochhakigen Schuhen. Ihr Name war Amélie – französisch auszusprechen – was zwar ihrem Selbstbild gerecht wurde, nicht aber ihrem provinziellen Daherkommen. Wäre Amadeus älter gewesen, hätte er ihr trotzdem eine derbe, animalische Sinnlichkeit zugestanden, so aber sah er in ihr lediglich eine aufgedonnerte Frau Mitte Dreißig, die allein schon wegen der schlechten Behandlung, die sie Lisa gelegentlich angedeihen ließ, seine Abneigung verdiente. Sie war sehr viel jünger als ihr Mann, der alte Schmied. „Mit wem tanzt sie?", fragte er.

„Mit dem Herbert Ganzbach, diesem Dummkopf", entgegnete Susi. Amadeus war über diesen Zusatz erstaunt und sah Lisa an. „Dass sie sich nicht schämt, mit so einem Jungen zu tanzen", sagte Lisa verächtlich. „Der Herbert ist gerade erst zwanzig. Schau nur, wie sie sich an ihn drückt. Wenn das der alte Schmied sieht, setzt es Prügel, diesmal aber für sie."

Amadeus rutschte gleichfalls ein Stück hinter den Baumstamm und kam dadurch wieder in Lisas Reichweite. Sie legte sofort besitzergreifend den Arm um ihn.

„Warum verkriecht ihr euch?", wollte Susi wissen.

„Damit sie mich nicht sieht und mich nicht anschreit, sofort nach Hause schickt, oder etwas in der Art." Es war klar, dass Lisa von ihrer Stiefmutter sprach.

„Darüber mach dir keine Gedanken. Sie ist viel zu sehr damit beschäftigt, den Maier eifersüchtig zu machen."

Lisa warf ihr einen scharfen Blick zu, sagte aber nichts.

„Dir kann das doch egal sein. Sie ist ja nicht deine richtige Mutter und der alte Schmied ist auch nicht dein Vater", bemerkte Susi.

Sie zog sich gleichfalls hinter den Baum zurück und drängte sich neben Amadeus. Lisa störte das. Warum versteckst du dich auch?", wollte sie mit einem Anflug von Argwohn wissen.

„Schau doch: Die Amélie hat den Partner gewechselt und tanzt mit dem Georg Maier. Der Herbert steht jetzt blöd herum und sucht eine andere Partnerin. Das hat er davon, dass er sich mit so einer alten Schachtel abgibt. Ich will nicht, dass er mich sieht."

„Warum nicht? Ich dachte, du magst ihn ganz gern. Ehrlich gesagt, ich habe sogar geglaubt, du bist mit ihm zusammen."

„Jetzt nicht mehr. Er war so schrecklich eifersüchtig. Er hat sich aufgeführt, als hätte er mich gemietet. Ich habe ihn erst gestern abserviert, weil ich das nicht vertragen habe. Andererseits habe ich derzeit keinen Freund und es ist fad, allein herumzuhängen. Dein Heinz ist leider zu jung für mich."

„Untersteh dich", sagte Lisa drohend.

Susi lachte. „Viel Spaß, ihr beiden."

Sie küsste Lisa auf die Wange und begnügte sich damit, Amadeus auf die Schulter zu klopfen, um Lisa nicht zu ärgern. Sie sahen ihr nach, wie sie vorsichtig den Festplatz umrundete, um nicht die Aufmerksamkeit Herberts auf sich zu lenken. Wenig später war sie von ein paar jungen Männern umgeben, mit denen sie heftig schäkerte.

„Ist sie immer so?", fragte Amadeus.

„Sie ist halt fast schon wie eine Erwachsene. Die haben meistens nur Sex im Kopf. Trotzdem mag ich sie. Obwohl sie älter ist als ich, hat sie mich immer freundlich behandelt und nie geschnitten, so wie es viele andere Mädchen aus dem Ort tun."

Die Kirchenglocken begannen zu läuten.

„Mittagessen entfällt", konstatierte Lisa. „Der alte Schmied schläft sich heute richtig aus, von dem ist nichts zu erhoffen und die Amélie hat auch anderes zu tun."

Amadeus deutete auf einen Stand. „Was willst du? Pizza oder Lángos?"

„Du kaufst mir etwas zu essen?"

„Natürlich, du bist schließlich meine Freundin."

„Das ist wahr, Freunde müssen füreinander sorgen. Ich will dich nur nicht ausnützen." Ihre Aussprache wurde undeutlich, weil ihr das Wasser im Mund zusammenlief.

Sie entschieden sich für Lángos und Lisa bestand darauf, dass auch er reichlich Knoblauchsaft abbekam. „Nur für den Fall, dass du mich heute noch einmal küsst", erklärte sie. „Dann riechst du nicht, dass ich nach Knoblauch stinke."

Sie kehrten an ihren Beobachtungsplatz unter dem Kastanienbaum zurück. Während die Erwachsenen aßen, hatten einige Kinder und Jugendliche die Tanzfläche erobert und bewegten sich mehr oder weniger geschickt zu den Klängen einer Polka. „Willst du tanzen?", fragte Amadeus und hoffte dringend, sie werde nicht wollen.

„Ich trau mich nicht, die Amélie könnte mich erwischen." Sie blickte sich aufmerksam um. „Sie ist verschwunden und der Georg Maier auch." Lisa schaute finster. Ihr Magen knurrte.

„Hast du noch Hunger?"

„Überhaupt nicht." Ihr Magen knurrte neuerlich. Amadeus dachte, dass sie für eine so dünne Person recht hungrig sei. Er stand auf. „Ich hole dir noch etwas zu essen."

„Das muss wirklich nicht sein. Ich bin höchstens ein bisschen durstig."

„Geht klar. Lauf mir inzwischen nicht weg."

„Ich laufe dir nicht weg, höchstens laufe ich dir nach", bemerkte Lisa selbstkritisch.

Nach einer Weile kehrte er mit zwei schmalen Pizzaschnitten und einer Flasche Limonade zurück. Seine Barschaft neigte sich ihrem Ende zu.

„Wenn ich einmal Geld habe, lade ich dich zum Essen ein", versprach Lisa.

Er schaute ihr zu, wie sie in Windeseile ihren Anteil verputzte und spürte ein ihm bisher fremdes, geradezu beunruhigendes Gefühl der Verantwortung für dieses ausgehungerte, gefräßige Geschöpf. „Die zweite Portion ist auch für dich. Ich habe keinen Hunger mehr." Sie sah ihn schief an und zögerte. „Komm schon, iss auf!", imitierte er sie.

Als sie fertig war, rülpste sie zufrieden und wandte ihre Aufmerksamkeit dem Festplatz zu. „Da schau, die Amélie ist auch wieder da."

In diesem Augenblick ließ Amélie den Blick umherschweifen und entdeckte Lisa, die nicht rechtzeitig in Deckung gehen konnte. „Ja wen haben wir denn da?", rief sie weithin hörbar und streckte ihre Hand drohend nach Lisa aus. Sie hatte eine unangenehm helle, keifende Stimme, fand Amadeus.

Mit einer geschickten, fast unmerklichen Bewegung öffnete Lisa die Schließe ihrer Kette und verbarg das Schmuckstück in einer Tasche ihres Kleides. „Ja, Amélie?"

Die Frau kam rasch näher. „Du sollst mich Mutter nennen, wie oft habe ich dir das schon gesagt! Was machst du hier? Wer hat dir erlaubt, auf den Kirtag zu gehen und dich mit Buben herumzutreiben?" Sie starrte Amadeus an.

„Heinrich, Amadeus Heinrich, gnädige Frau", sagte Amadeus mit sanfter Stimme und machte eine kleine Verbeugung. Diese Methode sollte er in seinem späteren Leben geradezu kultivieren. Je mehr er jemanden verabscheute, umso höflicher behandelte er ihn. Davon sollte sich in der Zukunft so mancher Verdächtige täuschen lassen. Amélie war durch die förmliche Vorstellung, die Anrede ‚Gnädige Frau' und die vollendete Verbeugung irritiert.

Während sie noch eine möglichst unangenehme Antwort überlegte, wurde sie selbst als unbotmäßige Kirtagsbesucherin erwischt. „Da bist du ja", dröhnte der alte Schmied, der auch in seinem Sonntagsanzug furchteinflößend aussah. „Wolltest du nicht nach dem Kirchgang nach Hause kommen und mir etwas kochen?"

„Wollte ich ja", rechtfertigte sich Amélie eilig. „Ich habe bloß diesen ungezogenen Fratz suchen müssen, der nach der Kirche auf einmal verschwunden war." Sie deutete anklagend auf Lisa.

Der alte Schmied musterte zuerst Lisa und dann Amadeus. „Dich kenne ich schon. Du hast sicher die Lieselotte zu diesem Unfug überredet." Amadeus widersprach ihm nicht, sondern sagte artig: „Guten Tag, Herr Schmied."

Der alte Schmied erwog angemessene Sanktionen, um seinen Hausstand zu disziplinieren, dann verkündete er seine Entscheidung. „Du gehst sofort nach Hause, Lieselotte. Wenn ich zurückkomme und du hast nicht die Werkstatt gründlich gefegt, haue ich dich windelweich." Er richtete einen drohenden Blick auf Amadeus. „Du bist mir dafür verantwortlich."

Es blieb offen, ob widrigenfalls auch Amadeus mit Prügel zu rechnen hatte. Dieser hielt das durchaus für möglich und antwortete fügsam: „Jawohl, Herr Schmied."

Der Alte ließ es damit genug sein und wandte sich seiner Frau zu. „Mit dir rede ich noch ein Wörtchen, wenn wir zu Hause sind. Setz dich jetzt dort drüben hin. Ich will Mittagessen, wenn ich schon zu Hause nichts bekommen habe." Keiner von beiden verschwendete einen Gedanken daran, ob Lisa vielleicht auch hungrig sei.

Lisa und Amadeus zogen sich vorsichtig zurück.

„Das war's dann", sagte Lisa betrübt. „Ich gehe jetzt lieber nach Hause. Du musst mich begleiten. Das gehört sich so, wenn man mit einem Mädchen am Kirtag war und außerdem bist du dafür verantwortlich, hat der alte Schmied gesagt." Sie sah sich um, ob sie von ihren Stiefeltern nicht etwa beobachtet wurde, dann nahm sie ihn fest bei der Hand und zog ihn hinter sich her.

Die Schlüssel zur Schmiede waren in einer Steinschale neben der Tür versteckt. Sie traten ein und standen in der halbdunklen Werkstatt. „Danke für die Kette und das Essen", sagte Lisa. „Du warst heute sehr lieb." Sie schlang die Arme um seinen Hals und küsste ihn ausgiebig. Amadeus hatte das kommen sehen und wehrte sich nicht. Schön langsam gewöhnte er sich daran. Lisa löste sich von ihm, sah ihn forschend an und flüsterte. „Sag jetzt etwas."

„Du hast recht gehabt", erklärte Amadeus. „Wenn man selbst Knoblauch gegessen hat, merkt man beim Küssen nicht, dass der andere nach Knoblauch riecht."

Lisa gab einen leisen, verzweifelten Seufzer von sich.

„Du bist zeitig zurück", bemerkte Tante Maria zu Amadeus, als dieser zu Hause eintraf. „Hat es euch nicht gefallen?"

„Es war sehr schön, nur dann ist die Lisa von ihren Stiefeltern erwischt und nach Hause geschickt worden. Das sind schreckliche Menschen. Der alte Schmied ist zum fürchten und diese Amélie ist ein bösartiges Luder. Sie behandeln die Lisa gar nicht gut." Er suchte nach einer angemessenen Formulierung. „Außerdem macht sie mit anderen Männern herum, wenn ihr Mann nicht dabei ist, glaube ich."

„Du sollst nicht so über andere Leute reden", tadelte Tante Maria ohne besonderen Nachdruck. Sie war offenbar ganz seiner Meinung.

„Was hat denn die Frau Schmied gemacht, bevor sie den Schmied geheiratet hat?"

Tante Maria dachte nach. „Die Amélie war bei einer Liegenschaftsverwaltung beschäftigt. Nach dem Tod von Lisas Mutter hat sie sich sehr rasch den alten Schmied geangelt, obwohl er viel älter ist als sie, und zu arbeiten aufgehört. Sie hat sich das aber wahrscheinlich anders vorgestellt. Der alte Schmied ist ein richtiger Haustyrann und lässt ihr nichts durchgehen."

Amadeus zog sich in sein Kabinett zurück und versuchte einen Kriminalroman zu lesen. Er konnte sich aber nicht richtig konzentrieren, weil er ständig an Lisa denken musste. Sie hatte mit ihrer Kette richtig hübsch ausgesehen.

Kapitel 13: Jetzt, Sonntag

Lisa sah mit ihrer Kette richtig hübsch aus. Amadeus hatte es geschafft, rechtzeitig zum Frühstück zu kommen und sah ihr zu, wie sie Semmeln mit Butter und Marmelade bestrich.

„Kenne ich das hübsche Kettchen, das du heute trägst?"

„Das solltest du schon. Du hast es mir gekauft, damals in unserem Sommer, wie wir auf dem Kirtag waren."

„Du hast es die ganze Zeit behalten?" Er war gerührt.

„Selbstverständlich. Es war das erste Mal in meinem Leben, dass mir ein Junge Schmuck geschenkt und mir ein Kompliment gemacht hat. Später ist das auch nicht mehr so oft vorgekommen. Jetzt mache ich mir meinen Schmuck selber, oder ich kaufe ihn von der Susi. Übrigens, ich habe vorhin mit ihr telefoniert. Wenn du noch immer willst, können wir sie heute Vormittag besuchen."

„Ausgezeichnet! Ich kann mich wieder an sie erinnern. Sie war damals auch am Kirtag und ist dem Herbert Ganzbach aus dem Weg gegangen."

„Sag, wozu soll es wirklich gut sein, wenn du dich mit der Susi unterhältst? Genügt es nicht, wenn ich mit ihr rede, damit sie den Mund hält?"

„Die Situation hat sich geändert. Es steht jetzt fest, dass es sich nicht nur um einen dummen Jungmädchenstreich gehandelt hat, durch den Melchior vielleicht zu Tode gekommen ist. Das wäre kaum mehr als ein bedauerlicher Unfall gewesen. Jetzt steht aber fest, dass es Mord war. Jemand hat ihm den Schädel eingeschlagen. Mit einem Spitzhammer oder etwas Ähnlichem. Hagenberg hat es mir gestern verraten."

Lisa wurde blass. „Also doch", murmelte sie kaum hörbar. Sie sah Amadeus düster an. „Du glaubst doch nicht im Ernst, dass du herausbekommen kannst, wer den Melchior umgebracht hat? Vor fünfundzwanzig Jahren?"

„Vielleicht schon. Je länger ich hier bin, umso mehr erinnere ich mich an Details, die sich in unserem Sommer ereignet haben. Damals sind sie mir nicht besonders aufgefallen, heute glaube ich, dass sie der Schlüssel für die Lösung dieses Mordes sind. Je mehr ich mich mit Menschen unterhalte, die damals hier gelebt haben, umso klarer wird das Bild."

„Hoffentlich findest du nichts heraus, das dir am Ende missfällt." Sie gab sich einen Ruck. „Dann fahren wir eben. Wenn es dir recht ist, nehmen wir meinen Wagen. Ich habe Lust, wieder einmal Auto zu fahren."

Nachdem sie die Landesstraße verlassen hatten, führte sie die Schnellstraße zügig durch die Ebene. Beiderseits erstreckten sich Felder, Wiesen und Waldstücke, die stellenweise den Charakter von Auwäldern annahmen. Amadeus betrachtete Lisa von der Seite. Sie fuhr konzentriert und hatte sichtlich Spaß daran. „Darf ich dich etwas fragen?"

„Nur zu."

„Du hast erwähnt, dass du einmal mit einem Mann zusammen warst. Kenne ich den auch von früher? Versteh mich bitte nicht falsch: Ich frage nicht bloß aus Neugier."

Lisa schwieg eine Weile. Dann sagte sie gleichgültig: „Du hast ihn gekannt und heute sogar schon erwähnt. Es war der Herbert Ganzbach."

„Doch nicht etwa der abservierte Freund von Susi? Derselbe der mit der Amélie am Kirtag getanzt hat und der es schon damals auf dich abgesehen hatte?"

„Genau der. Er ist vor etwa fünf Jahren bei mir eingezogen. Ich bin einfach auf ihn hereingefallen, obwohl mich die Susi gewarnt hat. Er war ein Tyrann. Ganz ähnlich wie früher der alte Schmied. Kaum war er sich meiner sicher, hat er mich unterdrückt, wo er nur konnte. Er hat mich mit seiner grundlosen Eifersucht gequält und schließlich hat er begonnen, mich regelmäßig zu schlagen. Er war richtig gewalttätig. Es hat kaum ein Viertel Jahr gedauert. Wie es ausgegangen ist, habe ich dir ja schon erzählt. Kurz nachdem er mich verlassen hat, ist er nach Wien gezogen."

Den Rest der Fahrt sprachen sie nicht viel miteinander. Es war wenig Verkehr und Lisa beging so manche ungeahndete Verwaltungsübertretung, indem sie ohne auf Geschwindigkeitsbegrenzungen zu achten, das Gaspedal kräftig niedertrat. Amadeus war tief in Gedanken versunken und achtete nicht darauf. Nach einer knappen dreiviertel Stunde hatten sie ihr Ziel erreicht und suchten einen Parkplatz, was sich als gar nicht so einfach erwies. Lisa holte aus dem

Kofferraum zwei umfängliche, schwere Kartons und lud einen davon Amadeus auf. Zum Glück war der Fußweg in die malerische Innenstadt nicht allzu weit.

Die Stadt an der Donau hatte sich in den letzten Jahrzehnten zu einem kulturellen und wirtschaftlichen Zentrum gemausert. Susis Boutique befand sich in der Fußgängerzone der oberen Landstraße, in der Nähe des Steiner Tores, einem sorgfältig restaurierten imposanten Rest der ehemaligen Stadtbefestigung. Gleich gegenüber hatte eine Kunstgalerie mit dem provokanten Namen ‚Zum Ausbrecher' eröffnet. Amadeus vermutete, dass es sich dabei um eine Anspielung auf die im benachbarten Stadtteil Stein befindliche größte Strafvollzugsanstalt Österreichs handelte.

Lisa betrachtete interessiert die Auslage, wo neben modischen Accessoires, gefälliger Tand aller Art ausgestellt war. „Von meinen Sachen ist nichts mehr da", bemerkte sie zufrieden und klopfte an die Tür, an der ein Geschlossen-Schild hing.

Bald tauchte eine Frau im Inneren des Geschäftes auf und öffnete. Amadeus erkannte sie sofort wieder. Aus dem frechen Mädchen war zwar eine attraktive Frau geworden, aber das katzenhafte Gesicht mit dem mutwilligen Ausdruck hatte sich kaum verändert. Lisa und Susi begrüßten sich mit überschwänglicher Umarmung, freudigen Rufen und Küssen, so als ob sie sich weiß Gott wie lange nicht mehr gesehen hätten. Dann nahm Susi Amadeus in Augenschein und musterte ihn kritisch. „Hallo, Heinz, lange nicht mehr gesehen." Sie schüttelte ihm die Hand. „Kommt herein, ihr beiden." Gemeinsam trugen sie die Kartons ins Innere des Geschäftes.

„Ich hätte noch einen dritten Karton im Auto", bemerkte Lisa zu Susi. „Aber so viel wirst du wohl nicht brauchen."

„Und ob ich so viel brauchen kann. Deine Sachen verkaufen sich wie die warmen Semmeln."

„Wenn du meinst, dann hole ich den Rest." Amadeus machte Anstalten ihr zu folgen.

„Du kannst da bleiben und Susi Gesellschaft leisten. Der dritte Karton ist nicht so schwer. Ich bin bald wieder zurück." Sie huschte aus der Tür. Amadeus begriff, dass sie ihm Gelegenheit bieten wollte, mit Susi unter vier Augen zu reden.

Susi lachte. „Lass sie nur. Unsere Lieselotte ist eine kräftige Person, die braucht dich wirklich nicht. Kommst du, bitte, weiter?"

Sie führte ihn durch die Hintertür des Geschäftes in einen kleinen Garten, wo eine Sitzgarnitur stand. Er folgte ihrer Handbewegung und nahm ihr gegenüber Platz. Sie zündete sich eine Zigarette an und forderte ihn auf, auch zu rauchen, wenn er wolle. Gemeinsam bliesen sie blaue Rauchwolken in die Luft und beobachteten sich. Amadeus verhielt sich abwartend. Schließlich sagte Susi: „Du bist also zur Lieselotte zurückgekommen. Wer hätte das gedacht. Ihr wart so ein niedliches Pärchen – damals. Seid ihr jetzt endlich zusammen?"

„Ich arbeite daran", gestand Amadeus.

„Da wirst du es wahrscheinlich nicht schwer haben. Sie war schon als Zwölfjährige in dich verschossen und daran hat sich nicht viel geändert, glaube ich. Wie seid ihr wieder in Kontakt gekommen?"

„Sie hat mir geschrieben, ganz überraschend, nach so langer Zeit."

„Aha", diesmal war es Susi, die abwartete.

Amadeus entschloss sich, mit offenen Karten zu spielen. „Es würde mir gefallen, wenn sie einfach nur Sehnsucht nach mir gehabt hätte, aber in erster Linie war sie beunruhigt, wegen der Geschichte mit dem Melchior. Du weißt schon, der Junge, der damals verschwunden ist. Lisa hat mir von dem Streich erzählt, den ihr ihm spielen wolltet."

Susi nickte. „Ich verstehe. Jetzt hat man seine Überreste entdeckt, das habe ich in der Zeitung gelesen, und sie fürchtet, dass etwas an ihr hängen bleiben könnte. Damals haben ja wirklich einige Leute Andeutungen in diese Richtung gemacht, weil sie ihn kurz vorher recht arg geprügelt hat und sie – wie soll ich sagen – als etwas eigenartig gegolten hat. Du bist also hier, um möglichst klarzustellen, dass sie nichts damit zu tun hat, wenn es darauf ankommen sollte. Willst du mich deswegen befragen, oder soll ich besser sagen, vernehmen?"

„Wie kommst du nur auf so eine Idee?", heuchelte Amadeus Verwunderung und Empörung.

„Weil ich mich über dich erkundigt habe, nachdem Lisa gesagt hat, dass sie dich mitbringen wird. Ich war einfach nur neugierig und habe dich gegoogelt und dann einen Freund angerufen, der in Wien bei der Polizei ist. Willst du wissen, was ich herausbekommen habe?"

„Ich kann es mir denken", sagte Amadeus ergeben.

Sie genoss sichtlich ihren Triumph. „Dein Name ist Amadeus Heinrich. Du hast den Polizeidienst trotz hervorragender Beurteilungen quittiert und eine Detektei aufgemacht. Du arbeitest für Versicherungen, verdienst einen Haufen Geld und hast schon ein paar Fälle geknackt, an denen sich die Polizei die Zähne ausgebissen hat. Darunter waren auch zwei Mordfälle. Was sagst du?"

„Du hast mich erwischt."

„Also gut, Amadeus. Ich werde dich Amadeus nennen und nicht Heinz. Amadeus gefällt mir ohnehin besser. Frag mich!"

„Auch intime Dinge?"

„Es gibt wenig, womit du mich in Verlegenheit bringen könntest. Ich bin nicht besonders prüde." Sie lächelte spöttisch.

„Wie war das mit dem Viehgruber?"

„Davon weißt du auch? Du bist wirklich ein tüchtiger Detektiv. Nun ja, der Viehgruber hat damals ein deutliches Interesse an halbwüchsigen Mädchen entwickelt. Er hat beim Nachhilfeunterricht etliche recht intensiv begrabscht, aber wahrscheinlich nur zwei richtig aufs Kreuz gelegt."

„Eine davon war die Anna Moser", warf Amadeus ein.

„Das hast du auch schon herausbekommen? Das arme Ding hat es nie verkraftet. Die andere war ich. Ich war nicht so sensibel. Bei mir war es ja auch nicht das erste Mal und ich war neugierig, was der Herr Lehrer so zu bieten hat. In sexuellen Dingen war ich auch damals schon ... wie würdest du es nennen?"

„Interessiert?", schlug Amadeus vor.

„Das ist ein schönes, höfliches Wort. Ich wüsste ein paar deutlichere Ausdrücke dafür. Nun, jedenfalls hat er mir einiges gezeigt, das ich vorher noch nicht gekannt habe. Er war ausgesprochen frustriert, wie ich genug von ihm hatte und er hat mir sogar Geld geboten, wenn ich ihm weiter zu Willen bin. Nur, für Geld habe ich es nie gemacht, immer nur zu meinem Vergnügen."

„Und dann hast du dich mit dem Melchior angefreundet?"

„Ganz richtig. Ich habe ein Verhältnis mit ihm begonnen."

„Warum hast du dich von Melchior getrennt?"

„Ich habe ihn stehen lassen, weil er begonnen hat, sich mit deiner Lisa zu treffen. Ehrlich gesagt, ich habe nie ganz verstanden, warum er das getan hat. Lisa war damals doch nur ein Kind, ein dürres Schulmädchen, das an sexuellen Beziehungen kein Interesse hatte. Vielleicht war es ja gerade das, was ihn gereizt hat. Er war schon ein richtiger Schwerenöter, der Melchior. Bei der Lisa ist er allerdings an die Falsche gekommen, obwohl dieses Schäfchen gar nicht mitbekommen hat, dass er mit mir beisammen war. Ich glaube, sie weiß es bis heute nicht."

„Hast du dem Melchior etwas über dein Abenteuer mit Viehgruber erzählt?"

„Das habe ich, weil er mich gefragt hat, von wo ich spezielle Erfahrungen her habe. Es hat ihm nicht viel ausgemacht. Er hat bloß gemeint, dass es der Viehgruber nicht nur mit Schülerinnen sondern auch mit verschiedenen erwachsenen Frauen treibt. Besonders hat ihn fasziniert, dass mir Viehgruber Geld geboten hat. Er ist immer wieder darauf zurückgekommen."

„Warst du damals nicht auch mit dem Herbert Ganzbach beisammen?"

„Das war gleich nach dem Melchior. Ich habe aber bald mit ihm Schluss gemacht, weil mir seine besitzergreifende Art auf die Nerven gegangen ist. Der Herbert konnte unglaublich charmant und lieb sein, wenn er ein Mädchen ins Bett kriegen wollte. Seine widerlichen Mucken hat er erst später herausgelassen."

„Ich weiß, dass Herbert eine Weile mit Lisa zusammengelebt hat."

„Das war viele Jahre später, aber er hatte sich nicht geändert. Ich habe Lieselotte händeringend beschworen, die Finger von ihm zu lassen; es hat nichts genützt. Du kannst dir gar nicht vorstellen, wie ich mich dann gefreut habe, als sie ihm eine gelangt hat, dass es ihm fast den Kopf abgerissen hat."

„Hast du dem Herbert etwas über dein Abenteuer mit Viehgruber erzählt?"

„Nein, obwohl ich vermute, dass er davon gewusst hat."

„Wie hat Herbert auf die Trennung von dir reagiert?"

„Er hat erwartungsgemäß das ganze Register durchgezogen: Vom Wutanfall bis zu weinerlichen Szenen und Selbstmorddrohungen. Das war natürlich nicht ernst zu nehmen. Ist etwas über die Todesursache des Melchior bekannt geworden?"

„Er ist erschlagen worden, das steht eindeutig fest. Die Polizei ermittelt wegen Mordes. Du wirst es sicher in den nächsten Tagen in der Zeitung lesen können."

„Oh, verdammt", murmelte Susi und zündete sich eine neue Zigarette an. „Jetzt verstehe ich deine Fragen erst. Das wird ein paar alte Geschichten aufwirbeln. Eigentlich muss sich ja gar nicht die Lisa Sorgen machen, man könne sie mit seinem Tod in Zusammenhang bringen, sondern ich. Denn immerhin war ja ich seine Freundin, die er betrügen wollte. Willst du noch etwas von mir wissen?" Sie sah Amadeus prüfend an.

„Wie seid ihr eigentlich auf die Idee gekommen, dem Melchior einen Streich zu spielen?"

„Ich will ehrlich sein. Die treibende Kraft war ich, weil ich mich ziemlich über ihn geärgert habe. Wenn man ein Mädchen wie mich hat, braucht man sich doch nicht mit so einem Kind, wie es die Lisa war, abgeben. Versteh mich bitte nicht falsch. Ich habe der Lisa nie etwas nachgetragen. Sie hat ja auch nichts dafür gekonnt und damals gar nicht richtig verstanden, was abläuft. Ich habe sie überredet mitzumachen und sie war auch gleich dabei. Die Idee mit dem alten Herrenhaus ist dann von ihr gekommen."

„Ich weiß. Welchen Grund haben die Anna Moser und die Angelika Forsthuber gehabt, mitzumachen?"

„Keinen besonderen, denke ich. Sie waren einfach aus Übermut dabei. Du darfst ja nicht vergessen, dass es letztlich nur ein relativ harmloser Streich werden sollte und niemand daran gedacht hat, dass etwas so Schlimmes wie ein Toter dabei herauskommt."

„Ich verstehe. Die Lisa und die Anna meinen, ihr solltet auch jetzt den Mund halten. Mit der Angelika will die Anna auch noch reden."

„Sehr vernünftig. Ich sage sicher nichts."

„Lisa hat mir erzählt, du hast damals die fragliche Tür aufgesperrt?"

„Das stimmt. Eigentlich hätte sie das tun sollen, aber sie hat von zu Hause nicht weg können."

„Ist dir dabei etwas aufgefallen?"

„Überhaupt nicht. Ich habe ziemlichen Schiss gehabt, die Tür rasch wieder aufgesperrt und bin weggerannt. Ich dachte, wenn mich der Melchior erwischt, haut er mir ein paar rein."

„Hast du irgendetwas Ungewöhnliches gesehen oder gehört?"

„Nicht dass ich wüsste."

„Es ist nämlich so", sagte Amadeus bedächtig, „dass der Mörder noch im Haus gewesen sein könnte. Wenn er dem Melchior aufgelauert hat, hat ihn die Lisa mit seinem Opfer die Nacht über eingeschlossen. Es sei denn, er hätte ein Fenster eingeschlagen oder sonst einen Weg aus dem Haus gefunden."

„Verdammte Scheiße", murmelte Susi.

„Da ist noch etwas", fuhr Amadeus eindringlich fort. „Der Mörder oder die Mörderin muss gewusst haben, dass Melchior in das Haus kommen wird. Der Mörder muss also etwas über euren Plan gewusst haben. Wer außer euch vier wusste davon?"

„Ich habe keine Ahnung."

„Du weißt schon, was das bedeutet?"

„Eine von uns vier könnte ihn umgebracht haben? Daran denkst du doch, nicht wahr?"

„Ungern", murmelte Amadeus, „und schwer vorstellbar."

„Vielleicht ist es besser, du gräbst nicht all zu tief, wenn dir an Lisa wirklich etwas liegt", sagte Susi sanft. „Nachdem Melchior nicht wieder aufgetaucht ist, haben wir vier Mädel beschlossen, niemandem etwas von unserem Streich zu erzählen. Daran haben sich bis jetzt auch alle gehalten. Vielleicht ist es besser, wir schweigen einfach weiter und belassen es dabei."

Amadeus dachte eine Weile nach, dann wandte er sich einem anderen Thema zu: „Weißt du, wie sich Viehgruber nach dem Verschwinden des Melchior verhalten hat?"

„Er hat nach diesem Sommer aufgehört, Schulmädchen zu belästigen. Ein Schürzenjäger ist er aber trotzdem noch lange geblieben."

„Er will wieder mit Nachhilfeunterricht für Mädchen beginnen."

„Dieser elende Lustgreis! Er soll bloß aufpassen. Die Zeiten haben sich geändert. Noch etwas?"

„Nein, im Augenblick nicht. Ich danke dir sehr für deine Aufrichtigkeit, Susi."

„Ist gern geschehen, wenn es der Lieselotte hilft. Bist du jetzt mit deinem Verhör fertig? Weißt du jetzt, wer den Melchior umgebracht hat?"

„Noch nicht. Es gibt verschiedene Möglichkeiten, aber ich habe noch keinen konkreten Verdacht."

Er kramte in seinen Taschen und schob ihr eine Visitenkarte zu. „Für den Fall, dass dir noch etwas einfällt, das wichtig sein könnte."

Susi lachte und gab ihm ein Geschäftsprospekt. „Meine Nummer steht auf der Rückseite. Nur für den unwahrscheinlichen Fall, dass du eine wichtige Frage vergessen haben solltest. Du kannst jederzeit anrufen."

Sie griff in eine Kühlbox, die hinter ihr stand, nahm zwei Flaschen Bier heraus und sah Amadeus fragend an. Der nickte zustimmend und streckte die Hand aus. Sie verzichteten auf Gläser und prosteten einander mit den Flaschen zu.

„Wie geht es dir sonst?", erkundigte sich Amadeus. „Bist du verheiratet? Hast du einen Freund?"

„Nein, aber gelegentlich eine Freundin", sagte Susi und räkelte sich behaglich in der Sonne. „Ich bin draufgekommen, dass ich mir aus Männern nicht so besonders viel mache."

„Das hätte ich nicht gedacht", wunderte sich Amadeus.

„Ich auch nicht. Es hat eine Weile gedauert, bis ich mir darüber im Klaren war."

Susi prostete ihm neuerlich zu. Es klopfte an der Ladentür. Susi stand auf und ließ Lisa ein. Danach überließen die beiden Frauen Amadeus seinem Bier und seinen Gedanken. Sie packten Lisas kleine Kunstwerke aus und rechneten die letzte Lieferung ab. Zum Abschied umarmte Susi Lisa, küsste sie zärtlich und zwinkerte Amadeus, der verlegen daneben stand, zu.

„Vergiss nicht, mich zu deiner Hochzeit einzuladen", sagte Susi.

„Ich wüsste nicht, wen ich heiraten sollte." Lisa wurde überraschend rot.

„Ich schon, du Schäfchen." Susi klopfte Amadeus auf die Schulter und schüttelte ihm die Hand.

„Sie ist eine Lesbe", bemerkte Amadeus, als sie durch die Innenstadt bummelten.

Lisa lachte. „Und was für eine! Glaubst du, sonst hätte ich dich mit ihr so lange allein gelassen? Hat sie dir etwas erzählt?"

„Sie war erstaunlich offenherzig. Ich bin mir nur nicht sicher, was ich damit anfangen kann. Sie hat auch zugegeben, dass sie noch mit dem Melchior gegangen ist, als der Kerl versucht hat, bei dir zu landen."

„Es stimmt also, was die Anna erzählt hat", murmelte Lisa. Sie klang verärgert. „Ich habe mich ohnehin darüber gewundert, weil er nur gelegentlich Zeit für mich hatte. Weshalb hat Susi bloß nie etwas gesagt?"

„Ich denke, weil sie dir damit nicht den Kopf schwer machen wollte. Sie ist auf ihre Art eine patente Person. Was hältst du von einem Mittagessen?" Er deutete auf einen Gasthof, der mit gepflegter Hausmannskost und einem schattigen Gastgarten warb.

„Gute Idee. Ich habe dir einmal versprochen, dass ich dich einlade, wenn ich Geld habe. Jetzt ist es so weit. Die Susi hat alle meine Sachen verkauft und mich bezahlt. Komm schon!" Sie nahm ihn an der Hand und zog ihn in den Gastgarten.

Es war ein wunderschöner Nachmittag. Das Essen war vorzüglich gewesen, ebenso der Wein, den sie bestellt hatten. Sie saßen in einer lauschigen Laube, wo sie vor den Blicken anderer Gäste weitgehend verborgen waren. Amadeus hatte den Kellner gleich bei ihrem Eintritt mit einem reichlichen Trinkgeld dazu überredet, ihnen diesen bei Pärchen offenbar recht begehrten Tisch zuzuweisen. Jetzt wollte er die Situation auch gründlich ausnützen. Er rückte näher an Lisa heran und legte den Arm um sie. Lisa schloss die Augen und legte den Kopf ein klein wenig zurück, so wie sie es als Mädchen getan hatte, wenn sie von ihm geküsst werden wollte. Der Kuss dauerte entschieden länger und war intensiver, als es sich für einen öffentlichen Ort schickte. Als sie sich voneinander lösten schaute er ihr tief in die Augen und flüsterte: „Ich liebe dich, Lisa."

„So hättest du mich schon vor fünfundzwanzig Jahren küssen sollen", flüsterte sie zurück und schmiegte den Kopf an seine Schulter.

„Schäm dich, Lisa! Das gehört sich nicht für ein zwölfjähriges Mädchen." Seine Hand liebkoste sanft ihre Brust, nachdem er sich davon überzeugt hatte, dass sie unbeobachtet waren.

„Fast dreizehn war ich damals und es hätte mir schon gefallen, ob es sich nun gehört oder nicht. Was du jetzt machst, gehört sich auch nicht. Wir benehmen uns ja wie zwei verliebte Teenager. Komm schon, küss mich noch einmal."

Er wollte sie an sich ziehen, als ihr Handy laut und aufdringlich zu läuten begann und die romantische Atmosphäre zerstörte. Lisa schob ihn von sich und zog wütend den Störenfried aus der Tasche, um ihn abzuschalten. Dabei blieb ihr Blick an der Nummer des Anrufers hängen und sie nahm nach kurzem Zögern den Anruf an.

„Charlotte hier! Wir sind in Krems, Heinz und ich. Wir können am Abend reden, wenn du willst." Lisa verstummte und hörte eine Weile zu. Amadeus beobachtete besorgt, wie sich ihr Gesichtsausdruck verdüsterte. Schließlich sagte sie kurz: „Danke für den Anruf. Ich weiß auch nicht, was das bedeuten soll, aber wie ich den Herbert kenne, sind nur Unannehmlichkeiten zu erwarten." Sie steckte ihr Handy weg und sah Amadeus an.

„Wer war das?", fragte dieser voller böser Ahnungen.

„Die Anna Moser. Sie hat mit Angelika gesprochen. Auch Angelika ist völlig unserer Meinung, dass wir wegen des Melchior den Mund halten sollen. Aber deswegen hat sie nicht angerufen. Herbert Ganzbach ist völlig überraschend aufgetaucht und hat sich im ‚Goldenen Ochsen' ein Zimmer genommen. Anna sagt, er habe sich ausführlich nach mir erkundigt, gefragt, wie es mir geht, ob ich einen Freund habe und solche Dinge. Ich habe schon jahrelang nichts mehr von ihm gehört und gedacht, ich könne dieses Kapitel in meinem Leben endgültig abhaken. Jetzt ist er auf einmal wieder da und ich weiß nicht, was ich davon halten soll."

Amadeus unternahm einen halbherzigen Versuch die Situation zu retten, indem er sie an sich zog und ihr Zärtlichkeiten zuflüsterte.

„Lass das", sagte Lisa schroff, „mir ist jetzt nicht danach." Im Bemühen, dieser Zurückweisung die Schärfe zu nehmen fügte sie hinzu: „Sei mir nicht böse, Amadeus, ich will dich sicher nicht kränken, aber jetzt sollten wir zurückfahren. Bitte!"

Ihre Heimfahrt verlief in gedrückter Stimmung. Die strahlende Sommersonne stand in ihrem Rücken, während vor ihnen der Himmel pechschwarz wurde. Ein Unwetter zog sich über Grafenhotter zusammen.

Kapitel 14: Damals

Ein Unwetter zog sich über Grafenhotter zusammen. Es war nicht das erste in diesem Sommer, nur kündigte es sich viel bedrohlicher an, als seine Vorgänger. In den schwarzen Wolkenbergen, die sich zusammenballten und rasch den ganzen Himmel verdunkelten, zeichneten sich breite gelbe Bahnen ab. Die Atmosphäre atmete in heftig keuchenden Windstößen, zwischen denen völlige Stille herrschte.

„Das wird schlimm", sagte Lisa. Sie saßen im Eingang des sogenannten Linzerstadels. Warum das windschiefe und seit Jahren unbenutzte Holzgebäude so hieß, wusste man nicht. Nach der weitentfernten Stadt Linz war es sicher nicht benannt worden, wahrscheinlich hatte der frühere Besitzer so geheißen. Jetzt gehörte es niemandem mehr. Natürlich hatte es schon einen rechtlichen Besitzer. Alle Grundstücke und Gebäude hatten einen Besitzer, der im Grundbuch stand, das war sogar Amadeus bekannt. Faktisch gehörte der Stadel niemandem, weil sich keiner darum kümmerte, außer dem Bürgermeister, der sich gelegentlich und halbherzig überlegte, wie man diesen baulichen Schandfleck entfernen könnte, wenn nur die in Deutschland lebenden Erben kooperativer wären. Davon wussten Amadeus und Lisa aber nichts. Linker Hand konnte man das alte Herrenhaus sehen, das Amadeus und Lisa seit ihrem bösen Erlebnis weiträumig mieden, rechter Hand lag Grafenhotter mit seinem markanten Kirchturm. Der Stadel stand auf einer kleinen Anhöhe. Anhöhe ist schon zuviel gesagt. Die Bodenerhebung war nicht einmal halb so hoch wie der Kirchturm, was aber ausreichte, um einen guten Ausblick in das flache Land ringsum zu bieten.

Die Windstöße wurden heftiger und rüttelten an den morschen Brettern. Die Luft war von einem heulenden Brausen erfüllt. Amadeus hatte dergleichen noch nie gehört. Es klang, als ob ein brüllendes, unheildräuendes Ungeheuer näher zog. Er war zutiefst beunruhigt. „Rennen wir in den Ort zurück?"

Lisa zog ihn in das Halbdunkel des Stadels. „Lieber nicht! Ich glaube, das schaffen wir nicht mehr."

Das Innere des Gebäudes roch noch immer, obwohl es so viele Jahre nicht mehr benutzt worden war, nach Stroh, freilich mit einem modrigen Beigeschmack. Der Boden war mit Unrat und einigen wenigen zerbrochenen Gerätschaften bedeckt. Lisa drehte einen blechernen Zuber um und setzte sich darauf. Amadeus blickte besorgt zu dem hoch oben liegenden Dach hinauf. Etliche Schindeln fehlten und öffneten den Blick auf die Schwärze des Himmels.

In einem Augenblick der Windstille hörte man draußen ein klägliches Miauen. Sie schauten vorsichtig ins Freie. Etwa zehn Meter vom Eingang entfernt saß eine Katze, starrte den Stadel an und schrie. Warum das Tier nicht den vernünftigen Instinkten seiner Art gefolgt und sich längst in Sicherheit gebracht hatte, war nicht zu erkennen. Es saß einfach da und jammerte. Wahrscheinlich hatte es im Stadel seinen Unterschlupf, vielleicht sogar Junge im Nest, und wagte sich jetzt wegen der ungebetenen Besucher nicht näher.

„Du dummes Ding, wir tun dir doch nichts", sagte Lisa, machte lockende Geräusche und ging auf die Katze zu. Der wieder einsetzende Sturm zerrte an ihrem Kleid und brachte sie ins Schwanken. „Lisa komm zurück!", forderte Amadeus besorgt.

Lisa hörte nicht auf ihn. Sie hockte sich vor das Tier und hielt ihm freundschaftlich die Hand hin. Die Katze schaute zutiefst skeptisch, machte einen Satz, rannte an Lisa und Amadeus vorbei und verschwand im Hintergrund des Stadels. Lisa verlor das Gleichgewicht und fiel auf den Bauch. Als ob es nur darauf gewartet hätte, griff das Ungeheuer, das am Himmel gelauert hatte, an. Es verzichtete auf einleitenden Regen und kam gleich mit Feuer und Eis. Lohende Blitze und schmetternde Donnerschläge erschütterten die Luft. Gleichzeitig begann Hagel zu fallen. Zuerst einige kleine Körner als warnende Vorhut, dann zischten immer dichter und größer werdende Schloßen herunter. Lisa wurde von heftigen Sturmböen niedergedrückt und konnte das rettende Gebäude nicht mehr erreichen, obwohl es so nahe war. Sie kauerte am Boden und hielt sich schützend die Hände über den Kopf.

Amadeus unterschied sich nicht sehr von anderen Jungen seines Alters. Er war bloß ein wenig angepasster und ängstlicher als die meisten seiner Altersgenossen.

Eine Eigenschaft, die ihm in seinem Leben oft zugute kommen sollte, zeichnete ihn allerdings aus. Er war, wie es ein Freund später einmal scherzhaft bezeichnete, ein Katastrophentyp. In Krisensituationen warf er seine Lethargie spontan ab und entwickelte eine Umsicht und Entschlossenheit, die ihm sonst abging.

Als er Lisa schutzlos dem Toben der Elemente ausgesetzt sah, reagierte er sofort. Er packte den Blechzuber, hielt ihn an beiden Henkeln wie einen überdimensionierten Helm über seinen Kopf und sprang in den Hagelsturm hinaus. Die Eiskörner, es waren inzwischen kleine Eisbälle geworden, hämmerten auf sein Schutzschild, so dass er meinte, im Inneren einer riesigen Glocke zu stecken, die Sturm läutete. Im Nu hatte er Lisa erreicht, warf sich neben sie und hielt den Zuber schützend auch über ihren Kopf. „Steh auf!", rief er so laut er konnte in ihr Ohr. Sie klammerte sich an ihn und zog sich in die Höhe. Er stemmte sich gegen den Sturm, hielt den Zuber, den der Sturm packen wollte, krampfhaft über ihren Köpfen fest und ignorierte die Eisbälle, die schmerzhaft seine Fingerknöchel streiften. Lisa hatte beide Arme um seinen Leib geschlungen und ließ sich mitzerren. Ein Moment, in dem der Sturm Atem holte, genügte ihnen, um das Gebäude zu erreichen. Als das Ungeheuer mit wütendem Aufbrüllen versuchte, seine Opfer neuerlich zu packen, waren sie schon in Sicherheit.

Sie kauerten sich hinter den mächtigen Torpfosten, an dem schon längst kein Tor mehr hing. Über ihnen flog ein Teil des Daches mit Krachen und Brechen davon. Hagelkörner, von denen einige schon fast so groß wie Hühnereier waren, schmetterten ins Innere des Gebäudes, konnten die beiden Kinder aber nicht erreichen.

„Hast du dir weh getan?", fragte Amadeus. Lisa schüttelte den Kopf, ohne ihn loszulassen. „Nur ein paar blaue Flecken; auch nicht ärger, als wenn mich der alte Schmied verhaut. Danke, dass du mich gerettet hast. Das war sehr, sehr tapfer von dir."

Amadeus fand das im Nachhinein auch. Er schaute vorsichtig ins Freie. Der Hagel begann nachzulassen, dafür wurde der Sturm stärker. Fasziniert beobachtete er, wie ein mannshoher starker Strauch von einer Böe gepackt wurde. Die kräftigen Äste begannen sich umeinander zu schlingen, so als ob sie von einer Riesenhand gezwirbelt würden, dann reckte sich dieses Gebilde in die Höhe, zog die Wurzeln einfach aus dem Boden und wurde weggeblasen.

Lisa zitterte. Amadeus machte sich Sorgen um sie. Hoffentlich bekam sie nicht wieder so einen schrecklichen Anfall. Weil ihm sonst nichts Besseres einfiel, sagte er: „Beruhige dich doch! Wenn du willst, küsse ich dich auch."

„Vielleicht später. Jetzt muss ich heulen." Sie krallte die Finger in sein Hemd, presste das Gesicht gegen ihn und begann gotteserbärmlich zu schluchzen und zu schniefen. Amadeus verstand das nicht. Die Gefahr war glücklich vorübergegangen, wozu also noch heulen? Dabei war sie doch so ein wildes Mädchen, das sich weder vor wagemutigen Abenteuern scheute, noch davor, sich mit wesentlich größeren und stärkeren Jungen anzulegen. Er verstand das einfach nicht und beschloss, die Sache in die Kategorie ‚unbegreifliches Mädchenverhalten' einzureihen und sich darüber nicht mehr den Kopf zu zerbrechen.

Es war genau so schnell vorbei, wie es begonnen hatte. Der Sturm reduzierte sich zu einem leichten Wind, der bis zur völligen Stille abflaute. Von dem mörderischen Gewitter blieb nur ein fernes Wetterleuchten, es fielen noch einige kleine Hagelkörner, dann war es auch damit vorbei. In die plötzliche Stille ertönte das aufgeregte Heulen der Sirene am Spritzenhaus des Ortes. Lisa hörte zu schluchzen auf, schniefte noch einmal und rieb unauffällig die Nase am Hemd ihres Freundes sauber. Dann schloss sie die Augen, legte den Kopf leicht zurück und befahl: „Küss mich jetzt, oder ich fange wieder zu heulen an, mach schon!" Darauf wollte er es wirklich nicht ankommen lassen.

Wenig später waren sie auf dem Heimweg. Die Luft war kalt. An manchen Stellen lagen Hagelkörner so dicht, dass es aussah, als ob es geschneit hätte. Die Felder am Wegesrand sahen traurig aus. Wer seine Ernte noch nicht eingefahren hatte, war schlecht daran. Der Hagel hatte alles zerstört. Sie gingen am Flussufer entlang. Das Gewässer war von dem vorangegangenen Toben unbeeindruckt geblieben und floss gemächlich dahin, wie eh und je. Das unbenannte Gässchen, das sie als Abkürzung wählten, war mit Blättern und abgebrochenen Ästen bedeckt. Dort wo die verbotenen Früchte gehangen hatten, war der Boden mit zermantschten Birnen bedeckt.

„Das hat er davon, der Neidhammel", sagte Lisa gehässig. „Das kommt davon, wenn man sich immer über Kinder beschwert, bloß wegen einer Birne." Sie trat mutwillig in die am Boden liegenden Früchte.

„Wer ist es denn?", erkundigte sich Amadeus.

„Ein alter Bekannter, der Georg Maier, der im Postamt dabei war. Außerdem ist er der Verehrer von der Amélie. Du hast die beiden ja am Kirtag gesehen. Er ist der Schulwart, ein unangenehmer Mensch. Er säuft, hasst Kinder und ist ständig in Streitereien verwickelt. Mit der Amélie versteht er sich aber prächtig. Sie besucht ihn immer heimlich. Mindestens einmal in der Woche. Das darf ich aber nicht wissen."

Amadeus schwieg verwirrt. In seinem heilen, noch recht zweidimensionalen Weltbild hatten Liebesbeziehungen einen romantischen, geradezu mystischen Charakter und waren von ausgesprochen monogamen Idealen geprägt. Die Vorstellung, dass eine Frau ihren Mann regelmäßig betrog und dass ihr Liebhaber seinerzeit auch mit anderen Frauen Beziehungen unterhielt, noch dazu im Rahmen dessen, was man vermutlich Gruppensex nannte, erschien ihm geradezu monströs. „Unglaublich", murmelte er.

Lisa lachte verächtlich. „Da kennst du die Amélie schlecht. Du glaubst gar nicht, was ihr für tolle Ausreden einfallen, damit sie für zwei oder drei Stunden von zu Hause weg kann. Sie macht das recht geschickt. Trotzdem wird es auf die Dauer nicht gut gehen. Ich warte nur darauf, dass sie der alte Schmied erwischt. Der erschlägt sie auf der Stelle, das kannst du mir glauben."

„Du sagst ihm nichts?"

„Ganz sicher nicht. Das ist mir zu gefährlich. Was immer dabei herauskommt, es könnte an mir ausgehen, weil ich geredet habe. Du darfst nicht vergessen, dass ich nur ein angenommenes Kind bin. Sie können mich jederzeit in ein Heim schicken. Das hält mir die Amélie ständig vor Augen, wenn sie mir erklärt, wie dankbar ich sein muss."

Sie bogen in die Hauptstraße ein. Die Straße war mit abgerissenen Ästen, Laub, umgestürzten Bäumen, zerbrochenen Dachziegeln und Mauerteilen bedeckt. Dazwischen zuckte und wand sich funkensprühend eine abgerissene Stromleitung am Boden, wie eine mystische Schlange. Zwei Männer in Feuerwehruniform warnten die Vorübergehenden und begannen eine Absperrung zu errichten. Das alte Haus von Tante Maria war unbeschädigt geblieben. Das stürmische Ungeheuer hatte es verschmäht und sich dafür an den schönen Nachbarhäusern gütlich getan. Tante Maria trat aus dem Tor und schaute besorgt um sich. Als sie Amadeus und Lisa sah, hellte sich ihr Gesicht erleichtert auf. „Gott sei Dank, da seid ihr ja. Ich habe euch schon suchen wollen. Wo wart ihr denn?"
„Wir waren im Linzerstadel", sagte Amadeus wahrheitsgemäß.
„Das ist aber kein sicherer Ort bei so einem Sturm. Komm jetzt nach Hause."
„Wir wollen nur rasch schauen, ob bei uns noch alles steht. Keine Sorge, Frau Heinrich, ich passe schon auf ihn auf." Lisa schloss ihre Hand fest um seine und machte damit ihren Besitzanspruch deutlich.

Die Werkstatt des alten Schmied stand völlig unversehrt da. Der alte Schmied trat aus der Tür seines Hauses und blickte finster um sich. Er trug seine Arbeitskleidung und hatte kurioserweise einen Hammer in der Hand. Er erinnerte Amadeus an ein Bild des mächtigen Gottes Thor in seinem Sagenbuch. Wenn er jetzt den Hammer hebt, dachte er, fängt es wieder an und uns alle erschlägt der Blitz.

Eine Menschenmenge begann sich anzusammeln und wurde immer unruhiger. Stimmen wurden laut und lockten schließlich auch Amélie aus dem Haus. Plötzlich schrie eine Frau laut heraus, was alle bewegte, was zunächst nur ein Gerücht gewesen war, dann aber seine Bestätigung gefunden hatte: „Den Georg Maier hat der Blitz erschlagen! Den Maier hat der Blitz erschlagen!"

Später stellte sich heraus, dass es nicht der Blitz gewesen war, sondern ein herabfallender Dachziegel. Dadurch verloren dieser Tod und das ganze Unheil, das über Grafenhotter gekommen war, im Nachhinein den Nimbus eines göttlichen Strafgerichtes. Für Maier blieb das Ergebnis dasselbe.

Amélie stieß einen markerschütternden Schrei aus, fiel auf die Knie und reckte die Arme empor. „Herr im Himmel steh uns bei und straf uns nicht für unsere Sünden!" Sie begann mit emporgehobenen Händen ein Bußgebet zu rezitieren.

Amadeus, der in einer nüchternen, säkularen Großstadtumgebung aufgewachsen war, empfand dieses Verhalten als peinlich. Er rechnete damit, dass man Amélie wegführen werde. Zu seiner Überraschung fielen jedoch auch mehrere ältere, schwarz gekleidete Frauen, offenbar Witwen, in das Gebet ein. Einige knieten gleichfalls auf der Straße nieder. Der alte Schmied streifte mit dem Blick Lisa, registrierte mit einem kurzen Kopfnicken, dass sie wohlbehalten war und betrachtete mit düsterem Blick seine um himmlische Vergebung flehende Frau.

Tante Maria drängte sich hinter Amadeus. „Komm jetzt nach Hause, das ist nichts für dich. Es ist Zeit für die Jause." Obwohl Amadeus ein sehr fügsames Kind war, zögerte er und nahm Lisa bei der Hand. Das war für seine Verhältnisse eine ungewöhnliche Demonstration. Tante Maria, die trotz aller Vorbehalte Lisa gegenüber eine herzensgute Person war, entging das nicht. Sie sagte zu Lisa: „Willst du nicht mitkommen und auch eine Kleinigkeit essen?"

„Nein, danke, Frau Heinrich", sagte Lisa bescheiden. „Höchstens einen ganz kleinen Bissen."

Tante Maria seufzte.

Der Regen, der sich verspätet und daher das Unwetter versäumt hatte, traf nun endlich über Grafenhotter ein. Es begann wie aus Kübeln zu schütten.

Kapitel 15: Jetzt

Als sie Grafenhotter erreichten, begann es wie aus Kübeln zu schütten. Amadeus folgte Lisa ins Haus und wusste nicht recht, wie er die Situation einschätzen sollte. Schließlich fragte er: „Warum bist du so sonderbar? Liegt dir noch etwas an ihm?"

Lisa schüttelte ihre Jacke aus, dass die Wassertropfen stoben. „Ganz gewiss nicht. Ich habe bloß Kopfschmerzen. Sei mir nicht böse, aber ich möchte mich ein wenig hinlegen. Zum Abendessen bin ich wieder ganz auf dem Damm."

Amadeus verzichtete darauf, weiter in sie zu dringen und gab bloß undefinierbare Geräusche von sich, die sein Mitgefühl ausdrücken sollten. Nachdem Lisa verschwunden war, sah er eine Weile grübelnd aus dem Fenster. Es hatte überraschend aufgehört zu regnen. Schließlich gab er sich einen Ruck und verließ das Haus. Nach wenigen Minuten hatte er den ‚Goldenen Ochsen' erreicht. Die Gaststube war leer, aber aus dem Nebenzimmer, das den einheimischen Gästen vorbehalten war, erklang leises Stimmengewirr. Er bestellte einen großen Braunen, zündete sich eine Zigarette an und erkundigte sich, ob der Herr Chefinspektor im Haus sei. Er war es nicht, schon seit dem Morgen nicht mehr, wie ihm der Wirt mitteilte.

Amadeus überlegte, was Hagenberg wohl treiben mochte und wurde durch den Eintritt eines weiteren Gastes überrascht. Obwohl er ihn seit Jahrzehnten nicht mehr gesehen hatte, erkannte er ihn sofort. Herbert Ganzbach hatte sich gut gehalten. Sein gebräuntes Gesicht und die sportliche Figur verrieten, dass er auch etwas dafür tat. Ganzbach trat an die Theke, unterhielt sich leise mit Melk und warf zwischendurch einen Blick nach Amadeus.

Amadeus nickte ihm kurz zu. Das nahm Ganzbach zum Anlass, um an seinen Tisch zu treten. „Guten Tag, Herr Heinrich", sagte er. „Vielleicht erinnern Sie sich noch an mich. Wir haben uns vor Jahren kennengelernt, als Sie auf Ferien hier waren. Ganzbach, Herbert Ganzbach ist mein Name." Er hatte eine wohlklingende Stimme und ein einnehmendes Lächeln.

Amadeus konnte sich gut vorstellen, dass er damit auf Frauen Eindruck machte. Er stand auf und reichte Ganzbach die Hand. „Natürlich erinnere ich mich noch an Sie", sagte er sanft, „obwohl unsere letzte Begegnung nicht sehr erfreulich war. Wenn ich mich recht erinnere, wollten Sie mir eine Abreibung verpassen."

„Sie meinen in der Au? Damals wie Sie für die Charlotte den kleinen Kavalier gespielt haben? Ich bitte Sie, Herr Heinrich, damals waren wir noch sehr jung und ungestüm. Sie werden mir doch nichts nachtragen?"

„Auf keinen Fall", versicherte Amadeus. Wollen Sie nicht Platz nehmen?" Er deutete einladend auf einen Stuhl an seinem Tisch. Wie immer, wenn er jemanden verabscheute, war er die Liebenswürdigkeit in Person.

„Was führt Sie nach so langer Zeit wieder nach Grafenhotter, wenn ich fragen darf?", erkundigte sich Ganzbach.

Amadeus seufzte. „Eine nostalgische Anwandlung, kann man sagen. Man kommt halt in die Jahre, wo es einen überfällt, die Plätze seiner Kindheit wieder aufzusuchen."

„Hoffentlich waren Sie nicht enttäuscht. Es hat sich hier einiges geändert. Wie ich höre, haben Sie bei unserer Freundin Charlotte Quartier genommen?"

Amadeus missfiel die Formulierung ‚unsere Freundin', aber er antwortete mit neutraler Stimme: „Ich habe mich sehr gefreut, Lieselotte wiederzusehen." Ehe Ganzbach etwas sagen konnte, fuhr er rasch fort: „Und Sie? Wohnen Sie noch immer in Grafenhotter?"

„Nein, nein; ich bin schon vor geraumer Zeit nach Wien gezogen."

„Aha", machte Amadeus und sah sein Gegenüber abwartend an.

„Ich bin beruflich hier." Ganzbach griff mit einer routinierten Bewegung in seine Westentasche und legte eine Visitenkarte vor Amadeus.

„Verkaufsingenieur Herbert Ganzbach, unabhängiger Versicherungsmakler und Vermögensberater", las Amadeus laut.

„Ganz recht. Ich bin hier, um unserem Wirt einige lukrative Anlagemöglichkeiten und sehr vorteilhafte Versicherungen vorzuschlagen. Und Sie, was machen Sie beruflich?"

„Ich bin gleichfalls in der Versicherungsbranche."

Diesmal machte Ganzbach „Aha" und sah Amadeus abwartend und misstrauisch an.

„Keine Sorge, ich komme Ihnen sicher nicht in die Quere", lächelte Amadeus. „Mein Spezialgebiet ist nicht das Verkaufen, sondern mehr das der Schadensminimierung."

„Aha", sagte Ganzbach, der mit dieser Antwort nichts Rechtes anfangen konnte, neuerlich. „Ich muss mich jetzt wieder um meinen Kunden kümmern. Wir werden uns gewiss wiedersehen. Ich habe ohnehin die Absicht, unsere Charlotte in den nächsten Tagen aufzusuchen, schon um der alten Zeiten willen."

Schon wieder dieses ‚unsere Charlotte'. „Ich kann mir vorstellen, wie sie sich freuen wird", sagte Amadeus. Ganzbach war sich nicht sicher, ob in dieser Antwort nicht ein ordentliches Quantum von Sarkasmus mitgeklungen war und wieviel Amadeus über sein früheres Verhältnis mit Lisa wusste. Er nickte Amadeus ein wenig verunsichert zu und verschwand mit Melk in einem Hinterzimmer.

Das also war der Mann, der Lisa den Kopf verdreht und ihr dann so übel mitgespielt hatte. Kaum vorstellbar, so wie er sich gab. Amadeus schüttelte den Kopf.

„Was macht dir Kopfzerbrechen, alter Freund?", fragte Hagenberg. Er war unbemerkt hinter Amadeus getreten und nahm jetzt an dessen Tisch Platz.

„Wo kommst du denn her?", staunte Amadeus. „Ich habe dich gar nicht hereinkommen gesehen."

„Kein Wunder, so wie du in das Gespräch mit diesem Burschen vertieft warst. Wer war das? Hat er etwas mit unserem Fall zu tun?"

„Höchstwahrscheinlich nicht. Das ist ein Versicherungsvertreter aus Wien, der es auf den Wirt abgesehen hat. Außerdem ist das nicht unser, sondern dein Fall."

„Und deswegen bist du so irritiert? Bloß weil du mit einem belanglosen Menschen gesprochen hast? Warum glaube ich dir bloß nicht?"

Amadeus beschloss die Wahrheit zu sagen. „Er ist ein früheres Verhältnis von Charlotte. Sie war ganz durch den Wind, wie sie gehört hat, dass er wieder da ist und sich nach ihr erkundigt hat."

„O je", murmelte Hagenberg. „Es wäre ja auch zu schön gewesen." Er betrachtete Amadeus nachdenklich. „Seinerzeit, wie Melchior Kasparik verschwunden ist, war er da auch in Grafenhotter?"

„Er stammt von hier. Er ist erst vor einigen Jahren weggezogen, nachdem ihm Charlotte die Nase eingeschlagen hat." Amadeus ging davon aus, dass Hagenberg diese Geschichte ohnehin bald erfahren werde.

„Was du nicht sagst! Deine Charlotte ist wirklich eine erstaunliche Person. Warum hat sie das getan?"

„Er hat sie regelmäßig geohrfeigt, bis sie eines Tages zurückgeschlagen hat. Sie ist eine sehr kräftige Person."

„Das kann ich mir vorstellen, bei ihrem Beruf. Aber sie wird für ihn doch nichts mehr übrig haben?"

„Ich weiß nicht", sagte Amadeus verzagt. „So wie sie sich heute benommen hat, fürchte ich, sie ist noch immer nicht ganz über ihn hinweggekommen." Er wechselte rasch das Thema. „Wie kommst du mit deinem Mordfall voran? Hat sich etwas Neues ergeben?"

„Nicht wirklich. Die Leute hier sind sehr verschlossen. Wenn mir einer etwas erzählt, dann nur deswegen, um etwas anderes besser verheimlichen zu können."

Er stand auf, klopfte Amadeus aufmunternd auf die Schulter und stieg die Treppe zu den Fremdenzimmern hoch.

Amadeus wartete, bis Melk mit einigen Papieren in der Hand wieder auftauchte und wollte seinen Kaffee bezahlen.

„Der geht auf Kosten des Hauses", sagte der Wirt. Er schaute Amadeus zögernd an. „Ich habe gehört, Sie haben mit Versicherungen zu tun?"

„In gewisser Weise schon."

„Könnten Sie sich das einmal anschauen? Sozusagen als zweite Meinung. Es soll alles sehr vorteilhaft sein."

Weil Amadeus nicht sofort abwinkte, setzte sich Melk und schob ein Bündel Papiere über den Tisch. Amadeus hielt es für zweckmäßig, das Wohlwollen des Wirtes zu gewinnen. Wer weiß, so dachte er, wozu es gut sein kann. Er studierte schweigend, was ihm vorgelegt worden war. Dann zündete er sich eine Zigarette an und lehnte sich zurück. „Haben Sie schon unterschrieben?", fragte er leise.

„Noch nicht, aber ich habe nur bis morgen Zeit, weil diese einmalige Sonderaktion dann abläuft, sagt der Ganzbach. Was ist damit? Was sagen Sie dazu?" Amadeus schwieg weiter und machte ein bedenkliches Gesicht.

„Sagen Sie mir, was Sie davon halten. Ich verspreche Ihnen, dass ich Sie nicht erwähnen werde."

„Daran wäre mir gelegen. Ich möchte keinen Konflikt mit Herrn Ganzbach."

„Natürlich, das verstehe ich ja. Sie können sich ganz auf meine Diskretion verlassen."

„Ja dann ... " Amadeus sprach ganz langsam und deutlich. „Sie werden wahrscheinlich nicht Ihr ganzes Kapital verlieren, aber ziemlich sicher die Hälfte oder mehr. Der Einzige, der wirklich fett an den Provisionen verdient, ist der Keiler, der Sie diese Papiere unterschreiben lässt und natürlich die Bank. Wenn Sie wollen, kann ich Ihnen das im Detail erklären."

„Nicht nötig", sagte Melk. „Ich glaube Ihnen auch so. Ich habe ohnehin so ein ungutes Gefühl gehabt. Ich bin Ihnen zu Dank verpflichtet, Herr Heinrich."

„Keine Ursache", sagte Amadeus und entfernte sich mit einem Gefühl der Schadenfreude, für das er sich schämte, aber nicht sehr.

Lisas Haus war dunkel. Er sperrte mit dem Schlüssel auf, den sie ihm mitgegeben hatte, und tappte die Stiegen hinauf. Unter Lisas Tür schimmerte Licht durch. Er blieb einen Moment stehen und wollte schon weitergehen, als sie ihn rief. „Steh da draußen nicht herum, sondern komm herein."

Er öffnete die Tür. Lisa lag im Bett und hatte in einem Buch gelesen, das sie jetzt zuklappte und beiseite legte. Sie sah sehr hübsch aus im weichen Licht der Leselampe. „Wo warst du? Ich hätte jemanden zum Reden gebraucht."

„Es tut mir leid. Ich habe gedacht, du wolltest allein sein. Ich bin in den ‚Ochsen' gegangen und habe dort mit einigen Leuten geplaudert. Mit dem Herbert Ganzbach, dem Melk und dem Hagenberg."

Sie zog scharf die Luft ein. „Was hat er gesagt?"

„Wer? Der Hagenberg?"

„Stell dich nicht so dumm. Ach, ich will es gar nicht wissen." Sie zog die Decke bis ans Kinn hoch und fragte gleichzeitig entschlossen: „Willst du mit mir schlafen? Jetzt?"

Es verschlug ihm den Atem. Dann sagte er besonnen: „Ich wüsste nicht, was ich mir mehr wünsche, Lisa. Ich habe dir gesagt, dass ich dich liebe und das habe ich ganz ernst gemeint. Aber ich will jetzt nicht mit dir schlafen. Nicht bloß deswegen, weil der Herbert zurückgekommen ist."

Er wandte sich ab und wollte hinausgehen. Sie rief ihn zurück: „Amadeus!" Er drehte den Kopf: „Ja?"

„Bist du dir sicher, dass du kein Idiot bist?"

„Wahrscheinlich bin ich einer", sagte er. „Gute Nacht, Lisa."

Er wälzte sich im Bett hin und her und kam schließlich zu der quälenden Erkenntnis, dass er sich tatsächlich wie ein Idiot benommen hatte. „Zur Hölle" dachte er deprimiert, ehe er einschlief, „zur Hölle mit der Liebe, zur Hölle mit meinen Skrupeln und zur Hölle mit dem Ganzbach."

Kapitel 16: Damals

„Es ist so dunkel hier", klagte Amadeus. „Was erwartet mich da unten?"
„Die Hölle", antwortete Lisa. „Wir steigen in die Hölle hinunter. Es wird dir gefallen."
„Das glaube ich nicht. Warum muss ich überhaupt da hinuntersteigen?"
„Weil du mein Freund bist und mich liebst. Du hast es schließlich selber so gewollt."

Amadeus bereute seine Neugier bereits bitter. Lisa hatte ihm davon erzählt, dass sich unter dem Kirchenschiff ausgedehnte Kellergewölbe befänden, die völlig unbenutzt und verschlossen waren. Wahrscheinlich wussten die meisten Leute gar nicht, dass es sie gab. Amadeus hatte sich sehr interessiert gezeigt. Auf der Liste seiner Berufswünsche rangierte der eines wagemutigen Archäologen gleich hinter jenem eines noch wagemutigeren Detektivs. Lisa hatte auf einem ihrer heimlichen Streifzüge einen Zugang zu dieser Unterkirche gefunden und berichtete ihm bereitwillig von ihrer Entdeckung. Es kam wie es kommen musste. Sie nahm seine Neugier zum Anlass, ihm einen Besuch in diesen Katakomben vorzuschlagen und zerstreute seine Bedenken, indem sie ihm erklärte, es sei ganz leicht hineinzukommen und gar nicht gefährlich. Schließlich hatte er begeistert zugestimmt.

In die Kirche zu kommen, war tatsächlich nicht schwer. Jetzt am Nachmittag war die Kirche geschlossen und würde es auch bis zur Abendmesse bleiben. Eine kleine zwischen den Beichtstühlen ins Freie führende Pforte war zwar zugesperrt, konnte aber mit einem einfachen Sperrhaken, den sich Lisa aus einem dicken Stück Draht angefertigt hatte, leicht aufgesperrt werden. Er nahm ihr Talent Schlösser zu öffnen mit Bewunderung und ein wenig Unbehagen zur Kenntnis. Der Zugang zur Unterkirche war hinter dem Hochaltar verborgen. Seitlich neben den Säulen, die nicht wirklich aus Marmor, sondern nur so bemalt waren, befand sich ein kleiner Durchgang, der mit einem roten Vorhang verdeckt war. Sie schlüpften durch und befanden sich hinter dem Altar. Was von vorne den Eindruck eines Marmormonumentes machte, erwies sich von hinten betrachtet als schmucklose Ziegel- und Holzkonstruktion. Der Eingang in die Unterwelt bestand aus einer muffig riechenden Öffnung im Boden, etwa einen halben Meter im Quadrat, die mit einem Gitter verschlossen war. Das Gitter war mit einem Vorhängschloss gesichert gewesen, das aber völlig verrostet und zerbrochen seine Funktion verloren hatte. Lisa blies die Backen auf und zerrte mit aller Kraft an dem Gitter, bis sie es soweit beiseitegezogen hatte, dass Amadeus durchpasste.

„Dort hinunter", befahl sie. „An der Wand sind Eisenklammern, auf die du steigen kannst. Es ist nicht tief."

Seine Einwände schob sie mit einem entschlossenen „Komm schon!" und einem tiefen Blick aus ihren großen Augen beiseite.

Jetzt stand Amadeus im Finsteren und blickte hoch, wo über ihm der Einstieg sein musste.

Ein Lichtstrahl erschien, dann Lisas Beine. „Hör auf zu jammern, ich bin ja schon bei dir." Sie kletterte herunter und sprang behände auf den Boden.

„Warum sagst du, dass das hier die Hölle ist?"

„Ganz einfach. Oben, in der Kirche ist der Himmel, dann muss hier herunten die Hölle sein. Ich habe mir das eben so ausgedacht. Du brauchst dich nicht fürchten."

„Ich dachte du hättest genug von alten Kellern. Ich hätte dir nie erlauben sollen, hier herunter zu kommen."

„Du kannst mir gar nichts verbieten. Außerdem bist du freiwillig mitgekommen. Lass uns nicht streiten. Ich zeige dir etwas, das dir sicher gefallen wird. Komm schon!"

Er folgte dem Schein ihrer Taschenlampe. Der Gang war kaum zwei Meter hoch und führte steil in die Tiefe. Die Luft hier herunten war trocken und roch gar nicht unangenehm, nur ein wenig nach altem Mauerwerk. In einer Nische stand die mannshohe Statue des heiligen Christophorus. Er schaute traurig und hatte die leeren Hände zu einer hilflosen Geste erhoben. Das Christuskind, das er zu tragen hatte, war ihm vor langer Zeit abhanden gekommen. Ob das nun seine Schuld gewesen war oder nicht, man hatte es ihm nicht durchgehen lassen und ihn in die Unterwelt verbannt. Schließlich öffnete sich der Gang in einen hallenartigen Raum, der unter dem Kirchenschiff liegen musste. Amadeus schaute erstaunt um sich. Er hatte zwar alte Gänge erwartet, aber kein zweites Kirchenschiff. Lisa richtete den Strahl der Taschenlampe gegen die Decke. „Was sagst du?", fragte sie beifallheischend.

„Kreuzrippengewölbe", murmelte Amadeus.

„Das ist sehr alt, nicht wahr?"

Genau wusste es Amadeus auch nicht, aber er sagte mit der Miene eines erfahrenen Archäologen: „Vierzehntes Jahrhundert, würde ich schätzen."

„Das ist wahrscheinlich sehr alt. Ich wusste ja, dass es dir gefallen wird." Lisa war sehr zufrieden mit sich. „Und was sagst du dazu?"

Sie ließ den Strahl ihrer Lampe weitergleiten, bis er auf einem Altar am Ende des Raumes ruhte. Beidseits des Altars standen Figuren. Links ein Skelett mit einem Pfeilköcher über der Schulter und einer Schaufel in den Händen, rechts eine eigenartige Gestalt, teilweise entfleischt, mit Sense und Sanduhr.

Amadeus verschlug es den Atem. „Das ist ja unglaublich. Wieso weiß man von diesem Raum nichts?"

„Ein paar Leute wissen schon davon", antwortete Lisa gleichgültig. „Zum Beispiel unser Religionslehrer. Er hat erwähnt, dass es diesen Keller gibt und er hat auch gesagt, es fehlt bloß das Geld, um ihn zu renovieren. Deshalb kann man auch nicht hinein, weil alles baufällig ist. Er hat mich erst auf die Idee gebracht, einen Eingang zu suchen."

Amadeus blickte prüfend zur Decke.

„Mach dir keine Sorgen. Das stürzt nicht ein. Da würde ja die ganze Kirche auf uns fallen."

„Das macht mir ja gerade Sorgen", murmelte Amadeus.

Lisa machte eine wegwerfende Handbewegung. „Schau dir lieber das da an. Dadurch bin ich überhaupt erst auf den Gedanken mit der Hölle gekommen."

Der Lichtstrahl wanderte noch ein Stück weiter. An der Wand waren Fragmente einer Malerei zu erkennen. Fasziniert betrachtete Amadeus das Bild einer nackten jungen Frau mit großen Brüsten und ausladenden Hinterbacken, die sich verzweifelt im Griff eines triumphierenden Skelettes wand. Zu ihren Füßen züngelten Flammen, aus denen ein gehörnter Teufel mit einem Dreizack erwartungsvoll empor sah. Noch weiter unten waren arme Seelen zu sehen, die heulend in einem Kessel saßen und von eifrigen Teufeln gesotten und mit Spießen gepiekt wurden.

„Ich stelle mir oft vor, das ist die Amélie, wie sie in die Hölle kommt", sagte Lisa nachdenklich. „Obwohl sie natürlich nicht so schön ist. Stehst du wirklich nicht auf eine große Brust bei einer Frau?" Sie sah ihn besorgt an.

Amadeus fand diese wiederholte Frage im Moment ausgesprochen unpassend. Es gruselte ihn ein wenig. Lisa bestand auch nicht auf einer Antwort. „Dort drüben ist noch etwas, das du sehen musst."

Der Schein ihrer Taschenlampe erfasste das lebensgroße Halbrelief eines Mannes in Mönchskutte. Unter seiner tief ins Gesicht gezogenen Kapuze schaute er die beiden Eindringlinge missbilligend an. In den Händen hielt er ein Buch. Sein Mund war halbgeöffnet.

„Ich stelle mir vor, er liest alle deine Sünden in seinem Buch. Ziemlich schrecklich, wenn man daran glaubt, findest du nicht?" Lisa kicherte.

„Wann warst du zuletzt bei der Beichte, meine Tochter?", fragte der Mönch mit dumpfer Stimme und starrte Lisa an. Amadeus war so fassungslos, dass er gar nicht dazukam sich zu entsetzen. Lisa gab ein kleines Quietschen von sich und hielt den Lichtstrahl schreckensstarr auf das strenge Gesicht gerichtet. Sie wurde einer Antwort enthoben. An ihrer Stelle bekannte eine zittrige Greisinnenstimme: „Vor zwei Tagen, Hochwürden."

Der geheimnisvolle Mönch gab einen resignierten Seufzer von sich. „Ich weiß. Und was führt dich wieder zu mir?"

Die zittrige Stimme begann eifrig zu bekennen, dass sie in der Messe unaufmerksam gewesen sei, dass sie noch immer eine unchristliche Abneigung gegen ihre zänkische Nachbarin hege und dergleichen mehr. Als sie verstummte wurde sie mit den traditionellen Worten von ihrer Schuld losgesprochen und ihr ein Vaterunser als Buße auferlegt. Ein Scharren war zu hören, dann Schritte, die sich entfernten.

„Was war das?", fragte Lisa sichtlich erschüttert.

Man soll nicht sagen, dass Schundromane überhaupt keine bildende Wirkung haben. Amadeus erinnerte sich seines Studiums der ‚Schreckensnacht im Kloster' und gab sein Wissen flüsternd zum Besten: „Ich habe von solchen Vorrichtungen schon gelesen. Durch ein Schallrohr wird alles, was in der Oberkirche geschieht, in die Krypta übertragen. Auf diese Weise kann man die Messe auch hier herunten verfolgen. Man hat oben wahrscheinlich den Beichtstuhl vor die entsprechende Öffnung gestellt. Dadurch kann man auch hören, was im Beichtstuhl gesprochen wird, obwohl das sicher nicht der Zweck dieser Vorrichtung ist."

„Du bist so klug", bewunderte ihn Lisa.

Amadeus hörte das gern und hielt ihre Hand fest, die den Lichtstrahl durch den Raum gleiten ließ. „Was ist das?"

Stirnrunzelnd betrachtete sie eine Öffnung in der Wand. „Das ist neu, glaube ich. Wie ich das letzte Mal herunten war, ist es mir nicht aufgefallen."

Die Wandöffnung begann am Boden, war etwa einen Meter breit und ebenso hoch. Sie war nicht erst unlängst ausgebrochen worden, sondern wies sauber bearbeitete Ränder auf. Ursprünglich war sie wohl mit einer Steinplatte bedeckt gewesen, die jetzt daneben lehnte. Amadeus nahm Lisa die Taschenlampe aus der Hand und las halblaut die Inschrift in verwitterten gotischen Lettern: „ANNO 1640 DEN 10 IANNVARIVS STARF DE TVGENTSAME CORDULA SCHWEGLERIN DER SEHELE GOT GNAD UBI THESAURUS TUUS IBI COR TUUM"

„Was ist das?" wollte Lisa wissen.

„Schaut aus, wie eine alte Grabplatte."

„Dann ist das ein Grab?" Lisa wich einen Schritt zurück.

Obwohl ihm nicht ganz geheuer war, trat Amadeus näher, bückte sich und leuchtete durch das Loch. Dahinter befand sich nichts Besonderes, lediglich ein leerer Raum, etwa zwei Meter im Quadrat.

Lisa schaute ihm vorsichtig über die Schulter. „Es ist ganz leer", sagte sie erleichtert, „keine Spur von einem Toten."

Amadeus leuchtete den Boden ab. In der dicken Staubschicht zeichneten sich deutlich Fußspuren ab. Es schien sich um die Abdrücke von Turnschuhen zu handeln.

„Eigenartig", murmelte Lisa. „Das war sicher noch nicht so, wie ich mit dem Melchior herunten war."

„Du warst mit dem Melchior herunten?"

Die Frage war ihr unangenehm. „Er hat ja nicht viel Interesse daran gehabt, mit mir auf Abenteuertour zu gehen. Aber am Anfang ist er mitgegangen, weil er geglaubt hat, er kann mich so besser einwickeln. Komisch, die Spuren schauen so aus, als ob sie vom Melchior sein könnten." Sie schauderte leicht zusammen. „Unheimlich ist das."

„Es waren noch andere Leute herunten", sagte Amadeus und ließ den Lichtstrahl über mehrere halb verwischte Spuren gleiten, denen man aber deutlich ansah, dass sie unterschiedlich waren. „Gibt es sicher keinen anderen Eingang in diesen Keller?"

„Ich weiß nicht. Ich habe keinen anderen mehr gesucht, nachdem ich den hinter dem Hochaltar gefunden hatte." Lisa sah sich besorgt um. Jetzt war es sie, die genug von dieser Exkursion hatte. „Komm lass uns von hier verschwinden. Bald werden Leute in der Kirche sein. Die Glocken läuten schon!"

Kapitel 17: Jetzt, Montag

Der Wecker läutete laut und aufdringlich und riss ihn aus Träumen, die in seiner Kindheit gespielt hatten. Die Handlung dieser nächtlichen Hirngespinste entglitt ihm aber, obwohl er verzweifelt versuchte, sie festzuhalten. Er erinnerte sich nur, dass Lisa bei ihm gewesen war, die zwölfjährige Lisa, glücklich und unbeschwert.

Als er in die Küche kam, stand die jetzige Lisa am Tisch und bereitete das Frühstück. Ihr Gesicht war blass und die Augen, diese wunderschönen großen Augen, waren gerötet, so als ob sie geweint hätte. Er fühlte einen leisen Stich in der Herzgegend und trat rasch an sie heran. „Guten Morgen, Lisa." Sie ließ sich bereitwillig von ihm auf die Wange küssen, drehte aber leicht den Kopf zur Seite, als er versuchte ihren Mund zu erreichen.

„Komm, setz dich hin, das Frühstück ist fertig!"

Amadeus hielt es für klug, fügsam zu sein und setzte sich. „Gestern Abend ... ", begann er.

Sie unterbrach ihn auf der Stelle. „Darüber will ich nicht reden. Auf keinen Fall; bitte, Amadeus, sei einfach still."

Sie verzehrten schweigend ihr Frühstück. Amadeus ging auf die Terrasse hinaus, um eine Zigarette zu rauchen. Nach einer Weile kam sie ihm nach. „Was wollen wir heute unternehmen?", fragte sie mit normaler Stimme, so als ob nichts gewesen wäre. „Ich bin meine eigene Chefin und kann mir auch einmal einen blauen Montag genehmigen." Erfreut registrierte er, dass sie ‚wir' gesagt hatte. Ein Fetzen seines Traumes kam ihm unvermutet in den Sinn und brachte ihn auf eine Idee. „Wenn du nichts Besseres vor hast, würde ich mir gerne die Kirche ansehen."

„Die Kirche? Warum nicht, wenn du willst. Dann gehen wir eben in die Kirche. Es hat sich dort seit unserem Sommer aber nicht viel geändert."

Sie hatte recht. Seit er das letzte Mal hier gewesen war, hatte sich kaum etwas verändert. Lediglich die Beichtstühle waren umgestellt worden und gaben jetzt den Blick auf eine kleine vergitterte Öffnung in der Wand frei. Das musste die

Verbindung zur Unterkirche sein. Eine Frau war damit beschäftigt gewesen, Blumen am Altar zu drapieren. Jetzt schlug sie ein Kreuz, wandte sich ab und kam auf Amadeus und Lisa zu.

„Gott zum Gruß, Herr Heinrich", sagte die Handarbeitslehrerin. „Grüß dich Gott, Lieselotte. Schön euch beide in unserem Gotteshaus zu sehen."

„Ich habe es als Kind immer sehr beeindruckend gefunden", gestand Amadeus. Er schaute zu den bunten Glasfenstern hoch und zu dem barocken Hochaltar, der wie er wusste, von hinten besehen nur eine Imitation aus Holz und Ziegel war.

Die Potzhuber seufzte. „Leider ist von der ursprünglichen Einrichtung nicht viel erhalten geblieben. Das ist alles in den Schwedenkriegen von 1645 zerstört worden. Man hat in den folgenden Jahrhunderten zwar versucht, die ehemalige Pracht wieder herzustellen, was aber nur teilweise gelungen ist."

„Es ist trotzdem sehr schön", versicherte Amadeus. „Ich habe gelesen, dass die Kirche sehr alt sein soll. Sogar eine Krypta soll es geben, habe ich gehört. Stimmt das?"

„Das stimmt schon, aber sie ist für die Öffentlichkeit gesperrt."

„Wie schade", bemerkte Amadeus, „Ich hätte sie mir so gerne angeschaut. Glauben Sie, man kann eine Genehmigung bekommen? An wen müsste ich mich da wenden?"

Die Potzhuber zögerte. „Ich weiß nicht." Sie fasste einen Entschluss. „Wissen sie was? Ich führe Sie einfach hinunter. Ich bin schließlich auch die Vorsitzende des Heimatkundevereines. Machen Sie halt nicht viel Aufhebens deswegen, damit sich niemand aufregt."

„Das wäre wunderbar", erklärte Amadeus begeistert. „Aber ist es nicht sehr schwierig hinunterzusteigen?"

„Eigentlich nicht. Es gibt einen Zugang vom Schulhaus. Kommt mit, meine Lieben, kommt mit."

Amadeus und Lisa folgten ihr in das benachbarte Schulhaus, das wegen der Ferien zwar abgesperrt war, zu dem sie aber einen Schlüssel hatte. „Das Schulhaus war früher keine Schule", erklärte Potzhuber. „Das ehemalige Gebäude hat zur Kirche gehört. Es war der Sitz eines Propstes. Die Keller stammen noch aus dieser Zeit. Die Schule ist natürlich ein Neubau. Kommen Sie!"

Sie führte sie in den Keller und dann noch ein Stückchen tiefer in ein darunter liegendes Geschoss, wobei sie zahlreiche Türen auf- und wieder zusperrte.

„Das ist der eigentliche Keller der Propstei. Wir sperren natürlich immer sehr sorgfältig zu, damit keine Schüler herunterkommen können. Das hat dazu geführt, dass unter den Kindern die abenteuerlichsten Geschichten kursieren, was da unten sein könnte. Unlängst hat mich ein Mädchen gefragt, ob es wahr ist, dass hier herunten lauter Totengebeine herumliegen." Sie kicherte. „So, da wären wir schon!" Sie sperrte eine letzte Tür auf. Dahinter lag die Unterkirche, so wie sie Amadeus in Erinnerung hatte. Die Tür war hinter einer der Figuren verborgen, die den Altar flankierten. Eine Neuerung gab es aber schon. Man hatte eine provisorische Neonbeleuchtung installiert, die anstandslos ansprang, als Potzhuber einen Schalter drehte. „Was sagen Sie?", fragte sie stolz. Amadeus erging sich in bewundernden Rufen, Lisa übte sich in Schweigen und sah Amadeus immer wieder heimlich von der Seite an. Potzhuber erklärte ihnen stolz sämtliche Sehenswürdigkeiten und erwies sich als sehr beschlagen in der Geschichte der Kirche und dieses seltsamen Raumes.

Schließlich standen sie vor einer Grabplatte. Es war jene Platte die seinerzeit an der Wand gelehnt hatte. Jetzt war sie wieder an ihrer Stelle und verdeckte die Maueröffnung und den dahinterliegenden Raum.

„Das ist eine Besonderheit, man könnte es fast eine Kuriosität nennen", sagte Potzhuber im Ton einer Verschwörerin. „Sehen Sie den Namen? SCHWEGLERIN ! Genauso hat unsere Postamtsleiterin geheißen, ehe sie geheiratet hat. In den Kirchenmatrikeln aus der damaligen Zeit lässt sich aber keine Cordula Schwegler oder Schweglerin finden. Das ist seltsam, weil sie doch in der Kirche beigesetzt wurde. Meine Freundin, die Anna Schwegler, verehelichte Grießler, behauptet aber steif und fest, das sei eine Vorfahrin von ihr gewesen. Sie habe sogar alte Urkunden, die das belegen sollen. Bloß gezeigt hat sie diese Urkunden noch niemandem. Seltsam, nicht wahr?"

„Ja, wirklich seltsam", erwiderte Amadeus und versuchte nur mäßig interessiert zu wirken. „Man müsste halt die Platte abnehmen und nachschauen, was dahinter ist."

„Das hat man getan, Herr Heinreich, das hat man ja schon getan. Vor etwa zehn Jahren. Dahinter ist ein kleiner, aber leerer Raum. Keine Spur von einem Grab; kein Hinweis, dass dort jemals ein Mensch beigesetzt wurde."

„Das ist wirklich eigenartig", bestätigte Amadeus.

„Was bedeutet eigentlich das lateinische Zitat?", meldete sich Lisa erstmals zu Wort. Die Potzhuber zuckte mit den Schultern. Latein gehörte nicht zu den Kenntnissen einer Handarbeitslehrerin.

„Ubi Thesaurus tuus ibi cor tuum: Wo dein Schatz ist, ist auch dein Herz", sagte Amadeus leise und sah Lisa schmachtend an. Sie wurde überraschend rot und senkte den Kopf. „So ist das sicher nicht gemeint", flüsterte sie.

„Ich glaube, es ist ein Bibelzitat", verkündete die Potzhuber. „Ich habe es schon in der Kirche gehört. Was anderes als ein Bibelzitat sollte man auch auf einen Grabstein schreiben? Wenn ihr euch sattgesehen habt, meine Lieben, dann lasst uns wieder hinaufsteigen, in die Oberwelt."

Amadeus bedankte sich überschwänglich für die freundliche und überaus interessante Führung und machte sich mit Lisa auf den Heimweg.

„Heute essen wir zu Hause", entschied Lisa. „Ich koche uns etwas. In den ‚Goldenen Ochsen' mag ich nicht gehen." Amadeus konnte sich vorstellen, weswegen und gab keinen Kommentar ab.

Als sie fast schon zu Hause waren, liefen sie Hagenberg über den Weg. Der Chefinspektor kam tiefgesenkten Hauptes daher und schien vor sich hinzumurmeln. Von Zeit zu Zeit schüttelte er verdrossen den Kopf.

Amadeus drehte den Spieß um. Diesmal war er es der rief: „Hagenberg, alter Freund und Zwetschkenröster, was macht dir Kopfzerbrechen?"

Hagenberg schaute auf. „Amadeus, verehrte Charlotte, liebreizende Kunstschlosserin. Sie sind der erste erfreuliche Anblick an diesem elenden Vormittag."

„Was ist dir über die Leber gelaufen? Hat es mit deinem Fall zu tun?"

„Sieht man mir das nicht an? Ich komme einfach nicht weiter und bin nahe daran, meine Ermittlungen wegen Aussichtslosigkeit abzubrechen. Das kommt bei mir nicht oft vor, eigentlich nie, aber diesmal scheint es so weit zu sein."

„Warum bist du dann noch hier?"

„Das klingt, als ob du mich los sein wolltest, Amadeus, alter Freund. Ja, warum bin ich noch hier? Ich habe so ein Gefühl, als ob doch noch etwas passieren könnte, das mich weiterbringt. Ich habe auf so viele Büsche geklopft, dass es ein Wunder wäre, wenn nicht doch noch unter einem eine Schlange hervorkäme. Morgen ist so eine Gelegenheit. Vielleicht schon morgen."

„Was ist morgen?"

„Morgen werden die Überreste des armen Melchior Kasparik beigesetzt. Die Staatsanwaltschaft hat die Leiche freigegeben. Die scheinen sich auch keine besonderen Hoffnungen zu machen, dass bei der Sache noch etwas herauskommt. Denn Kopf behalten wir natürlich noch als Beweisstück, aber das braucht man ja nicht an die große Glocke zu hängen. Seiner einzigen Angehörigen, der Cousine, die sie erwähnt haben, liebe Charlotte, ist das egal. Sie will die Sache nur rasch und ohne Aufsehen hinter sich bringen. Morgen um 15 Uhr wird Melchior am Friedhof ein ordentliches Grab bekommen, in aller Diskretion, aber natürlich mit einem Pfarrer. Ich denke, es werden trotzdem einige Neugierige da sein. Vielleicht sogar der Mörder. Das würde mich gar nicht wundern. Du kommst doch auch?"

„Ich glaube schon", murmelte Amadeus.

„Das habe ich mir schon gedacht, alter Freund. Ich war mir sogar sicher, dass du kommen wirst. Sie kommen doch auch, Charlotte? Ja, ich bin mir sicher, dass Sie auch da sein werden. Also dann bis morgen!"

Hagenberg entfernte sich. Seine Laune schien sich überraschend gebessert zu haben.

„Ich gehe morgen also auf ein Begräbnis", sagte Amadeus. Er sah Lisa an. „Kommst du wirklich mit?"

Kapitel 18: Damals

„Ich mag Begräbnisse nicht", erklärte Lisa. „Schwarz steht mir überhaupt nicht!" Sie hatte recht. Man hatte sie gezwungen, ein schwarzes Kleid mit enganliegenden Ärmeln und schwarze Strümpfe anzuziehen. Sie wirkte dadurch noch dünner und schlaksiger als sonst. Eine schwarze Schleife im Haar vervollständigte ihre Trauerkleidung. Amadeus hatte sich damit begnügt, eine altmodische schwarze Krawatte als Tribut an den Trauerfall umzulegen. Das musste genügen, zumal er mit dem Verstorbenen, wenn überhaupt, nur so weitschichtig verwandt war, dass man es kaum richtig definieren konnte. Er hatte nicht damit gerechnet, dass so viele Menschen zu dem Begräbnis kommen würden, noch weniger, dass auch er eingeladen war.

Georg Maier, den nicht der Blitz, sondern nur ein Dachziegel erschlagen hatte, war nämlich unverheiratet und kinderlos gewesen.

Er hinterließ allerdings zwei verheiratete Schwestern, die im Ort wohnten. Das allein wäre natürlich noch kein Grund für ein aufwendiges Begräbnis gewesen. Maier war aber, wie Tante Maria Amadeus anvertraut hatte, ausgesprochen wohlhabend gewesen. Er besaß neben seinem Haus und einem erheblichen Vermögen an Wertpapieren etliche Äcker und Weingärten, die er verpachtet hatte. Dieser unerwartete Segen würde nun an seine beiden Schwestern, mit denen er völlig zerstritten gewesen war, fallen. Die beiden Frauen gingen gramgebeugt hinter dem Sarg her und stützten sich gegenseitig. Von Zeit zu Zeit flüsterten sie energische Befehle, um ihre übermütige Nachkommenschaft anzuleiten, die gebührende Trauer über den Verlust des geliebten Onkels zu zeigen. Die Aussicht auf ein beträchtliches Erbe hatte sie dazu veranlasst, zahlreiche Menschen, Verwandte, auch weitschichtige, Freunde und Nachbarn zum Begräbnis und zu dem nachfolgenden Totenmahl einzuladen. Man wollte sich schließlich nicht nachsagen lassen, man habe dem unvergesslichen Bruder, Schwager, Onkel und vor allem Erblasser kein würdiges Begräbnis bereitet.

Der Trauerzug bewegte sich gemessenen Schrittes Richtung Friedhof. Die Musikanten, die voranschritten, entlockten ihren Blasinstrumenten dumpfe klagende Töne, zu denen eine Trommel den Takt schlug. Der Trommler hatte ein steifes Bein, das er bei jedem Schritt nachdrücklich auf den Boden setzte und sich dabei mit dem ganzen Körper nach rechts neigte. Diese Bewegung übertrug sich auf die ganze Truppe der Musikanten, die dadurch in einem seltsamen, schwankenden Gleichschritt daherkamen. Die Ministranten, die den Pfarrer begleiteten, schwenkten ihre Räucherbecken, sodass eine feierliche Weihrauchwolke über den Trauernden schwebte. Amadeus und Lisa gingen weit hinten im Zug, wo nach dem ungeschriebenen Protokoll der Platz für die weniger tief trauernden, entfernteren Verwandten war, die auf kein Erbe hoffen konnten. Ein Stück vor ihnen, aber zum Glück schon in sicherer Entfernung, gingen der alte Schmied und Amélie. Tante Maria hatte sich wegen Unpässlichkeit entschuldigen lassen. In Wahrheit hatte sie Maier und seine Verwandten, die weitschichtig, sehr weitschichtig, auch die ihren waren, nie leiden können. Sie hatte aber gemeint, Amadeus könne ruhig hingehen, wenn er Lisa begleiten wolle. Das hatte sie zu Amadeus Verwunderung tatsächlich so gesagt.

Der Trauerzug kam zum Halten. Der Verstorbene hatte sein letztes Ziel erreicht. Amadeus hätte gern einen Blick in die Grube geworfen, dazu standen sie aber viel zu weit hinten. Der Pfarrer hielt eine sehr ausgewogene Rede. Er beschrieb, dass der Weg zum Himmelreich steinig und voller Fallgruben sei, ließ anklingen, dass sich der Verstorbene, der nun vor Gottes Richterstuhl stand, schwer getan habe, diesen Weg zu gehen, verwies aber am Ende tröstend auf die unermessliche Güte Gottes. Er klang dabei ein wenig skeptisch, fand Amadeus.

„Iudex ergo cum sedebit, Quidquid latet apparebit: Nil inultum remanebit", schloss der Pfarrer. Er sprach wohlweislich Latein, um die Trauernden nicht zu verstören.

„Was sagt er?", flüsterte Lisa. „Verstehst du das?"

Es ist sehr mühsam und hat nur wenige Vorteile, wenn der Vater Lateinprofessor ist und seinem Sohn unbedingt die Liebe zu dieser alten Sprache näher bringen will. Denn nur in ganz seltenen Fällen bietet sich die Möglichkeit, vor seiner Freundin mit Lateinkenntnissen anzugeben, ohne zu nerven. Jetzt war endlich so eine Gelegenheit gekommen.

„Das bedeutet ungefähr: Sitzt der Richter dann zu richten, wird sich das Verborgne lichten; nichts kann vor der Strafe flüchten", flüsterte Amadeus zurück. „Es ist ein Zitat aus einem mittelalterlichen Gebet, dem ‚Dies irae'. Das heißt: Tag des Zorns."

Amadeus sonnte sich in Lisas rückhaltsloser Bewunderung und wehrte sich nicht, als sie seine Hand nahm und festhielt.

„Erde zu Erde, Asche zu Asche, Staub zu Staub." Der Sarg wurde in die Tiefe gelassen. Die Kapelle intonierte ‚Ich hatte einen Kameraden'. Nacheinander traten die Trauergäste an das Grab. Die Schwestern und ihre Kinder warfen dem Sarg Blumen hinterher, die anderen Erde, die ihnen der Totengräber mit einem kleinen Schaufelchen reichte. Er freute sich über das reichliche Trinkgeld, das ihm dabei zugesteckt wurde.

Amadeus hätte sich diesem Ritual gerne angeschlossen, sei es auch nur, um doch noch einen Blick in die Grube zu tun. Lisa wollte nicht. „Das Grab kann der Totengräber ganz gut allein zuschütten. Gehen wir lieber gleich in den ‚Goldenen Ochsen', damit wir einen guten Platz bekommen. Komm schon!" Sie ging mit ihm Hand in Hand zum Ausgang des Friedhofes und achtete darauf, dass sie dabei von ihren Schulkolleginnen auch gut gesehen wurde.

Das Totenmahl fand im großen Festsaal des ‚Goldenen Ochsen' statt. Lisa und Amadeus ergatterten einen Platz an einem der unteren Tische, der für ältere Kinder und Jugendliche reserviert war. Kellnerinnen trugen Tabletts mit Schweinebraten und Schnitzel auf und stellten Getränke auf die Tische, für die Kinder nur Limonade und Wasser. „Ich möchte eine Flasche Bier", forderte Schröcksmüller, der mit seinen beiden Kumpanen schräg gegenüber von ihnen am Tisch saß, vergeblich. Er musterte Amadeus provokant. „Was macht denn der Wiener da?"

„Er gehört zur Verwandtschaft", sagte Lisa. „Er ist sogar mit dir verwandt, aber er redet nicht gern darüber. Es ist ihm peinlich, weil du so ein Trottel bist."

Die anderen am Tisch lachten. Schröcksmüller vermied es, sich mit Lisa anzulegen. Er fürchtete nicht nur ihren Jähzorn, sondern auch ihr scharfes

Mundwerk. Stattdessen hielt er sich an Amadeus. „Lässt du immer deine Freundin für dich reden? Hast du keinen Mund, du Feigling?"

„Lass den Wiener in Ruhe", ergriff überraschend das Mädchen, das auf der anderen Seite neben Amadeus saß, Partei. „Er hat dir doch nichts getan!"

Schröcksmüller sah seinen Ruf als gefürchteter Rabauke in Frage gestellt. „Misch dich da nicht ein, du blöde Kuh."

Es war kein guter Tag für den späteren Postenkommandanten. „Was hast du gesagt?", fragte einer seiner beiden sonst so treuen Gefolgsleute drohend. „Wenn du die Angelika noch einmal blöde Kuh nennst, hau ich dich aufs Maul, dass dir Hören und Sehen vergeht!" Er war ein großer, starker Bursche, der sich vor Schröcksmüller nicht zu fürchten brauchte.

Angelika lächelte erfreut, wurde rot und senkte den Kopf. Der Junge stand demonstrativ auf und wechselte die Tischseite. „Ich bin der Ernst", sagte er zu Amadeus. „Rutsch zur Seite." Er drängte sich zwischen Amadeus und Angelika auf die Bank. Angelika war das nicht unrecht. Ihr Gesicht wurde nur ein klein bisschen röter.

Lisa entschied, dass Schröcksmüller genug hatte. Sie begnügte sich daher damit, über den Tisch zu fauchen: „Du Idiot", dann wandte sie ihre Aufmerksamkeit Amadeus zu, der in seiner Verlegenheit begonnen hatte, Speisen auf seinen Teller zu laden. „Noch nicht essen", zischelte sie. „Der Pfarrer ist noch nicht da."

Wenig später erschien der geistliche Herr, verzichtete darauf, über das ewige Seelenheil und die drohenden Alternativen zu reden, sondern begnügte sich mit einem kurzen Tischgebet. Die Trauergemeinde dankte ihm seine Zurückhaltung mit einem kräftigen „Amen" und begann zu speisen.

Nach kurzer Zeit wurde die Stimmung entspannter, um nicht zu sagen fröhlich. Die Gespräche wurden lauter und Gelächter kam hie und da auf. Die beiden Schwestern hatten ihre Trauermiene abgelegt und unterhielten sich prächtig. Sie ließen einander allerdings nicht mehr aus den Augen. Das würde so bleiben, bis die Verlassenschaft endgültig abgehandelt war. Schröcksmüller hatte es vorgezogen, sich einen anderen Tisch zu suchen, was bei den übrigen Jugendlichen gleichfalls zur Hebung der Laune beitrug. Ernst unterhielt sich angeregt mit Angelika, die gar nicht mehr schüchtern war und duldete, dass er verstohlen den Arm um ihre Hüfte legte. Amadeus beobachtete fasziniert, wie Lisa Portion um Portion vertilgte, so als ob sie schon seit Tagen nichts Ordentliches mehr zu essen bekommen hatte, was möglicherweise sogar zutraf. Er selbst war nicht besonders hungrig und verlegte sich darauf zu beobachten, was um ihn herum vorging.

Der alte Schmied und seine Frau saßen an der gegenüberliegenden Seite des Saales und kümmerten sich zum Glück nicht um Lisa. Amélie war ganz in Schwarz und machte den Eindruck einer trauernden Witwe. Nachdem sie zu den fröhlichen Schwestern gegangen war, um nochmals ihr tiefempfundenes Beileid auszudrücken, blieb sie bei Herbert Ganzbach stehen. Ganzbach redete eine Weile beschwörend auf sie ein. Sie gab eine heftige Antwort, wandte sich ab und kehrte zu ihrem Ehemann zurück.

Ganzbach ging zwischen den Tischen durch und sah sich nach einem freien Platz um. Hinter Angelika blieb er stehen, fragte, wie es ihr gehe und legte dabei die Hand in einer vertraulichen Geste auf ihre Schulter. Angelika krümmte sich unbehaglich zusammen, um dem Druck seiner Hand zu entgehen. Ernst Gruber stand langsam auf und sah Ganzbach an. Die Bedeutung dieser Geste war nicht eindeutig, wurde von Ganzbach aber offenbar verstanden. Er nahm seine Hand rasch weg und entfernte sich schweigend.

„Das war gut", verkündete Lisa, die sich endlich satt gegessen hatte. Sie sah Amadeus an. „Willst du noch hier bleiben?" Er wollte nicht. Sie bedankten sich bei den glücklichen Erbinnen für die Einladung, murmelten ein gebührliches ‚herzliches Beileid' und verließen unbeachtet von den übrigen Trauergästen, die immer fröhlicher wurden, den ‚Goldenen Ochsen'.

Hand in Hand gingen sie durch das Dorf. Es war kaum jemand auf der Straße. Ohne dass sie es ausgemacht hatten, führte sie ihr Weg im stillschweigenden Einverständnis aus der Ortschaft hinaus zum Linzerstadel. Sie setzten sich in den Eingang und schauten schweigend über die Ortschaft.

„Küss mich", verlangte Lisa schließlich. „Lass dir nicht einfallen, mit Ausreden zu kommen. Ich will jetzt geküsst werden. Komm schon."

Als sie sich nach einem langen Kuss, der Amadeus in eine bis jetzt nicht gekannte Verwirrung versetzte, voneinander lösten sagte Lisa traurig: „Es ist so schade, dass man am Ende doch nicht denjenigen heiratet, von dem man denkt, er wird es sein."

„Wie kommst du auf so etwas?"

„Das hat meine Mutter immer gesagt. Sie hat auch geglaubt, sie wird meinen Vater, meinen leiblichen Vater, heiraten. Daraus ist dann nichts geworden, also hat sie den alten Schmied genommen. Mit uns wird es genau so sein."

Unvermutet begann sie zu weinen. Amadeus wusste nicht, was er davon halten sollte und versuchte sie mit unbeholfenen Zärtlichkeiten zu trösten. Schließlich hatte sie sich wieder gefangen und sah ihn ernst an. „Eines verspreche ich dir: Wenn wir erwachsen sind, werde ich mit dir schlafen, so wie meine Mutter mit meinem Vater geschlafen hat, egal was daraus wird. Schau nicht so verstört, als ob du nicht genau verstündest, was ich meine. Bring mich jetzt nach Hause, damit ich da bin, wenn meine Stiefeltern zurückkommen. Begräbnisse machen mich halt immer traurig, auch wenn ich den Verstorbenen gar nicht gut gekannt habe. Morgen ist ein anderer Tag, da bin ich wieder ganz die alte Lisa."

Kapitel 19: Jetzt

„Glaub mir, Lotte, ich habe mich geändert. Ich bin ein anderer geworden."
Amadeus blieb erstarrt an der nur angelehnten Tür zur Terrasse stehen. Er hatte sich die Zeit bis zu dem in Aussicht gestellten Mittagessen damit vertrieben, auf seinem Zimmer im Internet zu recherchieren und mit seinem Partner Wizzig zu telefonieren. Jetzt war er heruntergekommen, weil er Hunger hatte. Er schaute vorsichtig in den Garten. Lisa und Herbert Ganzbach saßen einander gegenüber und sahen sich in die Augen. Was Amadeus besonders störte war die Tatsache, dass Ganzbach Lisas Hände in den seinen hielt und sie das duldete.

„Gib uns noch eine Chance, Lotte, du wirst es nicht bereuen. Das verspreche ich dir."

Lisa gab keine Antwort. Sie schaute Ganzbach an, wie das sprichwörtliche Kaninchen die Schlange. Amadeus stieß die Tür auf, trat rasch auf die Terrasse und blieb stehen, als ob er überrascht sei.

„Entschuldige bitte", sagte er höflich. „Ich wusste nicht, dass du Besuch hast, Lisa. Ich wollte nicht stören."

Lisa löste ihre Hände aus denen Ganzbachs und gewann ihre Fassung wieder. „Du störst nicht, Amadeus."

„Ein wenig schon", murmelte Ganzbach und versuchte sich in einem Lächeln, das überlegenen Humor ausdrücken sollte.

„Ihr kennt euch ja", sagte Lisa. Es war halb Frage, halb Feststellung.

„Aber natürlich", entgegnete Amadeus. „Wir haben uns schon gestern im ‚Ochsen' begrüßt. Sind ihre Geschäfte mit unserem Wirt zu einem guten Abschluss gekommen, Herr Ganzbach?"

Ganzbach schaute düster. „Noch nicht. Da bedarf es noch einiger Überzeugungsarbeit, aber das wird schon."

„Wollen Sie unserer Lieselotte auch ein lukratives Angebot machen?", erkundigte sich Amadeus süffisant.

„Setz dich doch zu uns", sagte Lisa rasch, ehe Ganzbach antworten konnte.

„Wenn ich wirklich nicht störe, gerne." Amadeus machte es sich auf einem der Korbstühle bequem.

„Ein wenig stören Sie schon." Ganzbach verlor etwas von seiner verbindlichen Freundlichkeit. Amadeus schaute ihn mit einfältigem Lächeln an und durchsuchte seine Taschen vergeblich nach einem Feuerzeug.

Lisa beugte sich über den Tisch und gab ihm Feuer für seine Zigarette.

„Danke, vielen Dank, Lisa." Amadeus lehnte sich zurück, blies Rauchwolken in die Luft und öffnete sein Sakko, um es sich bequem zu machen. Ganzbach starrte ihn an. „Sagen Sie, haben Sie da eine Pistole umgeschnallt?"

Amadeus nickte ihm gleichgültig zu. „Die gehört zu meinem Handwerkszeug. Ich bin so daran gewöhnt, sie herumzuschleppen, dass ich es schon gar nicht mehr merke."

„Ich dachte, Sie wären auch in der Versicherungsbranche?"

„Bin ich auch – irgendwie. Man könnte mich einen Spezialermittler nennen."

„Und für welche Versicherung ermitteln Sie in Grafenhotter?"

„Für gar keine. Außerdem werde ich nicht nur von Versicherungen engagiert. Manchmal übernehme ich beispielsweise auch Aufträge von Auktionshäusern."

„Wie kann man denn das verstehen?"

Amadeus gab bereitwillig Auskunft: „Wenn etwa ein wertvolles Objekt, dessen Provenienz nicht eindeutig geklärt ist, versteigert werden soll, werde ich mit diskreten Ermittlungen beauftragt. Renommierte Häuser wollen sich nicht dem Vorwurf aussetzen, sie hätten Diebsgut zur Versteigerung übernommen. Dann ermittle ich eben."

„Hier in Grafenhotter?"

„Aber doch nicht in Grafenhotter. Ich mache einen Kurzurlaub hier, sonst nichts."

„Mit einer Pistole unter dem Sakko?"

„Jetzt ist es aber genug", intervenierte Lisa. „Frag doch den Amadeus, den Herrn Heinrich meine ich, nicht so aus."

„Das macht mir gar nichts aus. Ich rede gern über meinen Beruf", verkündete Amadeus und verstärkte sein einfältiges Lächeln.

„Ist es nicht schwer, so einem dubiosen Kunstobjekt auf die Spur zu kommen?", erkundigte sich Ganzbach.

„Manchmal ja, manchmal nein", sagte Amadeus. „Wissen Sie, das kommt darauf an. Bei erstaunlich vielen Kunstobjekten lässt sich der Meister, der es vermutlich hergestellt hat, oder zumindest die Region, wo das Objekt entstanden ist, recht genau eingrenzen. Das liefert dann den ersten Anhaltspunkt. Es gibt auch eine Reihe von Datenbänken, auf die ich zugreifen kann: Datenbänke über verschollene oder geraubte Kunstgegenstände, aber auch solche, die ganz regulär am Kunstmarkt aufgetaucht sind, oder die versteigert wurden. Wenn man zum Beispiel herausfindet, dass eine Reihe von Kunstobjekten, die aus einer bestimmten Region stammen oder zwischen denen sonst ein Zusammenhang bestehen könnte, innerhalb eines kürzeren Zeitraumes gehäuft am Kunstmarkt auftauchen, gibt das Anlass zur Nachdenklichkeit, finden Sie nicht?"

„Ich glaube schon", murmelte Ganzbach. „Ist diese Arbeit denn so gefährlich, dass Sie bewaffnet sein müssen?"

„Vorsicht ist die Mutter der Porzellankiste", verkündete Amadeus fröhlich. Er schaute Lisa an. „Ich wollte eigentlich fragen, ob unsere Verabredung zum Mittagessen noch gilt. Wenn ja, sollten wir jetzt gehen." Er warf einen Blick nach der schmiedeeisernen Pendeluhr, die im Wintergarten hing und stand auf. Lisa erhob sich gleichfalls.

Ganzbach schaute zwischen ihnen hin und her. „Ja, dann werde ich wohl auch gehen. Ich komme sicher wieder. Du bist mir noch eine Antwort schuldig, Lisa." Er wollte Lisa auf die Wange küssen, aber sie wich rasch zurück.

„Mach dich inzwischen fertig", sagte Amadeus mit stiller Genugtuung. „Ich bringe Herrn Ganzbach zur Tür."

Als er Ganzbach hinausließ, schaute ihn dieser nachdenklich an. „Ich traue Ihnen nicht über den Weg, Amadeus", sagte er unter Verzicht auf weitere Freundlichkeiten.

„Sie tun mir unrecht", erwiderte Amadeus mit sanfter Stimme, schloss die Tür und ließ Ganzbach auf der Straße stehen.

Lisa hatte ihre Absicht selbst für ein Mittagessen zu sorgen zwar aufgegeben, wollte aber noch immer nicht in den ‚Ochsen'. Also fuhren sie in einen Nachbarort, wo sie ein gemütliches Landgasthaus aufsuchten.

Erst beim Nachtisch kam Lisa auf das unvermeidliche Thema, das zwischen ihnen stand, zu sprechen: „Herbert will sich wieder mit mir versöhnen. Er sagt, er hat sich geändert."

„Glaubst du das?"

„Ich möchte es gerne glauben, aber ich habe meine Zweifel."

„Mit Recht, fürchte ich. Aber was ist mit uns Lisa? Ich habe dir gesagt, was ich für dich empfinde."

Lisa schüttelte den Kopf. „Ich weiß nicht. Ich habe Herbert wirklich geliebt und geglaubt, ich bin über ihn hinweg. Jetzt kommt er auf einmal daher und will wieder zu mir zurück. Ich weiß einfach nicht, was ich machen soll. Du kommst mir manchmal so vor, als ob du gar nicht real wärst. Du bist ein Traum aus meiner Kindheit, ein Mädchenschwarm, der plötzlich wieder aufgetaucht ist und sich in mein Leben drängt."

„Du hast mich gerufen, Lisa."

„Ich weiß. Aber ich habe doch nicht gedacht, dass du dich Hals über Kopf in mich verlieben wirst. Bitte, Amadeus lass mir Zeit, damit ich mir über meine Gefühle klar werden kann."

Er schwieg eine Weile, dann sagte er: „Lass uns also über den eigentlichen Grund reden, aus dem du mich gerufen hast. Ich würde mich gerne mit der Angelika Gruber unterhalten."

„Mit der Angelika? Wozu das?"

„Sie ist die letzte aus eurer Mädchenbande mit der ich noch nicht gesprochen habe. Ich glaube außerdem, zwischen ihr und Ganzbach war etwas. Mich würde interessieren, was da gelaufen ist."

Sie sah ihn irritiert an. „Lass den Herbert aus dem Spiel. Du musst nicht versuchen, ihn mies zu machen. Das passt gar nicht zu dir. Ich weiß, dass er damals etliche Liebschaften hatte, aber das war lange vor meiner Zeit und er war damals schon ein sehr charmanter junger Mann."

Amadeus seufzte. „Erinnerst du dich an das Begräbnis des Maier? Ganzbach hat dabei sehr vertraulich mit Angelika getan und ihr war das gar nicht recht."

„Woran du dich alles erinnerst! Aber selbst wenn du recht hast, was soll dir die Angelika erzählen? Sie ist eine sehr liebe, herzensgute Person, das kannst du mir glauben. Die hat bestimmt niemanden umgebracht und ihr Mann, der Ernst, auch nicht."

„Das glaube ich auch nicht. Aber ich muss jeder Spur nachgehen und Angelika ist eine davon. Außerdem will ich sichergehen, dass sie nicht auch zu den Missbrauchsopfern gehört. Ganz ausgeschlossen scheint mir das nämlich nicht zu sein." Er hob rasch die Hand, um Lisa am Sprechen zu hindern. „Bitte vertrau mir, Lisa. Es hat keinen Sinn, wenn wir darüber rätseln und streiten. Lass es uns einfach klären."

„Wenn du es für notwendig hältst, nehmen wir uns eben Angelika vor", sagte Lisa zögernd. „Überlass sie mir. Mit dir würde sie über diese Dinge nicht reden. Sie ist nicht so offenherzig wie Susi. Ich will ohnehin mit ihrem Mann verhandeln. Sein Geschäft geht nicht besonders gut und ich denke daran, ihm eine Art Kooperation anzubieten. Er ist gelernter Schlosser und könnte einen Teil meiner Arbeiten übernehmen. Der Fahrradverleih allein ist ja doch nur ein Verlustgeschäft. Mir würde damit mehr Zeit für die Kunstschlosserei und meine Kunstprojekte bleiben. Am besten, ich besuche die beiden noch heute. Was hast du inzwischen vor?"

„Ich warte zu Hause auf dich. Ich möchte inzwischen ein wenig im Internet recherchieren."

„Aha. In gewissen Datenbanken?"

„Möglicherweise."

„Sag einmal, warum warst du dem Herbert gegenüber so komisch? Ich verstehe ja, dass du ihn nicht magst. Aber du hast ihm so bereitwillig Auskunft über deine Arbeit gegeben, als ob ihr die besten Freunde wärt."

„Weil er sich so auffallend dafür interessiert hat. Hagenberg würde sagen, ich habe auf den Busch geklopft, um zu sehen, ob eine Schlange darunter ist."

„Ich verstehe wirklich nicht, was in deinem Kopf vorgeht. So willst du dem Mörder von Melchior auf die Spur kommen? Außerdem denke ich, dass dieser Sturm vorüberziehen wird. Hagenberg wird wahrscheinlich bald unverrichteter Dinge abziehen und die Sache ist dann ohnehin ausgestanden."

„Täusch dich da bloß nicht", murmelte Amadeus. „Täusch dich da bloß nicht."

Lisa verließ ihn am späten Nachmittag, kam erst spät am Abend wieder heim und blieb nur kurz vor seiner Tür stehen, um ‚Gute Nacht' zu rufen, dann verklangen ihre eiligen Schritte.

„Sie hat sich wahrscheinlich mit Ganzbach getroffen", dachte Amadeus verbittert. „Sie hat sich gewiss wieder mit diesem verdammten Ganzbach getroffen. Sie ist über diese alte Geschichte überhaupt noch nicht hinweg."

Kapitel 20: Damals

„Diese alten Geschichten sind höchst lehrreich", verkündete die Lehrerin. „Jedes Kind sollte über die Geschichte seines Heimatortes Bescheid wissen."

Die kleine Gruppe stand vor der Kirche und lauschte ihren Ausführungen. Die Handarbeitslehrerin, die vertretungsweise auch Geschichte unterrichtete und unlängst erst zur Vorsitzenden des neu gegründeten Heimatkundevereines gewählt worden war, wies auf das Kirchenportal. „Unsere Kirche ist ein besonders schönes Beispiel für die Wechselfälle der Geschichte."

Im Rahmen der Aktion ‚Unser Heimatort' war eine Führung für die Kinder des Ortes zu den historisch bedeutsamen Stätten des Dorfes organisiert worden. Tante Maria hatte Amadeus darauf hingewiesen und der hatte sich sofort begeistert zur Teilnahme entschlossen. Lisa, die an Geschichte überhaupt kein Interesse zeigte, war hauptsächlich deswegen mitgekommen, um sich vor ihren Schulkolleginnen mit ihrem Freund zu zeigen. Jetzt hielt sie Amadeus fest an der Hand und versuchte Aufmerksamkeit zu heucheln.

„Unsere aus der Mitte des 14. Jahrhunderts stammende Pfarrkirche ist dem Hl. Martin geweiht und wurde im 17. Jh. umgebaut und vergrößert. Das Langhaus ist ein hoher, weiter Saalraum mit einer spätbarocken Stuckdecke. Das Hochaltarbild zeigt eine Kreuzigungsgruppe, die von einem unbekannten Meister stammt, welcher aber der Schule des Martin Johann Schmidt zugerechnet wird. Rechts vom Kreuz steht die Mutter Maria, links Johannes, der Lieblingsjünger Jesu. Zu Füßen des Kreuzes kniet eine weinende Frau mit geöffneten Haaren, die ihr Gesicht verdecken. Ihr werdet euch vielleicht schon gewundert haben, warum sie keinen Heiligenschein hat, wie die anderen Figuren. Es ist die Sünderin Maria Magdalena, von der uns die Evangelien berichten."

Die Lehrerin nickte bedeutungsvoll mit dem Kopf. Das ungewöhnlich heiße Wetter erlaubte ihr eine recht freizügige Kleidung. Der Rock war ziemlich kurz und ließ ihre wohlgeformten Beine sehen. Sie trug keine Strümpfe. Als sie sich bewegte, um wiederholt auf die Kirche zu deuten, zeichneten sich unter dem dünnen Stoff ihrer Bluse ganz deutlich die Brustwarzen ab. Amadeus dachte an die Szene im Postamt und schluckte mehrmals.

„Sie ist selber eine ganz schöne Sünderin und kriegt sicher auch keinen Heiligenschein", flüsterte ihm Lisa ins Ohr. „Erinnerst du dich, was sie im Postamt getrieben hat?"

„Eine weitere Besonderheit ist die sehr schöne Unterkirche", fuhr die Lehrerin fort. „Sie hat zwar eine barocke Innenausstattung, die Gewölbe sind aber original und stammen aus der Entstehungszeit der Kirche. Es ist ein Hauptanliegen des Heimatkundevereines dieses Juwel der sakralen Baukunst, das aus Sicherheitsgründen gesperrt ist, der Öffentlichkeit wieder zugänglich zu machen. Dazu wird es aber erheblicher Anstrengungen und wahrscheinlich auch erheblicher finanzieller Mittel bedürfen."

„Haben wir alles schon gesehen", kichert Lisa und stieß Amadeus in die Rippen.

Die Stimme der Lehrerin nahm einen dramatischen Ton an. „Im Jahre 1645 wurde unser Ort von einem schweren Schicksalsschlag getroffen. Im Frühjahr 1645, also kurz vor Ende des sogenannten Dreißigjährigen Krieges, erlitten die Kaiserlichen eine vernichtende Niederlage gegen die Schweden in Böhmen. Das siegreiche schwedische Heer zog daraufhin nach Österreich und marschierte über Hadersdorf am Kamp und Unter-Rohrendorf nach Krems. Auch das Schloss Grafenegg wurde eingenommen und alle kaiserlichen Offiziere, derer die Schweden habhaft werden konnten, wurden aufgehängt. Während die Schweden Krems belagerten, unternahmen Abteilungen des Heeres Streifzüge in die Umgebung, die sie leider auch in unser Dorf führten. Die Kirche wurde geschändet und alles was von Wert war geraubt. Den Schweden soll dabei ein wertvoller Kirchenschatz in die Hände gefallen sein, den man beim Herannahen der Feinde in den alten Propsteihof", sie deutete auf das Schulgebäude, „in Sicherheit gebracht hatte. Eine unglückliche Entscheidung, wie sich bald herausgestellt hat."

„Vielleicht ist der Schatz ja auch noch da", sagte Lisa deutlich hörbar in die plötzliche Stille hinein.

„Ganz gewiss nicht, Lieselotte", erklärte Viehgruber, der Turnlehrer entschieden. „Genug von geheimnisvollen Schätzen. Jetzt gehen wir zu der alten Richtstätte, wenn ihr euch traut." Er zwinkerte Lisa zu.

„Dort, wo man die Leute aufgehängt hat?", fragte Lisa mit plötzlich erwachtem Interesse.

„Nicht nur aufgehängt, auch geköpft, geviertelt und aufs Rad geflochten", versicherte Viehgruber.

Der kleine Zug setzte sich in Bewegung und marschierte Richtung Linzerstadel. Viehgruber mischte sich unter die Schüler und war auf einmal neben Susi Jehlik, die sich Amadeus und Lisa angeschlossen hatte. „Wie geht es dir Susi?", fragte er vertraulich.

„Recht gut", entgegnete Susi und sah Viehgruber mit ihren Katzenaugen an.

„Du hast leider den Mathematikkurs abgebrochen. Willst du ihn nicht doch fortsetzen?"

„Ich habe schon alles gelernt, was Sie mir beibringen können, Herr Lehrer", sagte Susi und grinste frech.

Die Potzhuber war plötzlich auch da. „Könnte ich dich einen Augenblick sprechen, Herr Kollege?" Ihre Stimme klang angespannt. Sie packte Viehgruber am Oberarm und zerrte ihn fast mit sich.

Nach kurzem Fußmarsch hatten sie den Linzerstadel erreicht.

„Hier war früher die Richtstätte", erklärte Viehgruber, während sich die Lehrerin im Hintergrund hielt und Susi mit undefinierbarem Ausdruck musterte. „Dieser Platz, der heute noch Herrschaftsäcker genannt wird, hat früher der Grundherrschaft gehört, die hier den Hinrichtungsplatz errichtet hat. Dort, wo jetzt der Stadel steht, hat das Podest gestanden, wo die Leute gehängt oder geköpft wurden. Die letzte öffentliche Hinrichtung hat hier 1772 stattgefunden. Man hat die Delinquenten nach der Hinrichtung noch eine ganze Weile am Galgen hängen lassen, zur Abschreckung."

„Was hat man dann mit ihnen gemacht?", fragte Amadeus, der schon damals einen ausgeprägten Ordnungssinn hatte und den der Gedanke an einfach so herumhängende Tote störte.

„Was die Raben nicht gefressen haben, hat man an Ort und Stelle verscharrt."

„Das heißt, sie sind noch immer da?", erkundigte sich Lisa.

„Wenn man tief genug gräbt, sind sie sicher noch da. Tote verschwinden nicht so einfach. Man findet sie oft noch nach Jahrhunderten, wenn man nur nach ihnen sucht. Das kann dir jeder Archäologe bestätigen." Viehgruber nickte der wissbegierigen Lisa freundlich zu.

Lisa schüttelte nachdenklich den Kopf. „Werden wir auch das alte Herrenhaus besichtigen?"

„Leider nein, Lieselotte, das ist Privatbesitz. Dort dürfen wir nicht hinein."

Sie machten sich auf den Rückweg ins Dorf.

„Du bist ein neugieriges kleines Mädchen, Lieselotte", sagte Herbert Ganzbach, der sich zu ihnen gesellt hatte, freundlich. „Wie geht es dir, Susi?"

„Du bist schon der zweite, der mich das heute fragt", fauchte Susi gereizt. „Lass mich bloß in Frieden."

„Sei doch nicht so. Ich habe Fehler gemacht, das sehe ich ein. Gib mir noch eine Chance, Susi, du wirst es nicht bereuen."

„Hau ab, aber rasch", war alles, was Susi sagte. Ganzbach zog sich zurück, Amadeus und Lisa taten, als ob sie nichts gehört hätten.

Vor dem Schulhaus bedankte sich Potzhuber für die Aufmerksamkeit der Zuhörer und erklärte die Veranstaltung für geschlossen. Die Gruppe begann sich zu zerstreuen, einige blieben aber stehen und plauderten miteinander. Die Postamtsleiterin schlenderte heran und gesellte sich zu Viehgruber und Potzhuber. Wenn schon die Potzhuber freizügig gekleidet war, so war es die Schwegler noch mehr. Das enge, dünne Kleidchen, dass sie trug, war noch etwas kürzer, als das ihrer Freundin und betonte ihre Figur überdeutlich. Als sie sich in einer plötzlichen Bewegung umwandte, zeichneten sich ihre Popacken mit einer Deutlichkeit ab, die Amadeus bisher nur auf Bildern gesehen hatte. Viehgruber rief nach Ganzbach. Die Vier sprachen eine Weile miteinander, lachten mehrmals und verschwanden dann gemeinsam im Schulhaus. Die übrigen Anwesenden nahmen davon keine Kenntnis, außer Amadeus.

„Was soll denn das werden", fragte er mit gerunzelter Stimme.

Lisa zuckte mit den Schultern. „Was glaubst du wohl? Die zwei Weiber werden die paar Fetzen, die sie anhaben, sehr rasch ausziehen und dann geht es zur Sache – so wie im Postamt halt."

Amadeus heiles Weltbild erlitt einen weiteren Sprung. Er fragte sich, ob er in eine Art Sodom und Gomorra geraten sei, oder ob das, was ihm Lisa hier so unbefangen offenbarte, vielleicht sogar normal war. „Unglaublich", murmelte er. „Ist der Ganzbach nicht zu jung? Ich meine die anderen sind doch älter als er."

„Nicht sehr", erwiderte Lisa nur mäßig interessiert. „Höchstens vier, fünf Jahre. Er war ein Lieblingsschüler vom Viehgruber, der ihn in Leichtathletik trainiert hat. Auch nachdem Ganzbach die Schule verlassen hat, haben die beiden im Sportklub ständig miteinander trainiert. Komm, lass uns verschwinden. Ich darf nicht zu lange ausbleiben, sonst dreht der alte Schmied wieder durch. Wenn er mich hinauslässt, treffen wir uns am Nachmittag wieder.

Kapitel 21: Jetzt, Dienstag

„Du bist spät nach Hause gekommen", bemerkte Amadeus mit gleichgültiger Stimme. Er saß in der Küche und wartete auf sein Frühstück. Lisa ließ sich nicht täuschen. „Bitte Amadeus dreh nicht durch! Ich habe den Herbert nicht getroffen, wenn es das ist, was du wissen willst. Ich habe mich bloß mit der Angelika länger unterhalten."

Amadeus schwieg und fragte nicht nach.

Lisa malträtierte eine Semmel, indem sie zuerst dick Butter auftrug und dann mit dem Messer wieder abkratzte. Schließlich warf sie die Semmel auf die Arbeitsplatte und sah Amadeus an. „Du hast mit deiner Vermutung recht gehabt. Angelika hat eine Weile gezögert, darüber zu reden, hat aber schließlich eingestanden, dass auch sie ein Opfer Viehgrubers war. Nicht nur das, du hast auch mit deiner Vermutung recht gehabt, dass Herbert daran beteiligt war. Das hast du doch vermutet, oder? Die beiden haben sie gemeinsam im Schulhaus mehr oder weniger vergewaltigt. Sie hat sich zwar zugegebenermaßen zuerst darauf eingelassen, mit den beiden herumzumachen, dann ist die Situation allerdings außer Kontrolle geraten und sie hat sich nicht mehr zu wehren gewusst."

Amadeus nickte nachdenklich. „Weiß ihr Mann Bescheid?"

„Er weiß es. Sie hat es ihm schon vor Jahren erzählt, aber er hat schon vorher etwas geahnt. Wahrscheinlich schon in jenem Sommer, in dem du hier warst. Du hast gut beobachtet. Die beiden haben beschlossen, die Vergangenheit zu begraben und nicht mehr daran zu denken."

„Bist du mit ihm zu einer Einigung gekommen?"

„Das war der einfachste Teil. Er ist begeistert auf meinen Vorschlag eingegangen. Wir werden die Einzelheiten in den nächsten Tagen festlegen."

„Sehr gut. Was haben wir heute vor?"

„Was du vorhast, weiß ich nicht. Ich muss arbeiten. Ich habe meine Arbeit in den letzten Tagen sehr vernachlässigt. Am Nachmittag begleite ich dich zum Begräbnis des Melchior, wenn es dir recht ist."

Amadeus fühlte, dass die anfängliche unbefangene Freude über ihr Wiedersehen eine Veränderung erfahren hatte und einer unangenehmen Spannung Platz gemacht hatte, die er nicht recht zu deuten wusste.

Er nahm kurzerhand die Semmel, die sie hingeworfen hatte und begann sie zu verzehren. „Ich werde wahrscheinlich Besuch bekommen", erklärte er ruhig. „Mein Partner wird aus Wien kommen und mir einige Unterlagen bringen. Ich habe gestern noch mit ihm telefoniert und um ein paar Nachforschungen gebeten. Er wird wahrscheinlich in einer halben Stunde da sein."

„Dann will ich euch nicht stören", sagte Lisa, die sichtlich neugierig war, ihn aber auch nicht ausfragen wollte. Amadeus nickte schweigend. Sie zögerte noch einen Augenblick, dann verließ sie verärgert die Küche. Amadeus seufzte und bediente sich selbst an der Kaffeemaschine.

Wizzig traf tatsächlich nach einer halben Stunde ein und schaute sich interessiert um, als ihn Amadeus einließ. „Nett", meinte er anerkennend zu den Metallskulpturen. „Macht das deine Freundin? Wo ist sie?"

„Sie arbeitet, aber sie wird sicher demnächst auftauchen. Sie ist neugierig."

„Ich fürchte, es gibt nicht viel, auf das man neugierig sein könnte, obwohl du einen guten Riecher gehabt hast. Wie bist du überhaupt auf diese Sache gestoßen?"

„Es war nur so eine Ahnung. Ich habe mich an einige Dinge erinnert, die ich als Junge hier erlebt habe, freilich, ohne sie damals richtig deuten zu können. Ich dachte es könne nicht schaden, einmal in dieser Richtung nachzuforschen. Hast du etwas herausbekommen?"

Wizzig folgte Amadeus auf die Terrasse und ließ sich in einem Korbsessel nieder. „Das ist alles, was ich gefunden habe." Er nahm einige Papiere aus seiner Aktentasche und schob sie über den Tisch. Amadeus prüfte sie Blatt für Blatt.

„Diese Aufstellung ist sicher unvollständig und beschränkt sich auf Wien", bemerkte Wizzig. „Es ist nicht einfach, zu recherchieren, was vor zwanzig, fünfundzwanzig Jahren auf den Markt gekommen ist. Das ist die einzige von dir gesuchte Auffälligkeit, die ich gefunden habe." Er deutete auf eine Kolonne, die er gekennzeichnet hatte. „Ich habe diese Angaben aus einem alten Katalog der Kunsthandlung Viehgruber."

„Viehgruber", murmelte Amadeus. „Das macht Sinn. Es könnte genau das sein, was ich gesucht habe. Das könnten tatsächlich Teile eines Kirchenschatzes aus der Zeit vor 1640 sein. Von welchem Wert reden wir?"

„Nach heutigem Geld etwa eine Million Euro."

Amadeus pfiff durch die Zähne.

„Leider ist die Spur kalt", bemerkte Wizzig. „Der alte Viehgruber ist schon vor Jahren gestorben und Geschäftsunterlagen gibt es auch keine mehr. Das Einzige was uns in diesem Zusammenhang bleibt, sind nie bestätigte Gerüchte, dass er nicht zimperlich war, was die Herkunft der von ihm verkauften Dinge betraf. Ich habe noch etwas für dich. Das war überhaupt das Schwierigste. Die Pfarrchronik wird im Diözesanarchiv aufbewahrt und ich habe alle unsere Beziehungen spielen lassen müssen, damit sie mir überhaupt und noch dazu so kurzfristig Einsicht und Kopiererlaubnis gewährt haben."

Er gab Amadeus einige weitere Blätter. Dieser betrachtete die schwer lesbare, kaum zu entziffernde altertümliche Schrift.

„Ich habe eine sinngemäße Transkription jener Stelle angefertigt, auf die es dir wahrscheinlich ankommt." bemerkte Wizzig und deutete auf ein weiteres Blatt:

‚Anno 1645 ist der Ort Grafenhotter samt Kirche vom Feind besetzt und gänzlich geplündert worden. Die Leute, welche dem Feind in die Hände geraten sind, wurden ausgezogen und erbärmlich geschlagen, dann viele gemartert, damit sie den Verbleib ihrer Schätze bekennen möchten. Es ist aber nicht viel herausgekommen. In Sonderheit konnten die Feinde nicht finden, was mir zur guten Hut anvertraut worden ist, auch wenn sie die Daumen des hochwürdigen Herrn in die Schrauben ihrer Pistolen gespannt und wacker zugedreht haben, so dass der ehrwürdige Herr jämmerlich heulen musste. Schließlich ist der hochwürdige Herr an einem guten Schluck flüssigen Blei, das ihm ein Soldat einflößen tat, verschieden. Er hätte aber auch gar nicht sagen können, was nur mir bekannt ist. Gott sei seiner Seele gnädig. Ubi Thesaurus tuus ibi cor tuum. Das hat geschrieben Melchior Schwegler Kustos ebenda.'

„Das hast du gut gemacht, Richard", sagte Amadeus zufrieden. „Jetzt ist schon ein ordentliches Stück des Puzzles vollständig."

„Und das wäre?"

„1645, beim Herannahen der Schweden, hat ein gewisser Melchior Schwegler einen wertvollen Kirchenschatz versteckt. Ich weiß auch wo: In der Krypta der hiesigen Kirche, im Grab für eine Cordula Schwegler, die es nie gegeben hat. Der Name Cordula – was man auch mit Herzchen übersetzen kann – ist ein Hinweis auf das Versteck des Schatzes. Darauf nimmt der Schreiber des Berichtes in verschlüsselter Form auch mit dem Bibelzitat: ‚Wo dein Schatz ist, ist auch dein Herz' Bezug. Warum der Schatz jahrhundertlang unangetastet in seinem Versteck blieb, werden wir wohl nie erfahren. Vielleicht haben die Schweden den Melchior Schwegler zu guter Letzt ja doch noch erwischt und umgebracht. Ich bin mir aber fast sicher, dass der Schatz vor fünfundzwanzig Jahren, genau in dem Sommer, in dem ich hier war, entdeckt und unterschlagen wurde. Ich glaube auch, dass der jetzige Schuldirektor, Viehgruber, daran beteiligt war. Die Namensgleichheit kann einfach kein Zufall sein. Wir sollten klären, ob und wie er mit dem verschiedenen Kunsthändler Viehgruber verwandt war."

„Das kann ich übernehmen", erbot sich Wizzig. „Jetzt sag mir bloß, was das soll. Worum geht es eigentlich bei der ganzen Sache?"

Die nächste Stunde verbrachte Amadeus damit, alle ihm bekannten Einzelheiten zu dem Mord an Kasparik zu referieren, so wie sie es immer taten, wenn sie mit einem Fall nicht vorankamen. Er griff dabei auch auf seine Jugenderinnerungen zurück und verschwieg seinem Partner absolut nichts.

„Wenn ich dich recht verstehe, geht es dir nur darum, deine Lisa vor einer Verwicklung in diese alte Mordsache zu schützen", resümierte Wizzig schließlich. „Dabei bist du auf diesen Kunstdiebstahl gestoßen, der uns aber nichts einbringen wird, weil die Sachen inzwischen sicher in alle Winde verstreut sind. Einen Zusammenhang mit dem Mord an dem Jungen kann ich beim besten Willen nicht erkennen. Ich fürchte, das ist eine Sackgasse, mein Lieber.

Eine weitere Spur sind die Missbrauchsfälle durch Viehgruber, auf die du gestoßen bist. Der erste dürfte diese Susi Jehlik betroffen haben. Die hat sich aber nicht viel daraus gemacht, sondern eher ihren Spaß dabei gehabt, nach dem, was du mir erzählt hast. Dann ist die Angelika gekommen. An deren Vergewaltigung – so muss man es wohl nennen – war neben Viehgruber auch Herbert Ganzbach beteiligt. Der dritte und letzte Fall hat die Anna Moser betroffen. Das war zu einem Zeitpunkt, als du Grafenhotter schon wieder verlassen hattest. Der Mord an Kasparik – wenn wir ihn zeitlich einordnen wollen – hat zu einem Zeitpunkt stattgefunden, als diese Susi mit Ganzbach ein Verhältnis hatte. Wahrscheinlich kurz nach dem Mord hat dann der Missbrauch an Angelika stattgefunden. Auch hier kann ich aber keinen Zusammenhang mit dem Mord an Kasparik erkennen.

Bleibt noch als aussichtsreichste Spur die Mädchenbande, die Kasparik in die Falle gelockt hat. Sie hatten alle Kenntnis von dem Plan und jede einzelne von den vier Girls hatte die Möglichkeit, die Tat zu begehen. Ein Motiv ist freilich nicht zu erkennen. Trotzdem würde ich hier ansetzen. Wahrscheinlich war es eine von den vier."

„Lisa ist unschuldig", erklärte Amadeus nachdrücklich.

„Natürlich, das ist die Arbeitshypothese, von der du ausgehst. Wenn du meinen Rat willst, Amadeus, lass den Dingen ihren Lauf und wühle keine alten Sachen auf. Wer weiß, was dabei noch herauskommt. Ich denke, Hagenberg wird bald resignieren und abziehen."

„Störe ich?", fragte Lisa. Sie trug ihre Schlossergarnitur, hatte aber ihre widerspenstigen Haare sorgfältig frisiert und sogar sehr dezent Make-up aufgelegt. Sie will auf Richard einen guten Eindruck machen, dachte Amadeus verblüfft. Er stellte die beiden einander vor. Lisa konnte ganz bezaubernd sein, wenn sie wollte. Jetzt wollte sie. Bald hatte sie Wizzig in eine angeregte Plauderei verwickelt und lud ihn schließlich zum Mittagessen ein.

„Hältst du das für eine gute Idee?", fragte Amadeus leise.

„Zweifelst du an meinen Kochkünsten?", fragte sie mit hochgezogenen Augenbrauen und fügte hinzu: „Außerdem habe ich im Ochsen angerufen. Sie liefern das Essen."

Am frühen Nachmittag fuhr Wizzig wieder nach Wien zurück. Amadeus konnte es sich nicht verkneifen ihn zu fragen, wie ihm Lisa gefalle.

„Sie ist entzückend und sehr apart", sagte Wizzig nachdenklich, „nur ziemlich kompliziert, glaube ich. Um ehrlich zu sein, mir ist sie nicht ganz geheuer. Ich bin mehr für die einfachen Typen, wie die Doris zum Beispiel."

„Du und Doris?", lachte Amadeus.

„Ich überlege mir das schon die längste Zeit", gestand Wizzig. „Wir hören voneinander, Amadeus, und nimm dir zu Herzen, was ich dir geraten habe."

„Dein Freund ist ein netter Kerl, aber ich bin ihm nicht ganz geheuer", sagte Lisa resigniert, als Amadeus auf die Terrasse zurückkehrte.

„Wie kommst du bloß auf so etwas?", heuchelte Amadeus. „Komm, mach dich fertig, wenn wir rechtzeitig zum Begräbnis kommen wollen."

Das Begräbnis des armen Melchior war schlicht, sehr schlicht sogar. Die Feierlichkeiten beschränkten sich auf ein paar salbungsvolle Worte und einige Gebete, die der Pfarrer am Grab murmelte. Ein Ministrant stand gelangweilt daneben und stützte sich auf das Kreuz, das er dem Sarg vorangetragen hatte. Der Sarg war klein, so wie der eines Kindes. Wahrscheinlich, weil von Melchior nicht mehr viel übrig war, vermutete Amadeus. Dann war es auch schon vorbei und das Grab wurde von einem Gemeindearbeiter, der auch als Totengräber Dienst versah, rasch zugeschaufelt. Dazu bediente er sich eines kleinen Caterpillars, ohne sich weiter um die Trauergäste zu kümmern. Abgesehen von der Cousine, die verlegen und widerwillig den Part der trauernden Verwandten übernommen hatte, waren ohnehin nur wenige Trauergäste gekommen, die jetzt in Gruppen beieinander standen. Lisa, Susi Jehlik, Angelika Gruber und Anna Moser auf der einen Seite, auf der anderen Seite die ehemaligen Kumpanen des Verstorbenen: Der Mann von Angelika, Herbert Gruber, der Postenkommandant Edi Schröcksmüller und der Bürgermeister Karl Selbster. Dazwischen drängten sich die beiden Frauen, Anna Grießler, die ehemalige Postamtsleiterin und die Lehrerin Friedl Potzhuber. Erich Melk hatte sich keiner Gruppe angeschlossen. Ebenfalls deutlich abgerückt von den übrigen Anwesenden stand Amélie.

Amadeus wunderte sich, dass sie überhaupt gekommen war, wo sie doch gar nicht mehr in Grafenhotter wohnte und zu Melchior auch keine besondere Beziehung gehabt hatte, soweit er wusste. Sie war deutlich gealtert. Der verkniffene Mund schien leise Gebete zu murmeln. Ihre Hände drehten einen Rosenkranz. Als einzige der Trauergäste trug sie tief schwarz. Sie würdigte die anderen Anwesenden keines Blickes. Noch ein Stück weiter entfernt, so als ob sie eigentlich gar nicht richtig dazugehörten, stand Viehgruber mit seinem ehemaligen Lieblingsschüler und Kumpanen, Ganzbach.

„Es ist wie ein Muster", dachte Amadeus. „Allein schon, wer überhaupt gekommen ist und dann wie sie sich gruppieren. Verdammt, es ist wie ein Muster, so wie sie alle zusammenstehen."

Sein Blick fiel auf Hagenberg, der sich abseits hielt. Hagenberg lächelte grimmig und zufrieden und nickte Amadeus zu.

Amadeus wollte auf Lisa zutreten, wurde aber von Ganzbach beiseitegeschoben. „Darf ich dich einen Augenblick sprechen, Lotte?", fragte er mit schmelzender Stimme und versuchte ihre Hand zu ergreifen. Die geschlossene Reaktion der anderen Frauen war erstaunlich. Während Lisa offenbar nicht wusste, was sie tun oder sagen sollte, fauchte Susi mit schmalen Katzenaugen: „Hau ab, Herbert, du störst hier nur."

„Wir wollen dich nicht", assistierte die sonst so freundliche Angelika. „Verschwinde von hier."

Selbst die sanfte Anna ergriff Partei. „Dass du dich nicht schämst", murmelte sie vorwurfsvoll. Es blieb offen, wofür sich Herbert im Konkreten schämen sollte, aber es waren sich ohnehin alle einig, dass es eine Menge gab, wofür er sich schämen musste.

„Entschuldige, Charlotte", sagte Angelika. „Wir wollen uns sicher nicht in deine Angelegenheiten mischen, aber mir dreht es den Magen um, wenn ich den Kerl sehe."

„Nein, wir wollen uns auf keinem Fall in deine Angelegenheiten einmischen", erklärte auch Susi. „Wie kämen wir denn dazu?" Sie wandte sich an Ganzbach:

„Wenn du in zehn Sekunden noch hier bist, lieber Herbert, trete ich dich vor allen Leuten in die Eier, dass dir Hören und Sehen vergeht."

„Aber Susi", entsetzte sich Anna, „so etwas sagt man doch nicht, auch wenn er ein Schwein ist."

Ernst Gruber hatte den Wortwechsel beobachtet und kam jetzt rasch näher. Sein Gesicht verhieß nichts Gutes. Ganzbach zog es vor, sich schweigend und ziemlich rasch zu entfernen.

Amadeus drehte sich rasch nach Hagenberg um. Der Chefinspektor war herangekommen und lächelte geradezu entzückt. „Wir müssen uns unbedingt in nächster Zeit unterhalten, Amadeus, alter Freund. Ich glaube, wir haben uns eine Menge zu erzählen. Es ist immer wieder eine Freude, Sie zu sehen, liebe Charlotte, verehrte Kunstschlosserin. Meine Damen!"

Hagenberg griff grüßend an die Krempe seines verbeulten Hutes und ging mit beschwingten Schritten davon. Der Postenkommandant eilte ihm nach und sprach leise auf ihn ein. Hagenberg nickte mehrmals.

„O je", war alles, was Susi sagte. Sie sprach ihren Freundinnen aus dem Herzen.

Lisa entschuldigte sich bei ihren Gefährtinnen und ging in den hinteren Teil des Friedhofs. Amadeus folgte ihr, nachdem ihn Susi ganz unnötig in die Rippen gestoßen hatte. Schließlich blieb Lisa stehen. „Meine Mutter", sagte sie, ohne sich umzudrehen.

„Ich weiß, ich war schon einmal mit dir hier", antwortete Amadeus leise.

Kapitel 22: Damals

„Meine Mutter", sagte Lisa. Sie deutete auf das Grab. Der schlichte Stein war mit einem Kreuz aus Schmiedeeisen geschmückt, das der alte Schmied persönlich angefertigt hatte. ‚Birgit Schmied 1955 – 1985' stand auf dem Stein, sonst nichts. Sie legte einen Blumenstrauß auf das Grab. Amadeus schwieg verlegen, weil er nicht wusste, was er sagen sollte.

„Alle haben gesagt, es sei eine verschleppte Lungenentzündung gewesen", fuhr Lisa mit sachlicher Stimme fort, „aber in Wahrheit ist sie an gebrochenem Herzen gestorben, weil sie mein Vater, mein richtiger Vater, verlassen hat." Sie sah ihn forschend an. „Wirst du mich auch einmal verlassen?"

Seine Verwirrung steigerte sich. „Ich muss nach den Ferien wieder nach Wien zurückfahren."

„Klar. Ich meine später einmal."

Amadeus wusste nicht, was sie mit ‚später einmal' genau meinte. Also sagte er vorsichtig: „Ich glaube nicht."

Sie legte den Kopf zurück, schloss die Augen und verlangte: „Dann küss mich."

Als er sie vorsichtig in den Arm nahm, fühlte er, wie sie zu zittern begann. „Du fängst doch nicht zu weinen an?", fragte er beunruhigt. Sie schüttelte den Kopf, schniefte kurz, wischte unauffällig ihre Nase an seinem Hemd trocken und küsste ihn nachdrücklich.

Wenig später bummelten sie Hand in Hand durch den Friedhof. „Ich bin öfter hier", erklärte Lisa. „Schon um meine Mutter zu besuchen. Es gefällt mir aber auch so, weil die Grabsteine interessant sind. Auf manchen stehen sogar Gedichte, wie kleine Geschichten."

Amadeus konnte dem nichts abgewinnen. Er fand Friedhöfe beunruhigend. „Da liegen lauter Tote", sagte er. „Überall, hunderte von ihnen sind hier begraben, oder noch mehr."

„Natürlich, was sollte man denn sonst mit ihnen machen?", belehrte ihn Lisa. „Wenn jemand gestorben ist verändert er sich. Es bleibt gar nichts anderes übrig, als ihn zu begraben." Sie dachten beide an die Leiche im Keller des alten

Herrenhauses. Lisa verlor etwas von ihrer Überlegenheit und hielt seine Hand noch fester. „Die Toten kommen nicht zurück", erklärte sie tapfer und wiederholte damit einen Satz, den sie vom alten Schmied gehört hatte.

Amadeus war zwar grundsätzlich ihrer Meinung, legte allerdings auch keinen Wert darauf, die Richtigkeit dieser Einsicht auf die Probe zu stellen. „Komm, gehen wir nach Hause", schlug er vor. „Es wird schon dämmrig."

Lisa achtete nicht auf ihn. „Und wenn sie doch wiederkommen?", fragte sie versonnen. „Wie sehen sie dann aus? Wie Zombies im Film, oder sind es Skelette oder durchsichtige Geister? Vielleicht merkt man auch gar nicht, dass es Tote sind, weil sie aussehen, wie zu Lebzeiten."

„Lisa sei still", befahl Amadeus. „Was du daherredest ist gruselig. Ich will jetzt gehen."

„Sei doch nicht so ängstlich. Komm, ich zeig dir etwas, das wird dir sicher gefallen."

„Das glaube ich nicht", wehrte sich Amadeus.

Lisa zog ihn unbeeindruckt hinter sich her. „Na, was sagst du?" Sie standen vor einer Grabkapelle. Das kleine Gebäude hatte einen achteckigen Grundriss und war im neugotischen Stil erbaut. Jede Seite war mit einem überragenden Giebel geschmückt, von Strebepfeilern flankiert und einem Arkadenfenster durchbrochen. Über dem Eingang prangte ein Wappen, das von einem Engel mit gespreizten Flügeln gehalten wurde. Eine eiserne Tür versperrte den Zutritt. Spuren des fortschreitenden Verfalls waren nicht zu übersehen. Der Putz war stellenweise abgeblättert und dichtes Rankenwerk begann sich des Baues zu bemächtigen.

Amadeus war beeindruckt. „Was ist das?"

„Die Herrschaftsgruft. Da liegen die Leute begraben, die im Herrenhaus gelebt haben, früher einmal, nicht der Fabrikant aus Wien. Dort hinten geht es hinein."

„Hinein?", entsetzte sich Amadeus. „Wir gehen da sicher nicht hinein. Ich will nach Hause."

„Bist du feige? Ich war schon öfter drinnen. Du brauchst dich nicht fürchten, ich bin ja bei dir. Komm schon!"

Leise protestierend folgte ihr Amadeus an die Rückseite des Bauwerkes. Dort lehnte sich ein Grabstein an die Mauer und reichte bis an ein Fenster, in dessen unterem Teil kein Glas mehr war. Lisa nutzte unbekümmert die Absätze des Grabsteines und kletterte hoch. „Das ist sehr praktisch", erklärte sie und schlüpfte durch das Fenster. „Wie eine Stiege. Komm schon!"

Amadeus bereute seine Nachgiebigkeit bitter. Sie kommandiert mich herum, dachte er verbittert. Sie macht mit mir, was sie will. Warum drehe ich mich nicht einfach um und gehe nach Hause? Warum lasse ich mich nur immer auf so einen Blödsinn ein?

„Das ist Blödsinn, Lisa", jammerte er und folgte ihr gehorsam ins Innere der Kapelle.

„Schön, nicht?", flüsterte Lisa unbeeindruckt von seiner Raunzerei und deutete auf die Wände und die kleine, in einem Kreuzrippengewölbe zulaufende Kuppel. Auf einem einstmals leuchtenden Blau schimmerten goldene Sterne. Zwischen den Fenstern, durch welche das Licht des schwindenden Tages fiel, befand sich einfacher Maßwerkschmuck.

„Wo sind die Gräber", erkundigte sich Amadeus und schaute sehnsüchtig nach dem Ausgang.

„Dort unten", erklärte Lisa und deutete auf eine Öffnung im Boden, wo eine Wendeltreppe in die Tiefe führte. „Ich war schon unten. Da stehen ein paar Särge aus Stein, sonst nichts."

„Da gehe ich sicher nicht hinunter", erklärte Amadeus entschieden. „Erinnere dich, was geschehen ist, wie wir das letzte Mal in einen Keller gestiegen sind."

Dieser Gedanke war auch Lisa schon gekommen und es graute ihr insgeheim davor, in das Untergeschoss hinunterzusteigen. Aber sie wollte ihm nicht so einfach Recht geben. „Hast du Angst, eine Leiche könnte aus ihrem Sarg klettern und dir nachrennen, du Angsthase?", fragte sie verächtlich.

Aus der Tiefe war ein leises Geräusch zu hören, so als ob eine schwere Steinplatte über Stein scharrte.

„Ja", bekannte Amadeus und sprintete los. Lisa war dicht hinter ihm. Im Nu waren sie durch das Fenster geklettert und den Grabstein hinunter. Sie hielten erst inne, als sie ein gutes Stück von der Kapelle entfernt Schutz hinter einer Hecke gefunden hatten. Keuchend saßen sie nebeneinander am Boden.

„Das war knapp", meinte Amadeus schließlich.

„Da war nichts", versicherte ihm Lisa. „Das wird irgend ein Tier gewesen sein, sonst nichts. Kein Grund zur Aufregung."

„Und warum bist du mir dann wie verrückt nachgerannt und hast ‚schneller!' geschrieen?"

„Ich wollte dich nicht allein lassen", erklärte Lisa würdevoll. „Du fürchtest dich doch so leicht, wenn man dich allein lässt. Gehen wir lieber nach Hause, ehe es dunkel wird. Der alte Schmied regt sich sonst wieder auf. Komm schon!"

Am Ausgang trafen sie überraschend auf Viehgruber und Ganzbach, die ins Gespräch vertieft den Friedhof verließen. „Grüß Gott, Herr Fachlehrer", sagte Lisa artig.

„Grüß dich, Lieselotte. Was machst du so spät noch am Friedhof?" Er musterte Amadeus, der halbherzig eine kleine Verbeugung andeutete.

„Wir haben das Grab meiner Mutter besucht, Herr Fachlehrer."

„Ach so, ja natürlich", sagte Viehgruber gütig. „Du bist ein braves kleines Mädchen, Lieselotte"

„Du bist ein niedliches kleines Mädchen", meinte Ganzbach und versuchte Lisa über den Kopf zu streicheln. Lisa wich zurück und fauchte wie eine erschrockene Katze.

„Lass sie in Frieden", befahl Viehgruber streng und zog Ganzbach mit sich fort.

„Wäre die nichts für den Nachhilfeunterricht?", fragte Ganzbach.

„Ganz sicher nicht. Die ist zu schwierig, viel zu unberechenbar."

Die Stimmen der Männer verklangen in der Ferne.

„Arschlöcher", sagte Lisa nachdrücklich, während sie mit Amadeus den Friedhof verließ. „Ich brauch sicher keinen Nachhilfeunterricht und schwierig bin ich auch nicht. Oder findest du, dass ich schwierig bin?"

Amadeus schwieg und sie bestand auf keiner Antwort.

Kapitel 23: Jetzt

Obwohl das nicht zu erwarten gewesen war, wurden alle, die zum Begräbnis des Melchior gekommen waren, von der Cousine zum Leichenschmaus in den ‚Ochsen' eingeladen. Die Kosten würden sich wegen der geringen Teilnehmerzahl in Grenzen halten. Was noch weniger zu erwarten gewesen war, es kamen alle, die eingeladen waren, sogar Ganzbach, Amélie und Hagenberg. Hagenbergs Einladung war eher ein Versehen gewesen. Der Ministrant hatte den Auftrag der Cousine, alle die beim Begräbnis gewesen waren, einzuladen, wörtlich genommen und mit dem Chefinspektor keine Ausnahme gemacht. Hagenberg hatte ungeniert angenommen und war jetzt in ein Gespräch mit der Cousine vertieft.

„Eine schreckliche Geschichte ist das", sagte er, „aber jetzt ist es ja ausgestanden. Ich darf Ihnen mein aufrichtiges Beileid aussprechen, Frau Kasparik."

„Nun ja, ich habe ihn kaum gekannt", sagte die junge Frau. „Wie er verschwunden ist, war ich noch ein kleines Mädchen. Als einzige nähere Verwandte, die noch übrig ist, hat man halt Verpflichtungen, wenn so etwas passiert. Sind sie mit Ihren Ermittlungen schon weitergekommen?"

„Ein wenig. Sagen Sie, wer ist eigentlich die Dame, die abseits sitzt, so als ob sie nicht dazugehört, und die gerade mit dem Herrn Heinrich spricht?"

„Das ist die Frau Schmied, die ehemalige Stiefmutter der Charlotte Schmied."

„Aha. Auch eine Verwandte? Eine entfernte Verwandte vielleicht?"

„Überhaupt nicht. Ehrlich gesagt, ich weiß gar nicht, warum sie gekommen ist, aber ich will sie auch nicht fragen. Das wäre unhöflich, finden Sie nicht auch?"

„Natürlich erinnere ich mich an Sie", erklärte Amélie zur selben Zeit. „Sie waren der Junge, der seinerzeit immer mit Lieselotte zusammengesteckt ist. Der Neffe von der alten Heinrich, nicht wahr?"

„Ganz richtig. Es scheint, dass wir uns immer nur bei Begräbnissen treffen. Ich war damals auch am Begräbnis des Georg Maier, erinnern sie sich noch? Die Leute haben gesagt, der Ärmste wurde vom Blitz erschlagen."

Amélie zuckte zusammen. „Das ist Unsinn, was die Leute reden. Es war ein Dachziegel, ein ganz gewöhnlicher Dachziegel."

„Ich glaube, es war trotzdem ein Zeichen des Himmels", bemerkte Amadeus versonnen und sah ins Leere. „Dem Himmel steht es schließlich frei, ob er einen Sünder mit einem Blitz oder einem Dachziegel erschlägt. Es muss schwer sein, mit so einer Schuld zu leben, nicht wahr, Amélie?"

Amélie fuhr zurück und starrte Amadeus an. „Was reden Sie denn da zusammen! Ich habe keine Schuld auf mich geladen, jedenfalls nicht am Tod dieses Jungen."

„Das glaube ich Ihnen ja", antwortete Amadeus mit unverändert gelassener Stimme. „Ich glaube aber auch, dass sie wissen, was dem Jungen, den wir heute begraben haben, seinerzeit zugestoßen ist. So etwas habe ich schon längst vermutet, seit heute weiß ich es. Sie wären nicht zum Begräbnis gekommen, wenn nicht etwas ihr Gewissen belasten würde. Hat ihn der Maier umgebracht?"

Ihr Gesicht verhärtete sich. „Lassen Sie den Maier in Frieden ruhen. Der war alles Mögliche, aber kein Mörder. Im Übrigen weiß ich gar nicht, wovon Sie reden. Was geht das Ganze eigentlich Sie an?"

„Ich will bloß Unheil von Lieselotte abwenden."

„Die Lieselotte ist selbst eine, die anderen Unheil bereitet. Um die brauchen Sie sich keine Sorgen machen. Und jetzt lassen Sie mich in Frieden."

Amadeus schob ihr schweigend eine Visitenkarte mit seiner Handynummer über den Tisch.

„Was soll ich damit?"

„Nur für den Fall, dass Sie mit jemandem reden wollen."

„Mit Ihnen sicher nicht", sagte Amélie und steckte die Karte zu sich. Sie stand auf, bedankte sich bei der Gastgeberin für die Einladung und verließ das Lokal mit einem kurzen Gruß. Ihre ehemalige Stieftochter hatte Sie nicht ein einziges Mal angesehen.

Amadeus, unversehens allein gelassen, erhielt sofort wieder Gesellschaft. Hagenberg setzte sich zu ihm. „Schau nicht so finster, Amadeus. Wir werden beobachtet. Mach ein freundliches Gesicht. Wir sind bloß zwei alte Bekannte, die ein wenig plaudern." Er winkte nach der Kellnerin und bestellte zwei Bier. „Mir scheint, du hast die Frau Schmied vertrieben. Was hast du zu ihr gesagt? Auch ich hätte mich noch gern mit ihr unterhalten. Machst du etwa meine Arbeit und befragst mögliche Zeugen?"

„Fällt mir nicht ein. Du mach deine Arbeit nur selber!"

„Das versuche ich ja auch, Amadeus alter Freund. Dieser Ganzbach, der jetzt mit dem Schuldirektor tuschelt, scheint sich bei manchen Damen keiner besonderen Beliebtheit zu erfreuen, wenn ich die Szene am Friedhof richtig gedeutet habe. Es spricht auch keine der Damen mit den beiden. Kannst du mir das erklären?"

Amadeus blies Rauchwolken in die Luft und überlegte, was er Hagenberg erzählen sollte. Er war weit davon entfernt, Hagenberg zu unterschätzen. Wahrscheinlich wusste der Chefinspektor inzwischen viel mehr, als er erkennen ließ. Er beugte sich vor und sagte leise: „Du wirst wahrscheinlich schon davon gehört haben. Es gibt Gerüchte, dass sich Viehgruber vor vielen, vielen Jahren, als junger Turnlehrer an Schulmädchen vergangen hat. Möglicherweise war Ganzbach auch daran beteiligt."

„So etwas ähnliches habe ich schon gehört", bestätigte Hagenberg. „Nichts Konkretes, nur Andeutungen, aber mir genügt das schon. War deine Charlotte eigentlich auch eines der Missbrauchsopfer?"

„Definitiv nicht. Sonst hätte ich dir nichts darüber erzählt."

„Ich verstehe. Vielleicht eine ihrer Freundinnen, mit denen sie jetzt zusammensitzt?"

„Ich weiß nicht. Warum fragst du die Damen nicht selber?"

„Weil sie mir wahrscheinlich nichts erzählen würden." Hagenberg schaute versonnen vor sich hin. „Ja, ich bin mir sicher, dass die eine oder andere von ihnen zu den Missbrauchsopfern gehört, auch wenn ich es noch nicht beweisen kann."

„Was hättest du auch davon? Ich meine in Bezug auf den Mordfall, den du untersuchst. Ich sehe da keinen Zusammenhang. Du hast vermutet, der Mörder werde auch zum Begräbnis kommen. Hast du schon einen Verdächtigen?"

„Nicht nur einen", gestand Hagenberg. „Außerdem sollte man Mörder oder Mörderin sagen. Es könnte schließlich auch eine Frau gewesen sein. Man muss in dieser Hinsicht überhaupt sehr korrekt sein, wegen der Gleichberechtigung. Wenn ich eine schriftliche Anweisung an meine Mitarbeiter gebe, muss ich sie mit ‚MitarbeiterInnen' anschreiben, weil auch Frauen dabei sind. Mein Vorgesetzter besteht darauf. Da ist es doch nur konsequent, wenn ich in meinem Bericht ‚mögliche MörderIn' oder ‚TäterIn' schreibe, solange zu den Verdächtigen auch Frauen gehören. Findest du nicht?"

Schröcksmüller trat an Hagenberg heran. „Sie werden am Telefon verlangt, Herr Chefinspektor."

„Ich rufe später zurück. Wer ist es?"

„Es ist ein Hofrat Sortini", meldete Schröcksmüller. „Er ist sehr ungehalten und redet von einem Bericht, den er schon längst haben sollte."

Hagenberg seufzte abgrundtief. „Manchmal beneide ich dich um deine Unabhängigkeit, Amadeus. Dir sitzen keine Vorgesetzen im Nacken, die ständig Berichte haben wollen." Er ging gebeugten Hauptes ins Nebenzimmer, um den Anruf entgegenzunehmen.

Amadeus gesellte sich zu Gruber und Selbster.

„Lange nicht gesehen, Ernst", sagte er. „Das letzte Mal war es am Begräbnis des Maier. Du wolltest damals dem Schröcksmüller eine aufs Maul hauen, weil er frech zur Angelika war."

Gruber schüttelte Amadeus die Hand. „Das wollte ich später noch ein paar Mal tun. Schön, dass du wieder da bist. Deine Charlotte hat uns gestern besucht. Sie und Angelika haben lange geredet, auch über dich, glaube ich. Wie läuft es zwischen dir und Charlotte?"

„Bis vor kurzem recht gut." Amadeus schaute zu Ganzbach hinüber, der sich angeregt mit Viehgruber unterhielt.

„Du hast in ihren Freundinnen ganz schön entschlossene Verbündete", bemerkte Selbster, der den Vorfall am Friedhof richtig einschätzte. „Es tut mir leid, dass wir dich damals an der Schwemme verprügeln wollten", fügte er zusammenhangslos hinzu. „Der Schröcksmüller war ein ziemlicher Idiot und wir haben halt mitgemacht." Amadeus schüttelte dem Bürgermeister die Hand. „Das ist längst vergessen. Schön auch dich wieder zu sehen."

„Der Schröcksmüller ist noch immer ein Idiot", warf Gruber ein.

„Aber unser Postenkommandant", seufzte Selbster und stand auf. „Entschuldigt mich bitte. Ich muss mit unserem Schuldirektor noch etwas wegen des neuen Jugendförderungsprogramms besprechen."

„Lass die Finger davon", warnte Gruber unverblümt. Selbster setzte sich wieder und sah Gruber verunsichert an.

„Es hat gestern einen eigenartigen Vorfall gegeben. Die kleine Margit, die Nichte von der Anna Moser war zu einer Vorbesprechung bei ihm in der Schule. Sie ist schon nach zehn Minuten herausgelaufen und war ganz verstört. Sie hat gesagt, der Herr Direktor war böse zu ihr. Mehr war aus ihr nicht herauszubekommen. Du weißt doch, was damals passiert sein soll, in dem Jahr, in dem Melchior verschwunden ist."

„Ich weiß nichts, überhaupt nichts", dementierte Selbster hastig. „Ich habe keine Ahnung wovon du redest. Was soll ich denn jetzt machen?"

„Die Bürokratie", meldete sich Amadeus zu Wort. „Nichts als bürokratische Hindernisse. Es ist ein Jammer. Müsste eigentlich nicht der Gemeinderat zustimmen? Und die Schulbehörde, vielleicht sogar das Ministerium oder sonst noch ein paar Behörden, die mir im Moment nicht einfallen? Ich bin mir sicher, die Opposition im Gemeinderat hat auch verschiedene Einwände bezüglich des Jugendförderungsprogramms. Hauptsächlich deswegen, weil du es befürwortest. Das ist doch immer so mit der Opposition. Ich bin davon überzeugt, dass du unermüdlich arbeitest, um alle diese Probleme zu beseitigen. Aber so lange das nicht geschafft ist, kann das Programm nicht auf den Weg gebracht werden, leider, leider. Wenn heuer nichts mehr daraus wird, dann aber sicher nächstes Jahr."

Selbster starrte Amadeus an. „Sag einmal, bist du auch in der Politik?"

„Nein, ich habe nur mit Versicherungen und Versicherungsbetrügern zu tun."

„Auch nicht schlecht! Ich glaube, ich werde es so machen, wie du gesagt hast."

Er begab sich zu Viehgruber, dessen Gesicht sich alsbald zu verfinstern begann.

Amadeus und Gruber gesellten sich zu den vier Frauen.

„Wollen wir schön langsam aufbrechen?", fragte Gruber. Seine Frau stimmte ihm sofort zu. Auch Lisa wollte gehen.

„Schau nicht so traurig, Annamädchen sagte Susi und streichelte Anna über das Haar. Wenn du willst, begleite ich dich nach Hause, damit wir weiter plaudern können. Wir haben uns ja so lange nicht mehr gesehen." Sie küsste Anna zärtlich auf die Wange. Amadeus runzelte die Stirn. Susi, der das nicht entgangen war, schnitt ihm heimlich ein Gesicht und legte Anna besitzergreifend den Arm um die Hüfte.

Sie verabschiedeten sich von der gastgebenden Cousine, die erleichtert wirkte, weil die Veranstaltung anscheinend ihrem Ende zuging. „Ihr wollt schon gehen?", fragte Potzhuber freundlich, während ihre Freundin, die Fleischergattin nur missmutig schaute. „Ich würde dich gerne in den nächsten Tagen aufsuchen, liebe Charlotte. Ich habe einen Anschlag auf dich."

„Ja?"

„Du kennst doch die ehemalige Herrschaftsgruft am Friedhof. Sie ist noch halbwegs gut beisammen, nur das schmiedeeiserne Tor und das Kruzifix im Inneren sind völlig zusammengerostet. Der Verschönerungsverein möchte das gerne in Ordnung bringen. Es ist ein bedeutendes Baudenkmal, das man nicht verkommen lassen sollte, auch wenn niemand mehr da ist, dem die Gruft gehört; abgesehen von den Leuten, die dort begraben liegen, natürlich."

„Ich weiß nicht", meinte Lisa zögernd. „Ich habe in nächster Zeit recht viel zu tun. Die Arbeiten am alten Herrenhaus sind wieder aufgenommen worden und ich soll dort alles aus Schmiedeeisen renovieren. Der Bauleiter hat mich erst gestern davon verständigt. Ich habe den Auftrag praktisch in der Tasche."

„Wie schön für dich. Trotzdem wirst du doch auch ein bisschen Zeit für unsere Gemeinde aufbringen können, für das Gemeinwohl sozusagen, obwohl wir nicht viel zahlen können. Vielleicht machst du es ja sogar umsonst? Das wäre schön von dir. Ich komme also morgen Vormittag zu dir, damit wir alles besprechen können. Ist dir das recht?"

„Ja natürlich, Frau Fachlehrerin", sagte Lisa resigniert.

Sie verließen das Lokal, ohne sich von Viehgruber und Ganzbach zu verabschieden. Ganzbach versuchte einen Blick von Lisa zu erhaschen, aber sie sah ihn nicht an. Das hatte sie die ganze Zeit über nicht getan.

Die Gruppe löste sich nach einer herzlichen Verabschiedung auf. Angelika und Ernst strebten Hand in Hand ihrem Zuhause zu. Auch Susi und Anna gingen Hand in Hand davon, wobei Anna den Kopf an Susis Schulter schmiegte.

„Dann lass uns auch gehen", sagte Lisa mit sanfter Stimme, nahm seine Hand und hielt sie ganz fest.

Kapitel 24: Damals

„Lass uns gehen", verlangte Lisa und zerrte an seiner Hand.

Amadeus war entschlossen, diesmal entschiedenen Widerstand zu leisten. „Nein", erklärte er. „Ich schleiche mit dir in keine fremden Häuser mehr. Jedes Mal, wenn wir das machen, passiert etwas Schreckliches. Gehen wir lieber baden."

„Dazu ist es heute zu kalt. Du bist ohnehin so empfindlich. Willst du dich verkühlen und krank werden?"

„Dann gehen wir zu mir nach Hause. Ich habe noch ein paar Bildbogen mit Ritterfiguren. Die können wir ausschneiden und damit spielen."

Lisa sah ihn an, als ob er ihr etwas schrecklich Unanständiges vorgeschlagen hätte. „Spinnst du? Das ist doch etwas für kleine Kinder. Du bist ein großer Junge, der eine Freundin hat, schon vergessen? Du musst dich ohnehin besser um mich kümmern und mehr auf meine Wünsche eingehen. Das ist so, wenn man eine Freundin hat. Die Susi sagt das auch immer."

„Nein", sagte Amadeus und war stolz auf seine Standhaftigkeit. „Ich lass mich von dir nicht herumkommandieren. Wenn du unbedingt willst, dann geh allein."

„Du liebst mich nicht", erklärte Lisa verzagt und sah in die braunen Fluten des Baches, an dessen Ufer sie standen.

Amadeus übte sich weiter in Standhaftigkeit und schwieg. Große dicke Tränen rannen über Lisas Wangen. Sie gab dabei keinen Laut von sich.

„Fängst du wieder zu heulen an?", fragte Amadeus beunruhigt.

„Nein", schluchzte Lisa.

Amadeus war sich darüber im Klaren, dass er eine schmähliche Niederlage erlitt. „Also gut", kapitulierte er. „Dann gehen wir halt. Warum liegt dir überhaupt soviel daran, in die Schule zu schleichen?"

„Mir liegt eigentlich gar nicht viel daran", gab Lisa zu. „Mir liegt bloß daran, dass du mitkommst, wenn ich es will. Wir sind schließlich ein Paar."

„Dann küss mich", verlangte Amadeus, der an dem Gefühl, Lisa im Arm zu halten und mit ihr zu schmusen zunehmend Gefallen fand. Er erlebte eine

Überraschung. Lisa, die sonst so bereitwillig küssen wollte, legte ihm bloß den Finger auf die Lippen. „Später", sagte sie. „Wenn wir zurückkommen, darfst du mich küssen."

Amadeus folgte ihr und bekam eine vage Ahnung davon, dass die Beziehung zwischen den Geschlechtern nicht so unkompliziert war, wie es ihm früher immer vorgekommen war.

Sie führte ihn zur Kirche, wo sie die bewusste Seitentür mit ihrem Sperrhaken öffnete und vorsichtig ins Innere schaute. „Niemand da", verkündete sie. „Das Haupttor bleibt bis zur Abendmesse zugesperrt. Komm mit." Sie öffnete eine Tür und stieg eine alte Holztreppe hoch. Amadeus folgte ihr auf den Chor und schaute in das dämmrige Kirchenschiff hinunter. „Von da willst du in die Schule kommen?", fragte er erstaunt.

„Du wirst schon sehen." Am Ende des Chors befand sich eine Art Abteil, reichlich mit Holzschnitzereien verziert und einem Fenster in Richtung Hochaltar. Die Tür zu diesem Abteil war nur mit einer Drahtschlinge gesichert, die Lisa ohne Schwierigkeiten öffnete. Amadeus sah sich in dem kleinen Raum um. Vor dem Fenster stand ein Betstuhl mit verschlissenen roten Polstern. Lisa zerrte eine weitere Tür auf. Der Gang dahinter war dunkel, nur durch schmale Schlitze drang ein wenig Licht herein. „Wo sind wir hier?", flüsterte Amadeus.

Lisa hielt es nicht für notwendig, die Stimme zu senken. „Dieser Gang führt direkt in die Schule. Es ist ein Rest des alten Baues. Wir sind jetzt in dem Bogen zwischen der Schule und der Kirche, dort wo der Durchgang zum Friedhof ist. Früher einmal, wie es noch keine Schule war, sondern ein Geistlicher dort gewohnt hat, konnte man hier durchgehen und in der Kirche die Messe durch das Fenster in dem kleinen Abteil verfolgen. Der Religionslehrer hat uns das einmal erzählt." Sie standen vor einer weiteren Tür. Lisa blies die Backen auf, packte die Türschnalle und drückte sie mit aller Kraft in die Höhe. Ein metallisches Scharren war zu hören, dann öffnete sich die Tür leise knarrend. „Das ist ein ganz altes Türschloss", erklärte Lisa stolz. Es ist versperrt, aber wenn du die Tür nur ganz wenig hochdrückst, rutscht der Sperrriegel über die Halterung auf der Innenseite."

Amadeus war wider Willen beeindruckt. „Du bist ja eine richtige Einbrecherin."
Lisa sonnte sich in seiner Bewunderung. „Ja, ich komme überall hinein, wo ich will." Sie schlüpften in einen Raum, der mit allerhand Gerümpel angefüllt war: Verblichene Landkarten, ausgestopfte Tiere, ein Globus, der schief in seiner Halterung hing, verschiedene technische Vorrichtungen, die früher für den Physikunterricht gedient haben mochten und dergleichen mehr. An der Innenseite der Tür, durch die sie gekommen waren, hing ein uraltes Schild mit der Aufschrift: ‚Durchgang verboten'.

„Ab jetzt sind alle Türen offen", verkündete Lisa und trat auf einen Gang hinaus. Sie standen im ersten Stock des Schulgebäudes. Es war ganz still. Ein undefinierbarer Geruch nach Bodenpolitur, Papier und alten Socken hing in der Luft.

„Ich bin neugierig, wer jetzt neuer Schulwart wird", sagte Lisa, „weil doch den Maier der Blitz erschlagen hat. Es kann nur besser werden. Vor dem Maier haben sich alle Kinder gefürchtet, weil er immer gleich so zornig geworden ist. Die meisten Lehrer sind ihm auch aus dem Weg gegangen. Bloß mit dem Viehgruber und der Potzhuber ist er gut ausgekommen. Kein Wunder, wenn ich daran denke, was sie im Postamt getrieben haben."

„Obwohl er doch angeblich auch mit der Amélie ...", murmelte Amadeus.

„So sind die Erwachsenen halt." Lisa zuckte mit den Schultern und machte eine Tür auf. „Schau, das ist mein Klassenzimmer. Dort sitze ich, in der ersten Reihe."

Amadeus schaute in das leere Zimmer und versuchte sich Lisa vorzustellen, wie sie dort brav saß, als ob sie kein Wässerchen trüben könne.

„Jetzt zeig ich dir noch das Zimmer vom Direktor", versprach Lisa. „Es ist gleich neben dem Lehrerzimmer." Sie marschierte den Gang entlang und blieb plötzlich wie erstarrt stehen. Aus der nur angelehnten Tür des Lehrerzimmers drangen Stimmen.

„Das hatte ja so kommen müssen", dachte Amadeus. „Ganz klar, dass wir wieder in Schwierigkeiten geraten. Das ist immer so, wenn ich mich von diesem verrückten Mädchen einwickeln lasse."

Lisa schlich an die Tür heran und kauerte sich auf den Boden. Dann legte sie den Finger an die Lippen und winkte ihn zu sich.

„Der Viehgruber und der Ganzbach", hauchte sie in sein Ohr. „Was haben die bloß in der Schule zu suchen?"

„Glaubst du, die beiden haben etwas gemerkt?", fragte Ganzbach deutlich vernehmbar.

„Die Anna Schwegler und die Friedl Potzhuber? Sicher nicht. Die zwei sind nur am Ficken interessiert. Mehr wollen sie nicht. Die waren auch ganz zufrieden damit, dass du unlängst für den armen Maier eingesprungen bist." Die beiden Männer lachten.

„Hab ich es dir nicht gesagt?", zischte Lisa. „Die treiben es regelmäßig zu viert. Das kannst du mir glauben."

„Und die Amélie? Glaubst du, der Maier hat ihr etwas erzählt?"

„Ich bin mir nicht sicher", sagte Viehgruber nachdenklich. „Möglich wär's schon, aber gesagt hat sie bisher nichts. Im schlimmsten Fall müssen wir ihr halt einen Anteil geben."

„Oder sie sonst zum Schweigen bringen."

„Das will ich nicht!", befahl Viehgruber mit scharfer Stimme. „Bloß kein Aufsehen mehr, lieber bezahlen wir."

„Diese Lieselotte, die wir unlängst am Friedhof getroffen haben, ist ein neugieriges kleines Mädchen", bemerkte Ganzbach. „Ich glaube die schnüffelt überall herum. Eigentlich gefällt sie mir ganz gut, ich würde gern versuchen, was bei ihr so geht. Ich glaube, mit der könnte es richtig Spaß machen."

„Was gefällt dir an dieser dünnen Göre? Bist du verrückt? Lass die Kleine in Frieden. Ich hab dir das schon einmal gesagt: Die ist nicht ganz bei Trost. Wenn sie durchdreht, stellt sie die unmöglichsten Sachen an: Unberechenbar und gewalttätig ist sie dann. Das können wir nicht brauchen!"

Ein Sessel scharrte. Amadeus packte Lisa, die fasziniert zugehört hatte, am Arm und zerrte sie hoch. Geduckt rannten sie den Gang entlang und erreichten im letzten Moment die schützende Tür, die sie rasch hinter sich zuzogen.

„War da wer?", fragte Ganzbach.

„Wer sollte denn da gewesen sein?", antwortete Viehgruber ungeduldig. „Verlier jetzt bloß nicht die Nerven!"

Amadeus und Lisa verließen die Schule und die Kirche auf demselben Weg auf dem sie gekommen waren. Lisa achtete darauf, dass alle Türen hinter ihnen wieder ordnungsgemäß verschlossen wurden.

„Was die beiden wohl für Geheimnisse haben?", grübelte Amadeus, als sie wieder an ihrem Treffpunkt am Bachufer saßen. Lisa war daran nicht interessiert. Sie bewegten andere Gedanken. „Hast du gehört, was der Herbert gesagt hat? Ich gefalle ihm!"

„Ja und?", fragte Amadeus empört. „Mir gefällst du auch. Das ist doch ein ganz übler Kerl. Der treibt es mit erwachsenen Frauen. Das hast du selber gesagt."

„Er ist halt selber schon ein Erwachsener. Die Susi sagt, es ist ganz gut, wenn der Mann gewisse Erfahrungen hat. Es ist lästig, wenn man einem Jungen erst alles zeigen muss, sagt die Susi."

Amadeus hatte den Verdacht, dass sie dabei auch ein wenig an ihn dachte. „Die Susi ist lieb, aber ein Flittchen", urteilte er mit Überzeugung. „Ich bin froh, dass du nicht so bist. Außerdem wäre der Herbert ohnehin viel zu alt für dich."

Lisa seufzte. Amadeus sah sie von der Seite an. Dies alles kam ihm sehr, sehr befremdlich vor. Lisa selbst kam ihm fremd vor. Es war ihm, als ob sie unvermutet einen Schritt in eine Welt getan hatte, die ihm noch verschlossen war, die er nicht verstand.

Lisa gab sich einen Ruck. „Du bist mein Freund und bleibst es auch", erklärte sie entschlossen. „Ich muss jetzt nach Hause. Überleg dir, was wir morgen unternehmen werden. Morgen geht es nach dir, weil du heute so folgsam warst."

Amadeus verzichtete darauf, seine Küsse einzufordern und sie erinnerte ihn auch nicht daran.

Kapitel 25: Jetzt, Mittwoch

„Hast du dir schon überlegt, was wir heute unternehmen?", fragte Lisa. Sie stand am Küchentisch und beschmierte hingebungsvoll frische Semmeln mit Butter und Marmelade. An diesem Morgen hatte sie darauf verzichtet, sich ausgehfertig zu machen. Sie trug nur einen Morgenmantel, der oben zwar züchtig geschlossen, aber so kurz war, dass man ihre hübschen Beine bewundern konnte, was Amadeus auch ausgiebig tat. Er war sich darüber im Klaren, dass sie mit diesem Aufzug eine Vertraulichkeit signalisierte, die Anlass zu den schönsten Hoffnungen gab. Sie schien sich von der Verwirrung, welche durch das Auftauchen ihres ehemaligen Liebhabers ausgelöst worden war, endgültig erholt zu haben. Seit sie davon erfahren hatte, dass dieser daran beteiligt gewesen war, Angelika Gewalt anzutun, sah sie Ganzbach offenbar in einem neuen und wahrscheinlich realistischeren Licht. Amadeus war entschlossen, diesen Umstand auszunutzen.

„Mit dir schlafen", sagte er kühn.

„Das habe ich nicht gemeint." Sie hielt seine Hand fest, die unter ihren Morgenmantel geglitten war. „Ich meine, was willst du in deiner Eigenschaft als Detektiv tun?"

„Auch mit dir schlafen."

Sie duldete, dass er sie lange und zärtlich küsste, hielt dabei seine Hand aber weiter fest. „Jetzt ist es aber genug, mein Freund. Sei nicht so stürmisch. Was willst du also wirklich unternehmen?"

Er seufzte, weil sie sich von ihm löste, aufstand und ihre Aufmerksamkeit der zischenden Kaffeemaschine widmete.

„Bleiben wir zu Hause und machen wir uns einen schönen Tag, falls du nicht arbeiten musst", schlug er vor. „Bei diesem Regenwetter will man ohnehin nicht aus dem Haus gehen." Er hatte ganz konkrete und ausgesprochen lüsterne Vorstellungen über die Gestaltung dieses Tages. Es klingelte an der Tür.

„Wahrscheinlich die Potzhuber", seufzte Lisa. „Die hat es ja eilig, mir einen unbezahlten Auftrag umzuhängen. Machst du bitte auf?"

Amadeus öffnete die Geschäftstür und ahnte sofort, dass es mit dem schönen Tag wahrscheinlich nichts werden würde.

„Was willst du?", fragte er unwirsch.

„Mit dir und Frau Schmied sprechen", erklärte Hagenberg düster. „Jetzt gleich. Darf ich hereinkommen?"

Amadeus registrierte, dass auf der gegenüberliegenden Straßenseite zwei Autos parkten, die er als Polizeifahrzeuge erkannte. Er trat beiseite und ließ Hagenberg ein. „Was ist denn los?"

Lisa, die Hagenbergs Stimme gehört hatte, kam aus der Küche, eine halb bestrichene Marmeladensemmel in der Hand. „Guten Morgen, Herr Chefinspektor. Gibt es Neuigkeiten?"

„Das könnte man so sagen. Der allseits beliebte Schuldirektor Viehgruber ist heute Nacht erschlagen worden."

Hagenberg beobachtete genau ihre Reaktion auf diese schonungslose Eröffnung.

Amadeus war verblüfft, aber gefasst. Er begnügte sich mit einem leisen Pfeifen und durchsuchte seine Taschen nach Zigaretten.

Lisa wurde kalkweiß, gab sich aber auch keine Blöße. „Wie schrecklich", murmelte sie, „aber was haben wir damit zu tun?"

„Wahrscheinlich gar nichts. Es tut mir leid, Amadeus, alter Freund, verehrte Charlotte, dass ich euch belästigen muss. Nur ein paar kleine belanglose Fragen, dann seid ihr mich auch schon wieder los", versicherte Hagenberg

Amadeus glaubte ihm kein Wort. Lisa entschloss sich, die Situation zu entschärfen, indem sie die unbefangene Gastgeberin spielte.

„Wollen wir uns in den Wintergarten setzen, Herr Chefinspektor? Darf ich Ihnen etwas anbieten? Vielleicht Kaffee?"

Lisa ging hinaus, um Kaffee zuzubereiten. Der Wintergarten war neben der Terrasse angebaut. An den Wänden hingen kleine Kunstwerke aus Metall. Der Regen rann über das Glasdach und an den gartenseitigen Glaswänden herunter. Sie saßen in bequemen Korbstühlen zwischen einigen Grünpflanzen.

„Erzähl mir, was geschehen ist", forderte Amadeus.

„Wie ich schon gesagt habe: Viehgruber ist gestern Nacht, oder am späten Abend in seinem Dienstzimmer in der Schule hinterrücks erschlagen worden. Er muss sofort tot gewesen sein. Es hat keinen Kampf gegeben. Er ist an seinem Schreibtisch gesessen und hatte ein Loch im Schädel. Vor sich hatte er die Akten der neu eintretenden Schüler für das nächste Schuljahr liegen. Es schaut so aus, als habe er gearbeitet. Gefunden hat ihn heute die Handarbeitslehrerin Potzhuber. Sie hat von der Straße Licht in seinem Zimmer gesehen und ist hinaufgegangen."
„Hatte sie einen Schlüssel?"
„Den hatte sie, allerdings war das Schultor ohnehin unversperrt – ihrer Aussage nach."
„Was ist mit der Tatwaffe?"
„War keine da. Die tödliche Wunde weist eine auffallende Ähnlichkeit mit jener auf, die wir am Schädel des Melchior Kasparik gefunden haben. Ob es sich um den gleichen Tatgegenstand handelt, kann ich dir noch nicht sagen. Trotzdem lässt die Ähnlichkeit der Wunde die Vermutung zu, es bestünde ein Zusammenhang, es könne sich sogar um denselben Täter, oder die dieselbe Täterin handeln. Ich bin daher auch mit den Ermittlungen in diesem neuen Mordfall betraut worden. Das Tatmotiv liegt freilich völlig im Dunkeln. Kannst du mir nicht weiterhelfen?"

Amadeus erwog die Nützlichkeit einer Kooperation und entschloss sich ein wenig entgegenkommend zu sein: „Ich bin auf etwas gestoßen, das ich nicht beweisen kann, das aber vielleicht ein Tatmotiv ergibt."

Hagenberg war in hohem Maße interessiert. „Auf etwas gestoßen? Du schnüffelst also doch herum, Amadeus! Ich möchte wissen warum!"

Amadeus entschloss sich zu einem Täuschungsmanöver. „Du kennst doch meinen Beruf. Ich bin bisweilen auf der Suche nach verlorenen Kunstschätzen. Dabei ist unter Umständen eine ganz schöne Prämie zu verdienen, wenn man etwas findet."

„Hier in diesem Nest?"

„Ja, hier in diesem Nest. Ich bin mir ziemlich sicher, dass Viehgruber vor Jahrzehnten einen Kirchenschatz gefunden hat, der im Dreißigjährigen Krieg versteckt worden ist. Er hat ihn verheimlicht und zumindest einen Teil davon über einen Kunsthändler gleichen Namens, wahrscheinlich ein Verwandter von ihm, in Wien zu Geld gemacht. Ob noch etwas davon da ist, weiß ich nicht. Viehgruber können wir ja leider nicht mehr fragen. Auf mögliche Mittäter habe ich keinen konkreten Hinweis gefunden. Wahrscheinlich muss ich die Sache ergebnislos abbrechen."

Hagenberg verdaute diese Information. „So ist das also. Das ist eine sehr schöne und plausible Geschichte. Sie wird zumindest teilweise stimmen, sonst würdest du sie mir nicht auftischen. Aber ist das wirklich alles? Gibt es da nicht noch etwas, Amadeus?" Amadeus schwieg. „Weißt du was mir auffällt?", fuhr Hagenberg fort. „Du warst zum Zeitpunkt beider Morde auf Besuch in Grafenhotter. Natürlich, bei dem ersten Mord warst du noch ein Junge, aber ein recht kräftiger, wie ich vermute. Wenn es nicht völlig absurd wäre, würde ich dich jetzt nach deinem Alibi für gestern Nacht fragen. Hast du ein Alibi?"

„Lass den Unsinn. Ich war natürlich hier im Haus und habe in meinem Zimmer geschlafen."

„Natürlich, was denn sonst. Wenn es nicht völlig absurd wäre, würde ich jetzt sagen: Schade, dass es niemand bezeugen kann."

„Ich kann es bezeugen", sagte Lisa gelassen und stellte Kaffeetassen auf den Tisch. Sie hatte sich umgezogen und trug jetzt statt des neckischen Morgenmantels einen schlichten Hausanzug.

„Wie denn das, verehrte Charlotte? Sie hätten sicher nicht bemerkt, wenn er sich unbemerkt aus dem Haus geschlichen hätte. Allein der Gedanke daran ist natürlich absurd. Ich spiele bloß gern theoretische Möglichkeiten durch."

„Ich hätte es sogar bemerkt, wenn er während der Nacht kurz ins Bad gegangen wäre, Herr Chefinspektor."

„Aha. Ich verstehe. Gratuliere lieber Amadeus, es scheint, du hast deinen Schatz ja doch noch gefunden." Er sah Lisa nachdenklich an. „Damit ist sein Alibi – spiegelbildlich betrachtet – natürlich auch Ihr Alibi, liebe Charlotte. Bitte halten Sie mich nicht für unverschämt, es ist mir furchtbar peinlich, diese Frage zu stellen: Der Ort des gemeinsamen Alibis, war das Ihr Schlafzimmer oder seines?"

„Seines", antwortete Charlotte kurz.

„Ja, das stimmt soweit mit seiner Aussage überein, obwohl ich ohnehin nie an eurer Aufrichtigkeit gezweifelt habe."

„Hast du jetzt ‚Aussage' gesagt?", reklamierte Amadeus verärgert. „Ich dachte, das sei ein freundschaftliches Gespräch?"

„Ist es doch auch Amadeus, alter Freund. Du musst schon wieder etwas missverstanden haben."

Amadeus versuchte die Initiative bei diesem Wortgeplänkel wieder an sich zu bringen. „Habt Ihr am Tatort Spuren gefunden?"

„Die Tatortgruppe ist noch am Werk. Es gibt mehr Spuren, als mir lieb ist. Es ist schließlich eine Schule: Spuren von Schülern, Lehrern und Eltern. Wahrscheinlich könnte jeder in Grafenhotter einen plausiblen Grund nennen, warum wir seine Spuren in der Schule gefunden haben. Könnte es sein, verehrte Charlotte, dass wir auch von Ihnen Spuren finden? Fingerabdrücke oder DNA?"

„Er hat es auf Lisa abgesehen", dachte Amadeus. „Er hat es natürlich zu keinem Zeitpunkt auf mich abgesehen gehabt, das war nur Geplänkel. Er hat es allen Ernstes auf Lisa abgesehen. Hoffentlich gibt sie sich keine Blöße und tappt in eine seiner Fallen."

Er machte sich unnötige Sorgen. „Schon möglich", erklärte Lisa unbefangen. „Ich habe vor kurzem das Schloss zum Direktorzimmer ausgetauscht. Ein Schüler hat es mit Sekundenkleber verpickt und unbrauchbar gemacht."

Hagenberg seufzte abgrundtief. „Wenn wir schon von Ihrer fachlichen Kompetenz sprechen, meine Liebe, vielleicht können Sie mir helfen." Er zog ein Blatt Papier aus der Tasche. Darauf war ein Rhombus mit genauen Maßangaben gezeichnet. „Können Sie mir sagen, welches spitze Werkzeug so einen Querschnitt hat?"

Lisa zuckte mit den Schultern. „Ich nehme an, es handelt sich um das Loch in Viehgrubers Schädel. Alle möglichen Gegenstände können das verursacht haben. Selbstverständlich auch ein Spitzhammer, wenn sie daran denken sollten. Es könnte beispielsweise das Werkzeug eines Zimmermannes oder eines Dachdeckers gewesen sein."

„Oder eines Schlossers?"

„Auch das."

„Bitte verstehen Sie mich nicht falsch, verehrte Kunstschlosserin: Wäre es möglich, dass auch Sie solche Hämmer in Ihrer Werkstatt haben? Ich würde sie mir gern ansehen, damit ich mir eine ungefähre Vorstellung machen kann, wie die Mordwaffe vielleicht ausgesehen haben könnte, aus gar keinem anderen Grund."

Lisa blieb gelassen. „Selbstverständlich, kommen Sie mit!"

Sie gingen in die Werkstatt. Hagenberg sah sich genau um, ohne etwas zu berühren und musterte nachdenklich eine Halterung an der Wand, in der die verschiedensten Hämmer hingen.

„Sie können sich ruhig genauer umsehen und meinetwegen auch alles durchsuchen." Lisa war ausgesprochen zuvorkommend.

„Ist das Ihr Ernst? Nicht das Sie mich missverstehen! Ich habe so etwas nicht im Sinn gehabt, aber wenn Sie mich schon so freundlich einladen, dann bitte ich Sie, das hier zu unterschreiben. Ich habe es schon ausgefüllt." Er zog ein Blatt Papier aus der Tasche.

„Was ist das?"

„Ihr Einverständnis, dass Sie mit einer Nachschau einverstanden sind. Das ist so ähnlich wie eine Hausdurchsuchung, nur eben freiwillig und ohne Gerichtsbeschluss. Ich brauche diese Erklärung bloß für die Akten, damit alles seine Ordnung hat, sonst hat es keine Bedeutung."

„Du Schweinehund", sagte Amadeus empört.

„Rede nicht so mit dem Herrn Chefinspektor", rügte ihn Lisa. „Er ist schließlich unser Freund und meint es nur gut mit uns. Ich habe doch recht, verehrter Polizist, nicht wahr?" Der Hohn in ihrer Stimme war nicht zu überhören. Sie setzte schwungvoll ihre Unterschrift unter das Schriftstück.

„Sie sagen es." Hagenberg griff zum Handy. „Ihr könnt hereinkommen."

Wenig später standen drei Männer in der Werkstatt und begannen alles gründlich zu durchsuchen. Sie hatten sich Latexhandschuhe über die Hände gezogen.

Besondere Aufmerksamkeit widmeten sie allen spitzen Gegenständen und verglichen sie mit Zeichnungen, ähnlich jener, die Hagenberg hatte.

Ein Schweißhammer erregte ihr besonderes Interesse. Einer der Männer vermaß seinen Querschnitt mit einer Schiebelehre, sprühte eine Flüssigkeit darüber und betrachtete das Ergebnis unter einer Lupe.

„Was macht er da?"

„Nichts, worüber Sie sich Gedanken machen müssten, meine Liebe. Er stellt bloß sicher, dass keine Blutreste anhaften. Sie glauben gar nicht, welche geringen organischen Spuren heutzutage schon für eine DNA-Bestimmung ausreichen."

„Auch wenn man den betreffenden Gegenstand gründlich mit einem Schweißbrenner abgeflammt hat? Mit etwa 3000 Grad?", fragte Lisa interessiert.

Hagenberg wirkte zunehmend genervt, bemühte sich aber seine Herzlichkeit beizubehalten. „Dann nicht, natürlich nicht. Sie sind wahrhaftig eine Quelle kriminalistischer Inspiration, liebe Charlotte. An Ihnen ist eine begabte Mörderin verlorengegangen." Er wandte sich an die Männer des Suchtrupps. „Ihr könnt jetzt aufhören."

„Wollen Sie wirklich nicht weitersuchen?", fragte Lisa zuckersüß. „Vielleicht in meinem Schlafzimmer? Ich habe ein paar interessante Sachen in meiner Kommode. Ein Hammer ist zwar, glaube ich, nicht dabei, aber Sie können ja nachsehen."

Hagenberg verzichtete auf eine Antwort, grüßte mit einem kurzen Kopfnicken und überhörte, dass ihn Amadeus zum Abschied einen falschen Hund nannte. „Wir beide müssen uns später noch ausführlich, sehr ausführlich unterhalten, mein Lieber", kündigte er an und zog ab, mit einem Gesicht wie ein Märtyrer auf dem Weg zur Richtstätte.

„Wir hätten ihn nicht so provozieren sollen", meinte Lisa als sie allein waren.

„Hätten wir uns anders verhalten, wäre er nur noch misstrauischer geworden. Er wird es schon verkraften." Amadeus musterte Lisa. „Wo hast du gesagt, warst du gestern Nacht?"

„In deinem Schlafzimmer. Das ist jetzt sogar amtlich. Wir haben uns nach einem ausgedehnten Vorspiel dreimal sehr heftig geliebt, dann sind wir fest umschlungen eingeschlafen; nur für den Fall, dass jemand genauer nachfragen sollte."

Amadeus verzog das Gesicht. „Spiel keine solchen Spielchen mit mir, Lisa. Ich würde diese Liebesnacht gerne wahr machen."

„Ich auch, aber ich will nichts überstürzen. Gib uns ein bisschen Zeit zum Kennenlernen, Amadeus. Wir können nicht einfach an eine Jahrzehnte zurückliegende Liebelei zwischen zwei Kindern anschließen, so romantisch uns das auch vorkommen mag."

Sie duldete zwar, dass er sie in den Arm nahm, sie küsste und ihr Liebesbekenntnisse ins Ohr flüsterte, aber die vielversprechende Stimmung, mit welcher der Tag begonnen hatte, war verflogen. Sie schob ihn schließlich sanft aber nachdrücklich von sich. „Jetzt ist es aber genug. Ich habe noch einiges zu erledigen, dann will ich mich etwas hinlegen. Letzte Nacht habe ich nicht viel geschlafen." Sie streichelte ihm sanft über die Wange und verschwand Richtung Werkstatt.

Allein gelassen, wusste er mit sich und dem angebrochenen Tag nichts Rechtes anzufangen. Schließlich rief er seinen Partner an.

„Hallo, Richard. Bist du im Büro?"

„Natürlich. Ich sitze hier nutzlos herum und blase Trübsal."

„Wieso das?"

„Kannst du dir vorstellen, dass unsere Doris einen Versicherungsvertreter attraktiver findet als mich?"

„Sie kann uns nicht leiden. Sie ist bloß auf den Job angewiesen."

„Dich kann sie nicht leiden. Mich schon, dachte ich jedenfalls. Wie geht es dir?"

„Ich sitze hier jetzt schon zwischen zwei ungeklärten Mordfällen und werde von Chefinspektor Hagenberg drangsaliert."

„Was du nicht sagst! Das klingt interessant. Wie läuft es mit deiner Jugendliebe?"

„Ich arbeite daran. Es ist nur so, dass der Hagenberg auch sie auf dem Kieker hat. Außerdem ist ein früheres Verhältnis von ihr aufgetaucht und versucht ihr wieder den Kopf zu verdrehen."

„Das klingt ausgesprochen interessant. Weißt du was, ich fahre zu dir, dann können wir besser darüber reden. Mir fällt ohnehin kein Vers ein, der sich auf Doris reimt."

„Ist es dir nicht zu weit?

„Keine Rede, in zwei Stunden bin ich bei dir. Wenn ich morgen deswegen zu spät ins Büro komme, spielt das keine Rolle. Der Alte ist ja nicht da."

„Nein, der Alte sitzt in Grafenhotter und ist ratlos. Wenn du wirklich kommen willst, reserviere ich uns einen Tisch im Goldenen Ochsen."

Amadeus setzte sich in den Wintergarten und sah dem Regen zu, der an den Glaswänden herunterrann.

Kapitel 26: Damals

Es hatte zu regnen aufgehört. Zum Glück, sonst wäre die Hochzeit der Postamtsleiterin buchstäblich ins Wasser gefallen. Amadeus und Lisa waren natürlich nicht eingeladen, aber sie hatten sich den Schaulustigen vor der Kirche angeschlossen. Aus der Ferne erklang Musik. Bald bog die Kapelle um die Ecke und marschierte im schwankenden Gleichschritt auf die Kirche zu. Es war dieselbe Kapelle, die auch beim Begräbnis Maiers gespielt hatte, mit dem steifbeinigen Trommler, der den Takt angab. Amadeus war nicht sehr musikalisch, aber es kam ihm vor, als ob sie die gleiche Melodie intonierten, wie beim Begräbnis, nur etwas schneller und fröhlicher. Die Glocken begannen zu läuten. Hinter der Kapelle schritt das Brautpaar. Der Bräutigam war ein kräftiger junger Mann mit rosigem Gesicht, der sichtlich stolz auf seine hübsche Braut war. Sie sah auch wirklich entzückend aus in ihrem weißen Brautkleid, das ihre aufregende Figur betonte.

„Der Sohn vom Fleischermeister", zischelte Lisa. „Sie hat mit ihm eine ausgesprochen gute Partie gemacht. Sein Vater hat ein großes Geschäft, das er einmal übernehmen wird."

„Ich hätte nicht gedacht, dass sie verlobt ist", murmelte Amadeus. „Glaubst du, er weiß ... ich meine die Sache im Postamt und so."

„Natürlich weiß er nichts", sagte Lisa entschieden. „Sonst würde er sie wohl nicht heiraten. Wenn er es wüsste, würde er wahrscheinlich sein großes Fleischerbeil holen und dann ..." Lisa kicherte. Die Vorstellung, was der gehörnte Bräutigam dann anstellen würde, erheiterte sie sichtlich. Amadeus schwankte zwischen Empörung und Entsetzen.

Hinter dem Brautpaar kamen die Hochzeitsgäste, streng nach ihrer Beziehung zum Brautpaar gereiht. Zuerst die nahen Angehörigen, dann die Freunde des Brautpaares und schließlich die entfernteren Verwandten. Die letzte Klasse der geladenen Hochzeitsgäste bildeten ein paar Nachbarn, mit denen man weder verwandt noch besonders befreundet war, auf deren Wohlwollen man aber Wert legte.

Viehgruber und Potzhuber, die offenbar zu den Freunden der Braut gerechnet wurden, paradierten Arm in Arm und schauten freundlich in die staunende Menge.

Hinter ihnen ging Ganzbach. Er war zwar auch von der Braut eingeladen worden, aber er ging allein, ein wenig isoliert, so als ob man nicht genau wusste, wo, wie und als was er in Wahrheit einzureihen sei. Als er Lisa entdeckte zwinkerte er ihr zu. Amadeus legte demonstrativ seinen Arm um Lisas Schulter. Ganzbach grinste und raunte dem vor ihm gehenden Viehgruber etwas zu. Der gab ihm eine sichtlich unwirsche Antwort und verschwand mit seiner Begleiterin durch das Kirchentor. Die Schaulustigen schlossen sich dem Hochzeitszug an und drängten in die Kirche.

Unter ihnen befand sich auch Amélie. Sie war schwarz gekleidet. Ihr Aufzug hätte eher zu einem Begräbnis als zu einer Hochzeit gepasst.

„Wo ist der alte Schmied?", erkundigte sich Amadeus.

„Zu Hause geblieben. Es hat dicke Luft gegeben. Ich weiß nicht, um was es dabei gegangen ist, aber ich habe mich vorsichtshalber verdrückt, damit die Sache nicht an mir ausgeht."

„Sehr vernünftig. Was machen wir jetzt?"

„In die Kirche gehen, was sonst?" Sie hängte sich bei ihm ein und schritt mit ihm würdevoll den Mittelgang entlang, so als ob sie selbst Braut und Bräutigam wären. In einer der vorderen Reihen machte ihnen Susi Platz, sodass sie sich hineindrängen konnten, wobei Lisa darauf achtete, dass Amadeus nicht direkt neben Susi zu sitzen kam. Susi war das nicht entgangen und sie zwinkerte Amadeus zu.

Amadeus verfolgte den Trauungsritus bloß mit sachlichem Interesse. Er war, wie wir inzwischen wissen, nicht besonders religiös. Das mochte zwar auch auf Lisa zutreffen, aber sie war im Gegensatz zu ihrem Freund durch die Tatsache einer Hochzeit an sich fasziniert, was Amadeus für eine typisch weibliche Reaktion hielt. Denn mehrere weibliche Hochzeitsgäste schnieften gerührt und wischten sich über die Augen.

„Ich bin schon auf meine eigene Hochzeit neugierig", flüsterte Lisa Amadeus zu. „Wirst du auch eine Krawatte umbinden wie der Grießler? Ich glaube eine Fliege steht dir besser."

Amadeus erwog den Bedeutungsinhalt dieser beiläufigen Bemerkung und sah Lisa forschend von der Seite an. Lisa war sichtlich damit beschäftigt sich ihre eigene, noch in weiter Ferne liegende Hochzeit auszumalen, bei der Amadeus offenbar die Rolle des Bräutigams zugedacht war. „Ich werde aber nur dann in Weiß heiraten", informierte sie ihn, „falls ich noch Jungfrau bin. Sonst eher in Rosa. Das steht mir ohnehin besser. Nicht so, wie die da." Sie deutete kritisch auf die Braut, der man Jungfräulichkeit mit Sicherheit nicht nachsagen konnte, die aber ganz in Weiß strahlte und eben den Schleier für den Brautkuss zurückschlug, den der Pfarrer mit den traditionellen Worten: „Sie dürfen die Braut jetzt küssen", angekündigt hatte.

Nach der Brautmesse drängte die Menge ins Freie und formierte sich neuerlich zu einem Zug, der sich Richtung ‚Goldener Ochse' bewegte. Lisa sah sich vorsichtig um und registrierte mit Erleichterung, dass sich Amélie, ohne auf ihre Stieftochter zu achten, heimwärts bewegte und daher keine Gefahr für die weitere Gestaltung des Tages darstellte. „Wir gehen in den Club entschied sie, damit wir noch etwas von der Hochzeitsfeier mitbekommen."

Der Club war ein Raum, den der Wirt zum ‚Ochsen' für Halbwüchsige eingerichtet hatte, damit sie sich unbehelligt von den Blicken der Erwachsenen unterhalten konnten. Schilder an der Wand verkündeten, dass an Jugendliche kein Alkohol ausgeschenkt werde und in diesem Raum überhaupt verboten sei. Neben mehreren Tischen mit Sesseln standen auch zwei Flipperautomaten und eine Musikbox an der Wand und erfreuten sich großen Zuspruchs. Eine Seitentür führte in den Festsaal, so dass man die Vorgänge dort verfolgen konnte, wenn man die Tür offen stehen ließ. Auf diese Weise war man sozusagen fast bei der Hochzeitsfeier dabei.

Denselben Gedanken wie Lisa hatten auch zahlreiche andere Jugendliche gehabt. Der Club füllte sich rasch. Amadeus und Lisa ergatterten einen Tisch und labten sich an einer Limonade, zu der Amadeus Lisa eingeladen hatte. Bald erfüllte das Wummern und Klingeln der Flipperautomaten den Raum. Während sich die Burschen auf diese Weise vergnügten, drängten sich die Mädchen an der offenen Tür und lauschten den Reden, die dort auf das Brautpaar gehalten wurden.

Danach machten sich die Gäste über das Festmahl her, das vom Vater des Bräutigams mit vielen Erzeugnissen des eigenen Betriebes angereichert worden war. Zur allgemeinen Überraschung wurden auch die Besucher des Clubs, die hartnäckigsten Zaungäste der Feier, mit einer großen Fleischplatte und einem Korb mit Broten bedacht. Lisa war entzückt. Ohne jede Zurückhaltung und mit nachdrücklichem Körpereinsatz sicherte sie für sich und Amadeus eine gewaltige Portion. Obwohl Amadeus nur wenig aß, war ihr gemeinsamer Teller bald leer. Lisa lehnte sich zufrieden zurück und rülpste leise. „Entschuldigen", murmelte sie artig. Sie kramte in ihrer Tasche und förderte eine Münze zutage, die sie in den Musikautomaten warf. Die Melodie von ‚Lady in red is dancing with me' füllte den Raum. „Mein Lieblingslied", sagte Lisa. „Tanzt du mit mir?"

Amadeus sah sich um. Einige Paare wiegten sich schon in der Mitte des Raumes. „Ich kann nicht richtig tanzen", bekannte er verlegen.

„Das ist ganz leicht. Du musst mich nur festhalten, alles andere geschieht von selber. Komm schon!" Sie nahm ihn bei der Hand und führte ihn auf die provisorische Tanzfläche. Es war wirklich ganz leicht. Sie drückte Amadeus fest an sich und schmiegte ihre Wange an seine. Ihr voller Bauch, die Hochzeit und das eingängige Liebeslied hatten Lisa in eine sentimentale Stimmung versetzt. „Ich liebe dich", flüsterte sie Amadeus ins Ohr. „Küss mich." Amadeus sah sich um und zögerte. „Ich will geküsst werden, jetzt gleich!", forderte Lisa nachdrücklich. „Kümmere dich nicht um die anderen, die machen es genau so."

Amadeus gab nach und Lisa begann heftig mit ihm zu schmusen. Tatsächlich kümmerte sich niemand um sie. Nur Ernst Gruber, der sich auf der Suche nach Angelika an ihnen vorbeidrängte, bemerkte gutmütig: „Fresst euch nur nicht gegenseitig auf, ihr zwei. Das ist noch nicht eure eigene Hochzeit."

Einige Musikstücke und zahlreiche Küsse später wurden sie gestört, weil im Festsaal nebenan Unruhe aufgekommen war. Die Tanzenden lösten sich voneinander und drängten sich an der offenen Tür. „Was ist los", fragte Lisa ein wenig ärgerlich.

„Die Braut ist entführt worden", sagte Susi.

„Ja und? Das machen sie doch bei jeder Hochzeit. Sie wird schon wieder auftauchen." Lisa war mäßig beeindruckt.

„Der Bräutigam ist aber ziemlich wütend", berichtete Angelika. „Ich glaube, er hat ein bisschen zu viel getrunken."

„Wer hat sie entführt?", wollte Amadeus wissen. Er hatte schon damals eine gewisse Neigung dazu, nach dem Täter zu fragen.

„Der Viehgruber, die Potzhuber und der Ganzbach", informierte ihn Angelika. „Ich möchte wissen, wo sie mit ihr hingefahren sind und was sie jetzt machen."

Amadeus verdaute diese Nachricht. Ein unangenehmer, ein ungeheuerlicher, ein geradezu monströser Verdacht kristallisierte sich in seinem Gehirn heraus. Er schaute Lisa mit aufgerissenen Augen an. Lisa reagierte rasch und umsichtig. Sie legte die Arme um seinen Hals, schmiegte sich an ihn, so als ob sie schmusen wollte, und flüsterte ihm ins Ohr. „Lass dir um Himmels willen nichts anmerken und sag nichts. Das, was wir wissen, weiß sonst niemand und ich denke, das sollte auch so bleiben, sonst gibt es Mord und Totschlag."

Damit hatte sie wahrscheinlich recht. Als Amadeus wenig später die Toilette aufsuchte wurde er unfreiwilliger Zeuge, wie der Bräutigam, der eben heftig gekotzt hatte, zu einem Freund sagte: „Ich hau dem Viehgruber den Schädel ein, wenn er die Anna nicht in Ruhe lässt." Es mochte sein, dass der Bräutigam doch nicht so ahnungslos war, wie Lisa gedacht hatte. Der Bräutigam wurde mit dem Hinweis, dass ja auch eine Frau, nämlich die Potzhuber bei den Entführern sei, besänftigt und von seinem Freund zurück in den Festsaal geführt.

„Wir können leider nicht warten, bis die Braut wieder auftaucht", sagte Lisa bedauernd, als Amadeus zurückkam. „Das kann dauern, überhaupt, wenn stimmt, was du dir denkst. Ich muss jetzt nach Hause. Wenn sich meine Stiefeltern lange genug gestritten haben, wird ihnen auffallen, dass ich noch nicht zu Hause bin. Das wird erfahrungsgemäß demnächst sein."

Amadeus brachte sie bis zu ihrer Haustür. Sie sah sich um, zog ihn in eine Ecke, wo sie halbwegs vor Blicken geschützt waren und küsste ihn lange und ausgiebig. Mit Verwirrung registrierte Amadeus, wie ihre Zunge in seinen Mund glitt und zärtlich die seine liebkoste. „Aber Lisa ... ", sagte er fast vorwurfsvoll, als sie sich von ihm löste.

„Lass gut sein", schnitt ihm Lisa fast unwirsch das Wort ab. „Wenn wir erst einmal verheiratet sind, werde ich noch ganz andere Sachen mit dir machen und es wird dir gefallen. Das kannst du mir glauben."

Jetzt hatte sie es gesagt. Sie ging ganz selbstverständlich davon aus, dass er sie heiraten werde. Amadeus wusste nicht, was er sagen sollte, er wusste bloß, dass sie eine Antwort von ihm erwartete. Er wurde überraschend aus seiner Verlegenheit erlöst. Eine mächtige Stimme, die aus einer anderen Welt zu dröhnen schien, drängte sich zwischen sie und löste das Schweigen auf: „Lieselotte wo bist du? Verdammt noch einmal, bist du überhaupt zu Hause?"

„Ich bin hier, Vater!", schrie Lisa zurück. „Ich komme schon!" Sie streichelte Amadeus kurz über die Wange und rannte ins Haus.

Kapitel 27: Jetzt

Wizzig kam tatsächlich kaum zwei Stunden später an. Er musste sofort aufgebrochen und wie ein Verrückter gefahren sein. Das tat er meistens.

Es wäre nicht notwendig gewesen, einen Tisch zu reservieren. Amadeus hatte fest damit gerechnet, dass die Nachricht von Viehgrubers Ermordung die Leute, begierig nach Neuigkeiten, ins Wirtshaus treiben werde. Das Gegenteil war der Fall. Die Nachricht, die sich wie ein Lauffeuer verbreitet hatte, lähmte den ganzen Ort. Es hatte den Anschein, als ob alle zu Hause geblieben wären, voller Angst vor einem Mörder, der mit seinem Hammer durch die Gassen schlich. Die meisten Tische in der sonst um diese Tageszeit vollen Gaststube blieben leer.

Sie hatten einen Platz, wo sie ungestört und unbelauscht reden konnten. „Erzähl mir alles haarklein", forderte Wizzig, nachdem er ein von Amadeus gesponsertes Mittagessen – selbstverständlich zum Preis für Einheimische – vertilgt hatte.

So wie er es schon einmal getan hatte, berichtete Amadeus über alle ihm bekannten Fakten.

„Das sind viele Detailinformationen, aus denen man die verschiedensten Schlüsse ziehen kann", befand Wizzig schließlich. „Prüfen wir die Verdachtslage zunächst nach der größten Wahrscheinlichkeit. Da ist der Mord an Viehgruber: Wir haben eine Person, die ausdrücklich geäußert hat, sie wolle Viehgruber mit einem Spitzhammer erschlagen. Das ist eine sehr detaillierte Angabe zu einem ungewöhnlichen Mordanschlag. Der Mord wurde tatsächlich auf die angedrohte Weise ausgeführt. Das Motiv ergibt sich aus der geäußerten Drohung. Sie hat ihn gehasst, wegen dem, was er den missbrauchten Mädchen, besonders ihrer Freundin, der Moser, angetan hat. Diese Person hatte das mutmaßliche, recht ungewöhnliche Tatwerkzeug zur Verfügung und zwar in ihrer Werkstatt. Sie hat ganz offen bekannt, dass sie eine einfache Methode weiß, alle Spuren daran zu beseitigen und sogar Hagenberg damit gefrotzelt. Sie hat für den Tatzeitpunkt kein Alibi. So leid mir das für dich auch tut, aber sie hat deine Loyalität ausgenützt, um die Polizei anzulügen und sich ein falsches Alibi zu verschaffen. Sie hat schließlich auch die Fähigkeit und die Nerven, um sich unbemerkt in ein

Haus einzuschleichen. Schlösser dürften für sie kein Hindernis sein. Wenn du jetzt ausblendest, dass du sie magst, vielleicht sogar in sie verliebt bist, zu welchem Ergebnis kommst du dann?"

Amadeus schwieg.

„Wenn alle diese Fakten bekannt wären, würde es für einen Haftbefehl reichen", fuhr Wizzig gnadenlos fort. „Deine Lisa ist höchstwahrscheinlich die Mörderin. Sie hat Glück, dass Hagenberg nicht weiß, was wir wissen."

„Sie war es nicht", wehrte sich Amadeus gegen einen Gedanken, der ihm auch schon gekommen war.

„In einem Kriminalroman wäre das akzeptabel. Da ist die am meisten verdächtige Person in der Regel nicht der Mörder. In Wirklichkeit ist es genau umgekehrt. Das weißt du auch. Eine nachvollziehbare Begründung, bitte! Warum sollte sie es nicht gewesen sein?"

„Es passt nicht zu ihrem Charakter."

„Bist du dir da sicher? Nach dem, was du mir erzählt hast, war sie schon als Mädchen gelegentlich gewalttätig. Sie hat mehrere Jungen brutal angegriffen und verletzt. Sie hat auch ihrem Lebensgefährten im Zuge einer Auseinandersetzung die Nase gebrochen. In ihrer Schulakte findet sich ein Hinweis, nicht nur auf ihre problematische Persönlichkeit, sondern es wird auch der Verdacht auf eine geistige Erkrankung geäußert. Sie war ja auch als Kind in einer einschlägigen Klinik. Dazu kommt noch diese Geschichte mit der Lisa und der Lotte. Ich verstehe nicht viel davon, aber das nennt man, glaube ich, eine gespaltene Persönlichkeit. Wie glaubst du, würde das auf die Geschworenen wirken, wenn es der Staatsanwalt genüsslich ausschlachtet?"

„Sie würde mich nie ausnützen und mich in einen Mord hineinziehen."

„Und warum nicht? Ich will gar nicht ausschließen, dass sie etwas für dich empfindet. Aber sie war – wiederum nach dem was du mir erzählt hast – schon als Mädchen recht manipulativ und besitzergreifend. Daran wird sich nicht viel geändert haben."

„Also gut, lassen wir das vorläufig. Analysieren wir andere Möglichkeiten!"

„Da gibt es nicht viel. Niemand zieht eine so breite Spur von Indizien hinter sich her, wie deine Lisa. Aber bitte, versuchen wir es. Da wäre zunächst die Handarbeitslehrerin Potzhuber, die den Mord gemeldet hat. Sie hatte Zutritt zur Schule, konnte sich dort jederzeit ungehindert bewegen und ihre Anwesenheit war unverdächtig. Sie hätte den nichtsahnenden Viehgruber sicher von hinten erschlagen können. Welches Motiv sollte sie aber gehabt haben? Es ist keines zu erkennen. Wir wissen zwar, dass sie vor Jahren ein eher schlampiges Verhältnis mit ihm hatte, das muss aber wirklich nichts besagen."

„Was hältst du von der Sache mit dem unterschlagenen Schatz?"

„Das ist tatsächlich eine Spur, der man folgen könnte. Dazu habe ich noch etwas herausgefunden: Viehgruber, der Kunsthändler, war tatsächlich ein Cousin des Schuldirektors. In dem Katalog, den ich dir gezeigt habe, kündigt er weitere Objekte der fraglichen Art an. Kurz darauf ist er gestorben. Es ist also möglich, dass sich Viehgruber, der Schuldirektor, noch im Besitz eines Teiles der Wertsachen befunden hat, einfach deswegen, weil er keine Möglichkeit mehr gehabt hat, sie auf sichere Weise zu Geld zu machen. Wenn er einen Komplizen hatte, wäre das ein idealer Verdächtiger."

„Ich tippe auf Ganzbach", sagte Amadeus nachdrücklich.

„Dafür gibt es aber keinen Beweis und du bist ihm gegenüber sicher nicht objektiv.

Amadeus seufzte. „Vielleicht eines der Mädchen, die er missbraucht hat?"

„Unwahrscheinlich. Das haben wir schon einmal besprochen. Du hast drei ausgeforscht. Diese Susi würde ich vorerst ausschließen. Wenn sie dir die Wahrheit gesagt hat, hat es ihr nichts ausgemacht, weil sie schon damals in sexuellen Dingen recht erfahren war. Die zweite ist die Angelika Gruber. Es ist natürlich schwer, ohne jemanden persönlich zu kennen, ein Urteil abzugeben. Du scheinst sie für unverdächtig zu halten und ich bin geneigt, dir zuzustimmen. Die dritte ist die Anna Moser. Ich würde sie schon von ihrem Charakter her für unverdächtig halten. Letztlich bleibt die Frage: Warum sich erst nach so langer Zeit für den Missbrauch rächen? Auszuschließen ist es nicht, aber eher unwahrscheinlich. Abgesehen von einem möglichen Motiv haben wir bei keinem dieser Mädchen einen konkreten Hinweis auf eine Täterschaft."

„Viehgruber war ein rechter Schürzenjäger. Es könnte sich um einen Eifersuchtsmord gehandelt haben."

„Du klammerst dich an einen Strohhalm. Alle diesbezüglichen Hinweise liegen lange zurück und stammen aus der Zeit, als du hier einen Sommerurlaub verbracht hast. Wir wissen nicht, wie er sich später verhalten hat. Du darfst nicht vergessen, dass er inzwischen auch schon ziemlich alt geworden ist."

„Er hat vermutlich wieder versucht, sich an Schülerinnen heranzumachen."

„Möglicherweise. Das vermutest du aber nur. Passiert ist noch nichts Konkretes. Ich räume aber die vage Möglichkeit ein, dass eine solche Befürchtung für eines der ursprünglichen Missbrauchsopfer der Auslöser für die Tat gewesen sein könnte. Beweise dafür gibt es nicht."

„Gut. Besteht zwischen den beiden Fällen ein Zusammenhang?"

„Nicht nachweisbar, aber höchstwahrscheinlich. Zunächst: Melchior Kasparik ist in einem zeitlichen Naheverhältnis zu den Missbrauchsfällen umgebracht worden. Mit einem der Missbrauchsopfer, mit dieser Susi, hat er sogar eine kurze Beziehung gehabt. Die ähnliche Tatbegehung und das ähnliche oder sogar gleiche Tatwerkzeug sind so auffällig, dass man schwer an einen Zufall glauben kann. Das heißt aber noch lange nicht, dass es sich um denselben Täter handeln muss. Abgesehen davon, sind die Hinweise zu dem Mord an Kasparik so vieldeutig, dass man vorläufig nur spekulieren kann. Die Zeit hat hier alle konkreten Spuren gründlich verwischt. Jetzt sag mir, was du vor hast!"

„Ausschließlich Lisa schützen", erklärte Amadeus entschlossen. „Mir ist herzlich egal, wer den Kasparik umgebracht hat und Viehgruber hat bekommen, was er verdient hat. Den oder die Mörder zu finden, ist für mich nur insoweit von Interesse, als es notwendig ist, Lisa zu entlasten. Ich halte sie nach wie vor für unschuldig."

„Du bewegst dich auf dünnem Eis", murmelte Wizzig sorgenvoll. „Konnte ich dir gar nicht helfen, klarer zu sehen? Bist du dir darüber im Klaren, welches Risiko du wegen dieses sonderbaren Mädchens eingehst?"

„Voll und ganz."

„Das habe ich befürchtet. Wenn du willst, bleibe ich hier. Du könntest vielleicht Rückendeckung brauchen. Doris kommt im Büro ein paar Tage allein ganz gut zurecht. Außerdem will ich sie nicht sehen."

Amadeus lachte. „Das ist sehr nett von dir, aber du bist morgen wieder im Büro. Ich will nicht, dass vielleicht – wenn wir beide weg sind – ein gewisser Versicherungsvertreter in meinem Sessel sitzt und meinen Cognac säuft. Du musst Doris beaufsichtigen und für Disziplin im Büro sorgen. Es könnte ja auch sein, dass ein neuer Auftrag hereinkommt, um den du dich kümmern musst."

„Das ist auch wieder wahr", bestätigte Wizzig mit düsterem Gesichtsausdruck. „Wenn du im dünnen Eis einbrichst, ruf sofort an. In zwei Stunden bin ich da und hol dich heraus." Sie schüttelten sich die Hände und Wizzig raste nach Wien zurück.

Es hatte zu regnen aufgehört. Amadeus kehrte in seine Unterkunft zurück. Kurz darauf klopfte es und Lisa schaute zur Tür herein. „Wo bist du gewesen?"

„Ich habe Wizzig getroffen, und mit ihm im ‚Ochsen' gegessen. Wir haben die neue Situation besprochen."

„Was du nicht sagst! Was meint er dazu?"

„Er ist fest davon überzeugt, dass du den Viehgruber umgebracht hast und er hat mich eindringlich vor dir gewarnt."

„Sehr vernünftig von ihm; und was meinst du?"

Sie kam ins Zimmer und schloss die Tür hinter sich. Es gelang ihm, sie überraschend um die Hüfte zu nehmen und so an sich zu ziehen, dass sie auf seinen Knien zu sitzen kam. „Ich habe ihm gesagt, dass ich dich liebe."

„Sehr unvernünftig von dir. Wenn sich der Detektiv in die Hauptverdächtige verliebt, kann das nur zu Komplikationen führen. Was willst du jetzt machen? Ich für meinen Teil habe noch eine Arbeit fertigzustellen. Danach habe ich Zeit für dich, wenn du willst." Sie bändigte mit einem geschickten Griff seine vorwitzige Hand und stand auf.

Er hatte einen spontanen Einfall. „Ich mache vielleicht einen kleinen Spaziergang in die Au. Vielleicht finde ich noch die Hütte, wo du damals deine heimliche Werkstatt gehabt hast."

Ihr Rücken versteifte sich. „Was für ein unsinniger Einfall. Die Hütte steht sicher nicht mehr und wahrscheinlich werden dich die Stechfliegen fressen. Lass es lieber bleiben."

Er lachte. „Ich wandle gern auf nostalgischen Spuren. Erinnerst du dich? Dort habe ich dich das erste Mal so richtig geküsst. Ruf mich an, wenn du mit deiner Arbeit fertig bist."

Er küsste sie zärtlich auf den Hals und eilte davon, ehe sie protestieren konnte.

Amadeus verließ den Ort mit dem Auto, fuhr soweit wie möglich auf einem Güterweg und ging dann zu Fuß in den Auwald hinein. Zu seiner eigenen Überraschung fand er den Weg ohne Schwierigkeiten wieder. Es begann leicht zu regnen. Ein sonderbarer Sommer war in diesem Jahr. Perioden extremer Hitze wechselten kurzfristig mit Regenschauern und Unwettern, ohne dass es dauerhaft abkühlte. Im Augenblick war er froh, dass er trotz des anfänglich schönen Wetters seinen Anorak angezogen hatte. Nach kurzem Wühlen in den unergründlichen Taschen dieses praktischen Kleidungsstückes förderte er eine zusammengefaltete Filzkappe zutage, die er sich über den Kopf zog. Er mochte nicht mit bloßem Kopf im Regen herumlaufen, überhaupt, seit er entdeckt hatte, dass auf seinem Hinterkopf das Haar begann, schütter zu werden.

Nach einer halben Stunde über Stock und Stein hatte er die kleine Lichtung erreicht, wo Lisa ihre heimliche Werkstatt eingerichtet gehabt hatte.

Erstaunlicherweise stand die Hütte noch, nur die Tür war im Laufe der vergangenen Jahrzehnte abhanden gekommen. Die Hütte schien ihm viel kleiner und schiefer zu sein, als er sie in Erinnerung gehabt hatte, aber sie war noch da. Er musste sich bücken um eintreten zu können. Das Innere war verwahrlost und hatte wahrscheinlich allen möglichen Tieren als Unterschlupf gedient. Der Boden war mit halb vermoderten Blättern und Unrat bedeckt. Die Sonne hatte eine Lücke zwischen den Regenwolken gefunden und warf eine blasse Lichtbahn ins Innere. Er sah sich um, dann schob er die dürren Blätter mit dem Fuß beiseite, um die Stelle zu finden, wo Lisa ihre Werkzeuge und kleinen Kunstwerke versteckt gehabt hatte. Die Bretter wirkten morsch, aber auch sie waren noch immer da. Vorsichtig hob er sie ab.

Er hockte einige Sekunden bewegungslos am Boden und starrte mit angehaltenem Atem in die Grube. Auf einem Bett aus dürren Blättern, halb eingewickelt in ein Stück Zeitung lag ein alter Schlackenhammer. Das deutlich zu sehende, spitz zulaufende Ende des Hammerkopfes war mit einer widerlichen Masse gesprenkelt. Wer immer das Werkzeug hier verborgen hatte, er hatte sich nicht die Mühe gemacht, die anhaftenden Reste von Viehgrubers Blut und Gehirn zu entfernen. Amadeus zweifelte nämlich keinen Augenblick daran, dass er die Mordwaffe gefunden hatte.

Er atmete langsam aus und versuchte, die Bedeutung dieses Fundes zu analysieren. Wenn er Lisa als Täterin ausschloss, und er war fest entschlossen an dieser Annahme festzuhalten, kam nur eine Möglichkeit in Betracht: Jemand versuchte eine weitere Spur zu Lisa zu legen. Wenn es dem Täter nur darum gegangen wäre, sich der Tatwaffe zu entledigen, hätte er sie in dem unwegsamen Gelände einfach verscharren und auf Nimmerwiedersehen verschwinden lassen können. Es musste sich um jemanden handeln, der um Lisas Versteck aus Kindertagen wusste. Es war daher damit zu rechnen, dass die Polizei binnen kurzem einen Hinweis bekommen würde, der sie auf die Hütte in der Au und auf Lisas Verbindung zu diesem Versteck aufmerksam machte. Amadeus überlegte, dem Täter zuvorzukommen, Hagenberg anzurufen, ihm von seinem Fund zu berichten und auf ein besonnenes Vorgehen der ermittelnden Beamten zu vertrauen. Er entschied sich dagegen. Bei vernünftiger Einschätzung war zu befürchten, dass man Lisa festnehmen und vielleicht sogar in Untersuchungshaft behalten werde. Es war bei ihrer in mancher Hinsicht problematischen Persönlichkeitsstruktur nicht vorherzusehen, wie sie unter dem Druck einer massiven Verhörsituation reagieren würde. Obwohl ihm als ausgebildeten Kriminalisten die Vorstellung zuwider war, Spuren zu manipulieren oder gar zu zerstören, sah er keine andere Möglichkeit, als den Hammer zu entfernen und an einer Stelle zu hinterlegen, wo ihn die Polizei finden würde, ohne dass man Lisa damit in Zusammenhang bringen konnte.

Nachdem er mit seinen Überlegungen soweit gekommen war, stand er mit knackenden Knien auf und suchte in den großen Taschen seines Anoraks nach einer zusammengefalteten Plastiktasche, die er meist einstecken hatte. Mit einem Papiertaschentuch hob er die Mordwaffe samt Zeitungspapier aus der Grube und steckte sie behutsam in die Plastiktasche.

Hinter ihm raschelte es leise, wahrscheinlich der Wind oder ein kleiner Waldbewohner, der durch die Blätter huschte. Er achtete nicht darauf.

Die Reaktionszeit auf unklare akustische und visuelle Alarmzeichen beträgt nahezu eine Sekunde. Amadeus wusste das von seiner Polizeiausbildung her. Nicht dass ihm dieses höchst theoretische Wissen im Augenblick genützt hätte. Er sah, wie sich vor ihm ein vager Schatten auf dem Boden abzeichnete, er hörte ein zischendes Geräusch, so als ob jemand den Atem ausstieß, er fühlte einen leichten Luftzug und hatte eine Ahnung von einer rasch näherkommenden Bewegung. Die Zeit reichte, um ihn erkennen zu lassen, dass jemand hinter ihm stand und im Begriff war, ihn anzugreifen. Die Zeit reichte nicht, um irgendeine Abwehrreaktion zu setzen. Der Schlag traf ihn mit voller Wucht am Hinterkopf, dort wo seine Haare bereits begannen schütter zu werden.

Im Falle eines das Bewusstsein auslöschenden traumatischen Angriffes bleibt oft noch ein Sekundenbruchteil, in dem das Opfer deutlich wahrnimmt, was mit ihm geschieht. Auch das hatte der Gerichtsmediziner in der Ausbildung erklärt. Amadeus hatte ihm gelangweilt zugehört, sich gefragt, wozu solches Wissen nützlich sei und versucht, einen tiefen Blick in den Ausschnitt der Kollegin schräg vor ihm zu werfen.

Der Gerichtsmediziner hatte recht gehabt. Amadeus dachte, dass man ihm wahrscheinlich den Schädel eingeschlagen hatte, spürte einen Geschmack wie Eisen in seinem Mund, registrierte einen fast unmerklichen Geruch nach Moschus und sah den dreckigen Boden auf sich zukommen. Den Aufprall spürte er schon nicht mehr. Tiefe Dunkelheit senkte sich über ihn.

Kapitel 28: Damals

Rings um sie war Nacht. Unzählige Sterne schimmerten am Himmel und tauchten die Landschaft in vages Licht. Sie saßen am Rande des Auwaldes und schauten in das Sternenmeer. Amadeus hatte seinen Schulatlas auf den Knien und versuchte die verschiedenen Sternbilder auszumachen. Der Feuerwehrball, der an diesem Abend stattfand, hatte Lisa einen freien Abend verschafft. Der alte Schmied und Amélie hatten sich versöhnt und beschlossen, gemeinsam den Ball zu besuchen. Tante Marie hatte es aufgegeben, sich um Amadeus zu sorgen und war frühzeitig schlafen gegangen. Lisa hatte wahrscheinlich andere Vorstellungen über die Gestaltung dieses Abends gehabt, aber sie wollte Amadeus nicht immer bevormunden, um ihn nicht zu verärgern. Also hatte sie der Exkursion in das Sternenreich zugestimmt. Jetzt legte sie den Kopf auf seine Schultern und ließ sich den Polarstern zeigen.

„Der Polarstern ist am Ende der Deichsel des Kleinen Wagens", erklärte ihr Amadeus. „Man kann auch Kleiner Bär sagen. Ein Stück darunter ist der Große Wagen oder der Große Bär. Siehst du?"

„Die Sterne sind wunderschön, aber ich sehe keinen Wagen und auch keine Bären." Lisa streichelte ihm zärtlich über die Wange. „Du bist lieb, Amadeus."

„Dort unten ist die Jungfrau", Amadeus verglich den Himmel mit seinem Atlas. „Glaube ich jedenfalls."

„Ich bin auch noch Jungfrau", bemerkte Lisa, deren Interesse an der Sternenkunde wenig ausgeprägt war. Sie nahm Amadeus' Kopf zwischen die Hände und küsste ihn.

„Woher weißt du überhaupt, wie das geht, ich meine mit Zunge küssen und so", fragte Amadeus spontan. Diese Frage hatte ihn schon die längste Zeit bewegt.

Sie sah ihn lächelnd an. „Bist du eifersüchtig, Amadeus?"

„Ich frage bloß."

„Man fragt ein Mädchen nicht nach solchen Dingen, sagt die Susi."

Amadeus zuckte mit den Schultern und blätterte in seinem Atlas. „Dann eben nicht."

Sie nahm ihm entschlossen den Atlas weg. „Die Susi hat es mir gezeigt, damit ich es kann, wenn ich einen Jungen richtig küssen will."
„Sie hat es dir erklärt?"
„Nicht nur erklärt. Wir haben gemeinsam geübt."
„Willst du damit sagen, ihr habt euch gegenseitig geküsst, so wie wir eben?", fragte Amadeus empört. „Zwei Mädchen?"
„Ja und? Wenn es Mädchen untereinander machen, zählt es nicht."
„Sagt die Susi", murmelte Amadeus.
„Sagt die Susi", bestätigte Lisa. „Sie hat mir noch ein paar andere Sachen gezeigt, aber die habe ich noch nie mit einem Jungen gemacht. Die Susi sagt, wenn es Mädchen miteinander tun, macht es auch Spaß, bloß, dass es dann eben nicht zählt."
Sie brachte den Atlas in Sicherheit, ehe ihn Amadeus wieder nehmen konnte. „Lass doch das Buch. Kümmere dich lieber um mich. Wer weiß, wann wir wieder Gelegenheit dazu haben."
Amadeus hatte den Eindruck, dass sie daran dachte, einige weitere der Lektionen, die sie von Susi gelernt hatte, an ihm auszuprobieren. Er war verwirrt, weil er nicht genau wusste, was er machen sollte. Also versuchte er es mit Komplimenten. Das war seiner beschränkten Erfahrung nach ein probates Mittel, um Zeit zu gewinnen. „Ich habe dich sehr lieb, Lisa, und du bist wunderhübsch."
Sie seufzte. „Nicht so hübsch wie die Susi. Sie hat ganz große, feste Brüste. Ich glaube, soviel werde ich nie haben." Sie strich über ihr Kleid und sah ihn forschend an. „Willst du sie trotzdem sehen? Willst du mich nackt sehen, Amadeus?" Sie begann langsam ihr Kleid aufzuknöpfen.
Wir wissen nicht, wie sich das weitere Leben der beiden gestaltet hätte, wenn die Dinge ihren Lauf genommen hätten. Vielleicht hätte es auf ihre Zukunft überhaupt keinen Einfluss gehabt, vielleicht wäre auch alles ganz anders gekommen und diese Geschichte hätte nicht so erzählt werden können, wie sie jetzt erzählt wird.
Amadeus sah sie mit stockendem Atem und wildem Herzklopfen an. Ihre großen grauen Augen waren fest auf ihn gerichtet und spiegelten plötzlich ferne

Flammen wider. Ihr Gesicht, ihr Hals, und ihre zarten Brüste wurden von rötlichem Licht übergossen. Es war ein Bild, das sich für immer in Amadeus' Gedächtnis einbrannte, das er nie vergessen würde. Gleichzeitig erfüllte ein Brausen die Luft. Einen Augenblick schien die Zeit stillzustehen, dann stieß Lisa einen Schrei aus und bedeckte sich hastig.

Amadeus sprang auf. „Der Linzerstadel brennt", rief er aufgeregt. Das alte Gebäude stand kaum fünfhundert Meter von ihnen entfernt auf seiner kleinen Anhöhe. War es zunächst in der Dunkelheit kaum mehr als ein undefinierbarer Schatten gewesen, so zeichneten sich jetzt alle Konturen als glühende Linien ab. Eine Flammensäule stieg in den Himmel, rote Funken stoben empor und vermischten sich mit den blassen Sternen.

Lisa hielt ihr Kleid am Hals zusammen und nahm schutzsuchend seine Hand. So standen sie einige Minuten und starrten fasziniert in das lohende Inferno, das sich unweit von ihnen entfaltete.

„Heute ist Feuerwehrball", stieß Amadeus hervor. Als ob das ein Stichwort gewesen wäre, begann die Feuersirene im Ort zu heulen. Laufende Schritte kamen näher. Lisa zog Amadeus in den Schutz der tiefen Schatten am Waldrand zurück. Warum sie das tat, blieb unklar, schließlich hatten sie ja nichts getan, weshalb sie sich verstecken mussten. Vor ihnen zeichnete sich eine Gestalt ab, die vom Ort des Brandes wegrannte. Kaum fünf Meter von ihnen entfernt blieb der Flüchtende stehen und wandte sich um. Einen Augenblick war sein Gesicht im Licht des Feuers deutlich zu sehen. Dann rannte er keuchend weiter, Richtung Dorf, ohne das Paar im Schatten zu bemerken.

„Der Edi Schröcksmüller", sagte Lisa verwundert. „Was macht der hier? Warum rennt er davon?"

Amadeus dachte an das Naheliegende. „Hat er vielleicht gar den Stadel angezündet?"

„Zutrauen würde ich es diesem Idioten schon." Lisa ließ seine Hand los und knöpfte ihr Kleid wieder zu. Schwarze Rauchschwaden zogen über den Nachthimmel und verdeckten die Sterne. „Ich fürchte, heute bekommst du die Jungfrau nicht mehr zu sehen." Lisa war sich der Doppeldeutigkeit dieser Bemerkung durchaus bewusst und lächelte melancholisch.

Geräusche näherten sich: Stimmen, laute Rufe und das Rattern eines Fahrzeuges, wahrscheinlich des Spritzenwagens.

„Hauen wir ab", befahl Lisa. „Ich muss zu Hause sein, bevor der alte Schmied zurückkommt. Wenn er dahinterkommt, dass ich in der Nacht unterwegs war, haut er mich windelweich. Der glaubt immer gleich, ich gebe mich mit Buben ab und mache mit ihnen alle mögliche Sachen."

Am Ortsanfang trennten sie sich, um nicht gemeinsam gesehen zu werden. Amadeus wurde bereits von Tante Maria erwartet, die durch den Lärm aufgewacht war.

„Wo warst du", fragte sie aufgeregt. „Was ist passiert?"

„Der Linzerstadel brennt. Ich habe mir das Feuer angeschaut."

„Um Gottes willen, warst du dort?"

„Aber nein. Ich war ein ganzes Stück weit weg, mit der Lieselotte. Ich habe ihr die Sterne gezeigt."

„Die Sterne gezeigt ... ", wiederholte Tante Maria. „Und was hat sie dir gezeigt?" Sie erwartete nicht wirklich eine Antwort. „Geh schlafen, mein Junge. Morgen werden wir erfahren, was passiert ist."

Am Morgen stellte sich heraus, dass der Linzerstadel trotz der Bemühungen der Feuerwehr bis auf die Grundmauern abgebrannt war. In Wahrheit war niemand besonders traurig darüber, dass dieser bauliche Schandfleck endlich verschwunden war, am wenigsten der Bürgermeister, dessen Abbruchbescheid von den in Deutschland wohnenden Eigentümern erfolgreich beeinsprucht worden war. Einziger Wehrmutstropfen blieb, dass sich einer der Feuerwehrleute schwer verletzt hatte und im Krankenhaus tagelang zwischen Leben und Tod schwebte, ehe er wieder auf die Beine kam.

Die Brandursache konnte nie festgestellt werden, es wurden allerdings auch keine besonderen Nachforschungen in diese Richtung angestellt.

Kapitel 29: Jetzt

Ein aufdringliches Läuten drang in sein Bewusstsein und wurde immer lauter. Langsam kam Amadeus wieder zu sich. Sein Gesicht lag zwischen verdorrten Blättern, die modrig rochen und deren Staub ihn in der Nase kitzelte. Ein heftiges Niesen beförderte ihn ruckartig ins Leben zurück. Er setzte sich auf und blickte sich besorgt um. Er war allein. Das Klingeln verstummte.

Offenbar hatte er keinen gravierenden Schaden abbekommen. Vorsichtig betastete er seinen Kopf. Die dicke Flanellkappe hatte den Schlag erheblich gemildert, alles was er spürte, war eine leichte Beule. Seine Sinnesfunktionen waren abgesehen von einer leichten Benommenheit nicht eingeschränkt.

Er stand langsam auf und blieb einen Augenblick schwankend stehen, weil ihn heftiger Schwindel befiel, der aber rasch vorüberging. Der Inhalt seiner Taschen war vollständig geblieben. Sowohl seine Brieftasche, als auch seine Pistole waren noch da. Der Angreifer hatte weder die Absicht gehabt ihn zu töten, noch ihn zu berauben. Das Loch im Boden war leer, die Plastiktasche mit der Mordwaffe war verschwunden.

Amadeus wankte ins Freie, setzte sich auf einen Baumstamm und zündete sich eine Zigarette an. Sein Handy begann neuerlich zu läuten.

„Wo bist du bloß?", fragte Lisa halb wütend, halb besorgt. „Ich versuche dich jetzt schon eine halbe Stunde zu erreichen. Warum hast du dich nicht gemeldet?"

„Ich bin in der Au, bei deiner alten Hütte. Jemand hat mich auf den Kopf gehaut und eine Zeitlang außer Gefecht gesetzt. Nein, reg dich nicht auf. Mir geht es gut. Nein, komm auf keinen Fall her. Ich bin in einer Stunde zurück. Wir treffen uns bei dir zu Hause, dann erzähl ich dir alles ganz genau."

Amadeus ging in die Hütte zurück, deckte die Grube mit den Brettern zu und schob Laub darüber. Dann lud er seine Pistole durch, entsicherte sie und machte sich auf den Rückweg. Er begegnete keiner Menschenseele und fand genug Zeit, um sich über den Vorfall Gedanken zu machen.

Es bestand für ihn kein Zweifel, dass der Mörder die Tatwaffe in Lisas Versteck deponiert hatte. Er hatte Amadeus dabei ertappt, wie er das Versteckt öffnete.

Wieso er zur Stelle gewesen war, blieb unklar. Amadeus hielt es für möglich, dass ihn der Mörder beobachtet hatte und ihm heimlich gefolgt war. Als er merkte, dass Amadeus Anstalten machte, den Tatgegenstand wegzuschaffen, musste ihm klar geworden sein, dass sein Plan, Lisa zu kompromittieren, fehlgeschlagen war und er beschloss, die Tatwaffe wieder an sich zu bringen. Amadeus ging davon aus, dass der Täter kein Interesse daran gehabt hatte, ihn zu töten, sondern dass er ganz im Gegenteil bestrebt gewesen war, das zu vermeiden. Denn wenn man seine Leiche mit dem Tatwerkzeug gefunden hätte, wären weitere Fragen aufgeworfen worden und Lisa wäre dadurch eher, auch was den Mord an Viehgruber anlangte, entlastet worden. Andererseits konnte der Täter davon ausgehen, dass Amadeus keine Anzeige erstatten werde, um nicht seinerseits Lisa zu belasten. Das setzte allerdings voraus, dass der Mörder im weiteren Bekanntenkreis Lisas zu finden war und um seine Beziehung zu Lisa wusste.

Amadeus erreichte den Waldrand, fand sein Auto unversehrt vor und fuhr in die Ortschaft zurück.

Lisa erwartete ihn bereits und war vor Sorge außer sich. Amadeus berichtete ihr, was geschehen war und genoss es, von ihr mit besorgten Zärtlichkeiten überschüttet zu werden. Er war der Meinung dass er das durchaus verdient hatte. Lisa duldete auch eine Weile, dass er die Situation gründlich ausnützte und ihre Zuwendungen auf recht handgreifliche Art erwiderte. Dann machte sie sich allerdings von ihm frei, weil er, wie sie erklärte, noch sehr schonungsbedürftig sei und sich weder anstrengen noch aufregen dürfe. Amadeus war zwar nicht dieser Meinung, wandte sich aber, weil ihm nichts anderes übrig blieb, wieder praktischen Fragen zu.

„Wer wusste überhaupt von deinem Versteck im Wald?"

„Einige Leute", sagte Lisa zögernd. „Du, die Anna Moser, der alte Schmied, der mich dort entdeckt hat, natürlich auch Amélie, die es vom alten Schmied erfahren hat, Melchior Kasparik, aber der ist ja schon lange tot. Ich kann natürlich nicht ausschließen, dass es einer von denen weitererzählt hat, oder dass jemand zufällig darauf gestoßen ist."

„Wann warst du selber das letzte Mal dort?"

„Ich kann mich gar nicht mehr erinnern, so lange ist das schon her. Nachdem ich mein Versteck ausgeräumt hatte, weil mir der alte Schmied zu Hause eine Werkbank gegeben hat, gab es dort nichts mehr, das mich interessieren konnte."

Erst jetzt begann sie langsam die ganze Tragweite des Vorfalls zu begreifen. „Mein Gott, du bist dem Mörder in die Quere gekommen und der hat es darauf abgesehen, mich in Verdacht zu bringen. Wer könnte das bloß sein?"

Amadeus zögerte, diese spezielle Frage zu stellen, wagte es dann aber doch: „Wusste Ganzbach um das Versteck im Hüttenboden?"

Lisa reagierte erwartungsgemäß abweisend. „Was hast du bloß mit dem Herbert? Du magst ihn bloß nicht, weil du eifersüchtig bist. Das ist alles! Außerdem will er sich mit mir versöhnen. Da wird er mich doch nicht als Mörderin kompromittieren. Ich mache mir über ihn keine Illusionen, aber das trau ich ihm doch nicht zu."

Amadeus schaute skeptisch, verzichtete aber auf eine Antwort.

Schließlich fuhr Lisa fort: „Er wusste davon. Er wusste um das Versteck in der Hütte. Ich habe es ihm erzählt, als wir zusammen waren. Er hat sich allerdings nicht sehr interessiert gezeigt." Lisa runzelte die Stirn. „Ich hatte den Eindruck, dass er die Geschichte von meiner geheimen Werkstatt ohnehin schon kannte."

„Von wem wohl?", murmelte Amadeus. Er gab sich einen Ruck und stand auf. „Ich würde mich gern noch weiter von dir verwöhnen lassen, aber ich muss einige Dinge klären. Die Angelegenheit beginnt sich zuzuspitzen."

„Du kannst jetzt nicht fortgehen", protestierte Lisa, „du, in deinem angeschlagenen Zustand." Sie streichelte zärtlich über die Beule auf seinem Kopf. Amadeus küsste sie herzhaft auf den Mund, blieb aber standhaft und begab sich auf der Stelle in den ‚Ochsen'.

„Ist der Herr Chefinspektor noch im Haus?", fragte er den Wirt und bestellte ein Bier.

„Er steht direkt hinter dir", sagte Hagenberg. „Darf ich mich zu dir setzen?" Er nahm unaufgefordert Platz. „Bist du noch immer schlecht auf mich zu sprechen?"

„Darauf kannst du Gift nehmen. Sag einmal, was fällt dir ein, die arme Charlotte so zu malträtieren?"

„Sie kann sich ganz gut wehren."

„Und sie hat mit diesen Mordfällen nichts zu tun. Geht das nicht in deinen Schädel? Abgesehen davon, dass du unschuldige Bürger belästigst, hast du schon etwas herausgefunden? Gibt es etwas Neues?"

„Vielleicht. Sagt dir der Name Susanna Jehlik etwas?"

„Das ist eine Freundin von Charlotte. Sie stammt aus Grafenhotter und lebt jetzt in Krems, wo sie ein Geschäft hat."

„Was du nicht sagst. Wusstest du auch, dass sie seinerzeit mit Kasparik gegangen ist? Kurz vor seinem Verschwinden?"

„Ich habe so etwas gehört. Woher hast du diese Information?"

„Unser vortrefflicher Postenkommandant hat es mir verraten. Du hast nicht zufällig in letzter Zeit mit ihr gesprochen?"

„Vor ein paar Tagen, aber es war wirklich nur zufällig."

„Amadeus", sagte Hagenberg leise, „nimm dich bloß in Acht. Komm mir nicht in die Quere und versuche ja nicht, Spuren zu verwischen."

„Wie käme ich dazu! Die Morde sind deine Sache. Ich habe andere Interessen."

„Ach ja, diese Schatzgeschichte. Ich fürchte bloß, die lässt sich von den Mordfällen nicht abkoppeln." Er betrachtete Amadeus nachdenklich. „Weil du mir gegenüber so absolut ehrlich und aufrichtig bist, verrate ich dir auch etwas." Der Sarkasmus war nicht zu überhören. Er griff in die Tasche und zog einige lose Papierblätter hervor, die er Amadeus zuschob.

Amadeus nahm sie vorsichtig auf und studierte sie mit zunehmendem Interesse. „Was ist das?"

„Eine Aufstellung von Wertgegenständen, die 1645 nach Grafenhotter verbracht worden sein sollen, um sie vor den heranrückenden Schweden in Sicherheit zu bringen. Seither sind sie verschollen."

Amadeus starrte Hagenberg an. „Woher hast du das?"

„Aus dem Diözesanarchiv. Nicht nur dein Freund Wizzig kann dort recherchieren. Das kann die Polizei auch, und mit Erfolg, wie du siehst. Schau dir die angeschlossene Liste an." Amadeus nahm die nächsten Blätter in Augenschein.

„Die markierten Gegenstände wurden von dem Antiquitätenhändler Viehgruber vor fast fünfundzwanzig Jahren verkauft", setzte Hagenberg fort. „Sie stimmen mit den Gegenständen aus der Aufstellung aus dem Diözesanarchiv überein. Es kann als gesichert angesehen werden, dass die Viehgrubers, der verstorbene Antiquitätenhändler und der erst unlängst so tragisch verblichene Schuldirektor, einen Teil des verschollenen Kirchenschatzes verhökert haben. Du hast mit deiner diesbezüglichen Vermutung völlig recht gehabt. Ein nicht unerheblicher Teil ist allerdings noch immer verschwunden."

Amadeus war fassungslos. „Warum erzählst du mir das? Warum gibst du mir diese Listen?"

„Damit du weitersuchst. Ich müsste mich sehr täuschen, wenn du nicht bereits eine Ahnung hättest, wo du suchen musst. Ich bin schon neugierig, wen du damit aufscheuchst. Du solltest bloß Acht geben, damit dir niemand den Schädel einschlägt." Hagenberg nickte Amadeus freundlich zu und entfernte sich.

Amadeus rieb die Beule auf seinem Kopf und murmelte: „Du alter Fuchs, du verdammter alter Fuchs." Er suchte in seinen Taschen nach dem Firmenprospekt den ihm Susi gegeben hatte, vergewisserte sich, dass niemand in seiner Nähe neugierig die Ohren spitzte und wählte ihre Nummer.

„Hallo, Susi. Hier ist Amadeus. Wo bist du? In Grafenhotter? Bei der Anna? Nein, ich grinse überhaupt nicht süffisant. Warum sollte ich? Hör zu Susi! Ich habe doch noch eine Frage an dich. Bitte versuche dich zu erinnern, es ist wichtig. Hast du etwas von einem Versteck gewusst, dass sich Lisa seinerzeit, wie wir Kinder waren, in einer Hütte in der Au eingerichtet hatte? Aha; die Anna hat es dir unter dem Siegel der Verschwiegenheit anvertraut. Hast du Herbert Ganzbach, wie du damals mit ihm gegangen bist, etwas über dieses Versteck weitererzählt? Was heißt möglicherweise? Kannst du dich nicht genauer erinnern? Ja, ich weiß, dass das fünfundzwanzig Jahre her ist. Also schön, etwas anderes: Hast du ihm auch etwas über den Streich verraten, den ihr Melchior spielen wolltet? Ich weiß, dass du keine bist, die Geheimnisse weitererzählt;

natürlich weiß ich das. Es kann ja sein, dass du bloß unbeabsichtigt eine Äußerung gemacht hast. Was heißt ‚vielleicht'? Ja oder nein? Bitte, Susi! Du meinst, du kannst es nicht ausschließen? Wirklich, du redest wie ein Anwalt um die Sache herum! Also gut, dann begnüge ich mich mit einem ‚wahrscheinlich'. Danke für die Auskunft und lass Anna von mir grüßen. Ja, ich lass die Lisa auch schön von dir grüßen."

Amadeus wollte sein Handy wegstecken, als es zu läuten begann. Er kannte die Nummer, die am Display aufschien, nicht. „Amadeus Heinrich, ja bitte?"

„Amélie Schmied ist hier. Ich würde Sie gern sprechen. Sie wissen schon: In der bewussten Angelegenheit."

Amadeus ließ sich seine Überraschung nicht anmerken. „Natürlich, Frau Schmied. Wenn es recht ist, suche ich Sie morgen Vormittag auf; um zehn Uhr?"
Es war ihr recht. Amadeus ließ sich die genaue Adresse geben.

Es kommt Bewegung in die Sache, dachte er. Die Dinge entwickelten sich ganz nach meiner Vorstellung. Das taten sie tatsächlich, auf eine höchst erfreuliche Weise, wie sich herausstellte.

Als er nach Hause kam, war Lisa bereits zu Bett gegangen, hatte jedoch die Tür zu ihrem Zimmer halb offen stehen lassen. Er klopfte vorsichtig an und schaute ins Zimmer.

„Du hast dir Zeit gelassen", sagte Lisa vorwurfsvoll und legte das Buch, in dem sie gelesen hatte, beiseite. „Komm herein und erzähl mir, was du getrieben hast."

Sie rückte beiseite und klopfte auf die Bettkante. Amadeus setzte sich und küsste sie auf den Mund. Sie erwiderte den Kuss unbefangen und zärtlich.

„Ich habe Hagenberg ausgehorcht, oder er mich, so genau kann man das nicht sagen. Ach ja, die Amélie will mich morgen sprechen."

„Was du nicht sagst." Lisa kam unter der Decke hervor und setzte sich auf. Sie trug ein schwarzes Nachthemd, das an strategisch wichtigen Stellen von Spitzen durchbrochen war. Ihre Brustwarzen waren unter dem filigranen Gespinst deutlich zu sehen. Amadeus verschlug es den Atem. Lisa tat, als ob sie seine Verwirrung nicht bemerkte. Sie beugte sich zur Seite und drehte einen Knopf, um das Licht der Nachttischlampe zu dämpfen. Dabei glitt der Träger ihres

Nachthemdes von der Schulter und gab eine ihrer Brüste frei. Sie tat, als ob sie auch das nicht bemerkt hätte. Es ist zwar wahrscheinlich, dass sie diesen Effekt sorgfältig einstudiert hatte, aber darauf kam es nicht an und es war Amadeus auch herzlich egal. Er beugte sich neuerlich über sie, küsste ihre Brust und zog ihr behutsam das Hemdchen über den Kopf..

„Aber Amadeus", sagte sie und heuchelte Erstaunen. „Was machst du da, was hast du vor?"

„Etwas, das ich mir wünsche, seit ich dich kenne."

„Nein das stimmt nicht. Am Anfang hast du an so etwas nicht im Traum gedacht. Sei ehrlich! Seit wann wünscht du dir, mich am ganzen Körper abzuküssen, so wie du es jetzt machst?"

Er war aufrichtig. „Das erstemal bin ich auf den Gedanken gekommen, wie der Linzerstadel gebrannt hat. Damals, wie du mir deine Brust gezeigt hast. Erinnerst du dich?"

„Ich glaube schon. Und warum hast du dir so lange Zeit gelassen, es zu tun?"

„Damals hätte ich mich das nie getraut und später hast du ja nicht mehr zurückgeschrieben."

„Rede dich nicht aus. Du hättest schon viel früher zurückkommen können, ohne dass ich dir schreiben hätte müssen. Du hast mich ganz einfach vergessen. Aber jetzt werde ich dafür sorgen, dass du mich nie mehr vergisst. Sie begann ihn ohne jede Hast auszuziehen, wobei ihn ihre großen grauen Augen festhielten. „Komm zu mir unter die Decke", sagte sie schließlich und warf seine Unterhose schwungvoll in eine Ecke des Zimmers. „Du hast eine Menge nachzuholen."

Man kann in einer Stunde natürlich nicht nachholen, was man jahrelang versäumt hat, aber Lisa war von seinen Bemühungen, es dennoch zu versuchen, mehr als angetan. Wenn sie eine Katze gewesen wäre, hätte sie laut geschnurrt, als sie verschwitzt neben ihm lag und seine Hand fest umklammert hielt.

„Wie geht es dir?", fragte Amadeus schließlich leise und ließ seine Hand sanft über ihre Hüften gleiten.

„Wie soll es mir schon gehen, wenn du mich links liegen lässt?"

„Lisa", sagte Amadeus leicht verstört, „ich habe dich geliebt, wie ich noch nie eine Frau geliebt habe. Da kann man wohl nicht von links liegen lassen sprechen."

„Und ob. Du hast es eben wie behext mit der Lotte getrieben, so dass dieses geile Ding vor Vergnügen gequietscht hat."

„Mit wem spreche ich gerade?", fragte Amadeus etwas stärker verstört.

„Mit der Lisa natürlich. Die Lotte schläft schon und ist restlos glücklich. Aber was ist mit mir? Hast du überhaupt noch genug Kraft, um dich auch mit mir abzugeben?"

„Darauf kannst du wetten. Soll ich es dir beweisen?"

„Das sollst du unbedingt. Komm her zu mir. Ich werde dir Dinge zeigen, von denen die Lotte noch nicht einmal gehört hat!"

Kapitel 30: Damals

Amadeus keuchte durch den Auwald. Vor ihm eilte Lisa mit beschwingten Schritten dahin. Amadeus trug einen Sack auf den Schultern, in dem sich Metallabfälle und Blechstücke aus der Schmiede befanden, die Lisa für ihre geheime Werkstatt beiseitegeschafft hatte. Sie hatte ihm angeboten, die Last zu teilen, aber Amadeus hatte sich bemüßigt gefühlt, den Kavalier zu spielen und darauf bestanden, den Sack allein zu tragen. Das tat ihm jetzt schon herzlich leid.

Er tat auch Lisa leid, die zwar dünner, aber wahrscheinlich kräftiger war, als er. „Kannst du noch, Amadeus?", fragte sie besorgt. „Soll ich dich nicht doch ablösen?"

„Kein Problem", versicherte er. „Ich mache nur eine kleine Pause." Er ließ den Sack auf den Boden plumpsen. Ein langes scharfkantiges Blechstück fiel heraus. Amadeus wollte sich bücken, um es wieder einzusammeln, als Schritte ertönten. Um die Biegung des schmalen Waldweges kam Ganzbach und blieb überrascht stehen.

„Ja, wen haben wir denn da?", fragte er. „Wenn das nicht die Lieselotte ist. Was macht ein kleines Mädchen so allein im Wald? Hast du gar keine Angst vor dem bösen Wolf?"

Er ignorierte Amadeus völlig, so als ob dieser gar nicht anwesend wäre.

„Ich bin kein kleines Mädchen", antwortete Lisa. „Und der böse Wolf macht mir auch keine Angst. Geh uns aus dem Weg."

„Nein, du bist kein kleines Mädchen mehr. Du bist schon eine richtige kleine Frau. Eine niedliche kleine Frau." Er streckte die Hand aus und versuchte, sie über den Kopf zu streicheln. Lisa wich zurück, Ganzbach kam ihr nach.

„Lass die Lisa in Ruhe!", brüllte Amadeus. „Lass sie sofort in Ruhe oder ... !"

Ganzbach nahm ihn jetzt doch zur Kenntnis. „Halts Maul, du dummer Bub", sagte er grob. „Willst du bei mir den harten Mann spielen? Wenn du mir blöd kommst, leg ich dich übers Knie."

„Rühr den Amadeus ja nicht an!", schrie Lisa.

„Warum bist du denn so widerspenstig?", fragte Ganzbach und lächelte freundlich. „Ich glaube, du brauchst nur jemanden, der dich zähmt, liebe kleine Lieselotte."

Er kam nicht weiter, weil Amadeus überraschend angriff und sich gegen ihn warf. Ganzbach geriet ins Schwanken und stieß Amadeus zu Boden. „Jetzt reicht es mir aber", fauchte er. „Jetzt hast du dir eine gründliche Abreibung verdient." Er machte Anstalten, seine Drohung in die Tat umzusetzen.

Das hätte er nicht tun sollen. Lisas Beschützerinstinkt brach mit aller Gewalt durch. Sie kreischte wie verrückt auf, schnappte sich das Blechstück, das am Boden lag, und versuchte es Ganzbach mit der scharfen Kante übers Gesicht zu schlagen.

Ganzbach wich zurück und brachte sich vor dem tobenden Mädchen in Sicherheit. „Ist schon gut, Lieselotte", versuchte er sie zu beruhigen. „Ich tu dem Kleinen schon nichts. So beruhige dich doch."

Lisa verstummte und sah ihn wachsam an. Das Blechstück mit seiner gefährlichen Schärfe hielt sie wie ein japanischer Schwertkämpfer mit beiden Händen senkrecht vor der Brust. „Amadeus ist mein Freund", sagte sie laut und deutlich. „Mit dir will ich nichts zu tun haben. Hau ab, Herbert!"

Ganzbach hielt es für angezeigt sich zurückzuziehen. „Ist schon gut, Lieselotte. Du wirst sehen, eines Tages kommen wir zwei doch noch zusammen und es wird dir gefallen." Er warf ihr eine Kusshand zu.

„Niemals", zischte Lisa.

„Ich krieg dich, Ganzbach, eines Tages krieg ich dich", sagte Amadeus in hilflosem Zorn. Tränen traten ihm in die Augen. „Egal wie lange es dauert."

Ganzbach würdigte ihn keiner Antwort und entfernte sich. Amadeus ahnte nicht, wie lange es wirklich dauern sollte, bis er seine Drohung wahrmachen konnte.

Als Ganzbach verschwunden war, nahm Lisa Amadeus in den Arm. Er wollte sie von sich schieben. „Jetzt sei nicht dumm", flüsterte Lisa. „Ich habe so etwas Tapferes überhaupt noch nicht gesehen. Du bist einen Kerl angegangen, der viel größer und stärker ist als du, nur um mich zu beschützen. Lieber, lieber Amadeus. Komm, küss mich!"

Amadeus entspannte sich langsam und wischte sich heimlich über die Augen. Er ließ sich von ihr küssen und begann ihre Zärtlichkeiten zu erwidern. Seine Hände glitten über ihren mageren Körper, er konnte jede Rippe spüren. Schließlich verirrte sich seine Hand und kam auf ihrer Brust zu liegen. Sie zuckte leicht zusammen. Sofort nahm Amadeus seine Hand weg. „Entschuldige", sagte er verlegen. Lisa seufzte leicht. „Wofür denn? Du brauchst dich nicht entschuldigen, Amadeus, wirklich nicht. Aber wir können nicht hier mitten am Weg herumknutschen. Es könnte jemand kommen. Warte, bis wir in der Hütte sind. Das letzte Stück trage ich den Sack. Nein, keine Widerrede, komm schon."

Bald darauf hatten sie die Hütte erreicht. Amadeus beobachtete, wie Lisa ihre Schätze in die Grube am Boden räumte.

„Da ist er ja", sagte sie plötzlich und hielt einen Spitzhammer in die Höhe. „Ich hätte schwören können, dass er unlängst nicht mehr da war. Wo kommt denn der auf einmal wieder her?"

Sie schüttelte den Kopf und legte die Bretter wieder über die Erdlöcher. Das dünne Kleidchen spannte sich über ihrem Gesäß. Amadeus schluckte. Er streckte die Hand aus, um sie zu berühren, als leise aber deutlich die Kirchenuhr zu hören war.

Lisa sprang auf. „So spät ist es schon? Jetzt wird es aber Zeit, sonst macht der alte Schmied wieder ein Theater. Komm schon!"

Wenig später rannten sie Hand in Hand den Weg wieder zurück. Amadeus hatte das undeutliche Gefühl, dass er eine einmalige Gelegenheit verpasst hatte.

Kapitel 31: Jetzt, Donnerstag

Amadeus glitt aus einem tiefen traumlosen Schlaf in die Wirklichkeit zurück. Er sah sich um. Das Bett neben ihm war leer. Enttäuscht rappelte er sich auf, zog einen Morgenmantel an, der über einem Sessel hing, und machte sich auf den Weg in die Küche. Lisa bestrich eine Semmel mit Honig und sang leise vor sich hin. „Da bist du ja", sagte sie fröhlich. „Ich wollte dich nicht wecken, weil du so gut geschlafen hast. Hübsch schaust du aus in meinem Morgenmantel."

Sie selber trug auch nichts anderes, als einen Morgenmantel, denjenigen, der oben züchtig geschlossen war und unten ziemlich viel von ihren Beinen sehen ließ. Amadeus küsste sie lang und zärtlich. Sie hielt bereitwillig still, streckte aber beide Hände von sich. „Vorsicht", sagte sie. „Ich bin ganz klebrig vom Honig."

Er nahm ihre Hände und begann sorgfältig ihre Finger abzulecken. Sie schüttelte den Kopf. „Was soll denn das wieder werden?" Eine Hand, noch immer ein wenig klebrig vom Honig, glitt forschend unter seinen Mantel. „Das ist doch nicht zu glauben", sagte sie mit gespielter Überraschung. „Du hast es gestern Nacht mit zwei Mädchen getrieben und jetzt hast du noch immer nicht genug?"

Man kann nicht sagen, dass Amadeus um besondere Selbstbeherrschung bemüht war. Er öffnete hastig den Gürtel ihres Mantels und tat mit viel Hingabe, was sie ihm willig gewährte. Als sie sich schweratmend voneinander lösten, fragte Lisa heuchlerisch: „Am frühen Morgen? Noch vor dem Frühstück? In der Küche? Am Küchentisch? Sag einmal, schämst du dich überhaupt nicht?"

„Nein", bekannte Amadeus und küsste ihren Halsansatz, „und du?"

„Ich sicher nicht. Bloß mit der Lotte hättest du das nicht machen können. Die hat es lieber romantisch. Wenn du der so gekommen wärst, wie eben mir, hätte sie dir wahrscheinlich eine geschmiert. Sei froh, dass sie noch schläft. So und jetzt setz dich artig hin. Ich habe nämlich furchtbaren Hunger."

Nach dem Frühstück rüstete sich Amadeus zum Aufbruch. „Wo willst du hin?", erkundigte sich Lisa enttäuscht. „Du könntest auch zu Hause bleiben und warten, bis die Lotte wach wird. Ich glaube, das dumme Schaf ist ganz verrückt nach dir."

„Das würde ich ja gerne, aber ich habe eine Verabredung mit deiner Stiefmutter. Sie hat mich um eine Aussprache gebeten. Das habe ich dir doch erzählt, wie ich gestern nach Hause gekommen bin."

Lisa runzelte die Stirn. „Hast du das? Ich fürchte, ich habe gestern Abend andere Dinge im Kopf gehabt und nicht richtig zugehört. Die Amélie! Oh je! Da wirst du wahrscheinlich Dinge über mich hören, die dir gar nicht gefallen werden."

„Ich werde kein Wort davon glauben."

Lisa seufzte. „Das meiste wird aber trotzdem stimmen. Ich liebe dich, Amadeus, denk immer daran und komm bald zu uns zurück. Zu deiner Lisa und meinetwegen auch zur Lotte. Wir warten auf dich."

Amadeus erreichte kurz vor zehn Uhr die Nachbarortschaft, in der Amélie wohnte. Ihr Haus machte einen gepflegten, aber düsteren Eindruck. Sie öffnete sofort als er läutete. Amélie war wie immer schwarz gekleidet und lächelte freudlos. „Sie sind überpünktlich, Herr Heinrich. Kommen Sie herein." Sie führte ihn ins Wohnzimmer, wo es nach Möbelpolitur und Mottenkugeln roch. „Darf ich Ihnen etwas anbieten?"

„Kaffee wäre gut", sagte Amadeus automatisch. Sie nickte, als ob sie nichts anderes erwartet hätte, schraubte eine Thermoskanne auf und schenkte Amadeus eine Tasse ein. Der Kaffe schmeckte schal, ein wenig nach Malz.

„Wie geht es Ihnen und Lieselotte?"

„Danke, recht gut." Amadeus verhielt sich abwartend.

„Seid ihr jetzt endlich ein richtiges Liebespaar?"

Amadeus war über diese unverblümte Frage verblüfft und gab bloß unverbindliche Geräusche von sich.

„Natürlich seid ihr das. Die Lieselotte ist ein berechnendes Ding. Die hat es von Anfang an darauf angelegt gehabt, Ihnen den Kopf zu verdrehen."

„Und wenn schon. Ich halte sie nicht für berechnend." Amadeus war entschlossen, sich nicht provozieren zu lassen.

„Nein, Sie halten sie für den reinsten Engel. Das ist sie nicht, glauben Sie mir. Wissen Sie woran meine Ehe gescheitert ist? Sie hat einen günstigen Augenblick abgewartet, dann hat sie meinen Mann gegen mich aufgehetzt und ihn glauben gemacht, ich betrüge ihn. Das hat sie wirklich geschickt gemacht."

„Und waren Sie unschuldig?", fragte Amadeus sanft.

Amélie lachte bitter. „Das ist ja die Ironie an der Sache. Ich war meinem Mann nicht immer treu, aber damals war ich wirklich unschuldig. Trotzdem hat es Ihre Lieselotte so geschickt hingedreht, dass mich mein Mann hinausgeschmissen hat. Dann hat sie ihn mit seinem Geschäft für sich allein gehabt. Sie hat ihn um den Finger gewickelt, bis er ihr schließlich alles vermacht hat."

„Warum erzählen Sie mir das? Haben Sie mich deswegen herkommen lassen?"

„Ich will bloß, dass Sie sich über die liebe Lieselotte keine Illusionen machen. Wissen Sie eigentlich, warum Sie aufgehört hat, Ihnen zu schreiben? In diesem Jahr hat Sie – wie soll ich sagen – die Freuden der Sexualität entdeckt. Warum schauen Sie so betreten? Ist es Ihnen unangenehm, wenn ich so über Ihre romantische Jugendliebe spreche? Die Lieselotte und ihre Freundin Jehlik, dieses Luder, haben es damals ziemlich wild getrieben mit den Burschen. Soll ich Ihnen Namen nennen? Ein paar kennen Sie, glaube ich. Einer von ihnen war Ganzbach. Er hat Ihre Lieselotte ins Bett bekommen, bereits ein paar Monate, nachdem Sie uns verlassen hatten. Wussten Sie das? Obwohl ihr euch wahrscheinlich ewige Treue geschworen hattet?" Amélie sah ihn mit abwartender Bosheit an. Amadeus reagierte nicht. „Ich nehme an, zu der Zeit hat Lieselotte auch den Kontakt zu Ihnen abgebrochen", fuhr Amélie schließlich fort. „Ja, ja, sentimentale Erinnerungen an eine erste Liebe sind eine Sache, die Lebensrealität schaut meistens anders aus. Aber ich nehme an, das wissen Sie ohnehin schon."

Amadeus stand auf. „Danke für den Kaffee", sagte er beherrscht und wandte sich zum Gehen.

„Warten Sie. Jetzt ist Herbert Ganzbach wieder aufgetaucht. Wie lange, glauben Sie, wird es dauern, bis Lieselotte wieder etwas mit ihm anfängt? Nicht sehr lange, schätze ich. Sie hatte schon immer eine unheimliche Schwäche für ihn, obwohl er sie gelegentlich verprügelt hat, wie sie etliche Jahre später mit ihm zusammengelebt hat. Vielleicht hängt sie ja auch gerade deswegen so an ihm. Sie braucht eben jemanden, der sie so behandelt, wie es der alte Schmied früher getan hat. Wahrscheinlich prägt das ein kleines Mädchen."

Amélie kicherte boshaft. Schweigend ging Amadeus zur Tür.

„Aber ich kann Ihnen etwas erzählen, das Ihre Probleme wenigstens vorübergehend lösen wird. Deswegen habe ich Sie eigentlich herkommen lassen."

Amadeus blieb stehen.

„Ich kann Ihnen sagen, wer seinerzeit den Melchior Kasparik und jetzt den Viehgruber umgebracht hat."

Amadeus kehrte an seinen Platz zurück und setzte sich wieder. Er betrachtete voller Abscheu die verbitterte, boshafte Frau und den scheußlichen Kaffee in seiner Tasse. „Reden Sie!", forderte er kurz.

„Sie können es sich wahrscheinlich ohnehin denken. Es war der Ganzbach."

Amadeus zog die Augenbrauen hoch und schwieg.

„Damals, in diesem Sommer, in dem Sie bei uns waren, hatte ich ein Verhältnis mit einem gewissen Georg Maier", fuhr Amélie ohne Verlegenheit fort. „Maier, Viehgruber und Ganzbach waren befreundet und haben zufällig eine Entdeckung gemacht, von der sie sich viel Geld versprochen haben."

„Welche Entdeckung?"

„Das tut nichts zur Sache."

„Dann will ich Ihnen weiterhelfen: Sie haben in der Krypta der Kirche einen Schatz entdeckt, der seit Jahrhunderten verschollen war. Sie haben beschlossen, diese Wertsachen über einen Cousin des Viehgruber in Wien zu verkaufen."

„Ah! Das wissen Sie? Vielleicht sind Sie ja wirklich so ein tüchtiger Detektiv, wie man sich erzählt. Die Lieselotte hat schon gewusst, warum sie sich Ihre Hilfe gesichert hat."

„Weiter", knurrte Amadeus.

„Es war Zufall, dass die drei den Schatz gefunden haben. Die Steinplatte vor dem Versteck hatte sich gelöst und war einfach heruntergefallen. Sie hatten bloß einen Ort gesucht, wo sie ungestört ihren amourösen Abenteuern nachgehen konnten. Dabei sind sie auch auf die Krypta verfallen und haben sich dort umgesehen. Melchior Kasparik ist bloß durch Zufall dazugekommen. Er ist heimlich in der Krypta herumgeschlichen und hat die drei dabei ertappt, wie sie die Wertsachen fortschaffen wollten. Ich habe keine Ahnung, warum Kasparik dort unten war und wie er hineingekommen ist. Ich nehme an, Lieselotte hat ihm einmal gezeigt, wie er hineinkommen kann. Dieses gestörte Mädchen hat damals ja überall herumgeschnüffelt. Vielleicht wollte er dieses Abenteuer allein wiederholen; ich weiß es nicht. Jedenfalls hat er dann ein paar Tage später von Viehgruber eine Menge Geld verlangt, damit er den Mund hält. Maier und Viehgruber wollten zahlen, Ganzbach war das nicht recht. Er hat zufällig herausbekommen, dass ein paar Mädels Melchior einen Streich spielen und ihn im alten Herrenhaus einsperren wollten. Er hat die Gelegenheit beim Schopf ergriffen, Melchior dort aufgelauert und erschlagen. Maier und Viehgruber waren darüber ziemlich entsetzt, aber es ist ihnen nichts anderes übriggeblieben, als den Mund zu halten. Das alles hat mir der Maier erzählt, kurz bevor er verunglückt ist."

„Warum haben Sie bis jetzt geschwiegen?"

„Warum hätte ich etwas sagen sollen? Etwa um mich als Ehebrecherin zu bekennen? Oder um mich selbst als Mitwisserin einer Straftat zu bezichtigen? Oder um vielleicht auch erschlagen zu werden? Von Ganzbach oder von meinem Mann, dem alten Schmied?"

„Sind Sie jetzt bereit, diese Aussage vor der Polizei zu wiederholen?"

„Natürlich nicht. Da hätte ich ja gleich zur Polizei gehen können. Ich will in nichts hineingezogen werden. Ich erzähle es nur Ihnen, weil ich glaube, dass Sie Ganzbach ans Messer liefern können. Das wäre auch in Ihrem Interesse. Damit können Sie jeden Verdacht von Lieselotte abwenden und andererseits werden Sie auf elegante Weise einen Nebenbuhler los, der Sie sonst über kurz oder lang bei der Lieselotte ausstechen wird, wieder einmal. Ich bin überzeugt, dass Sie das schaffen können."

„Welches Interesse haben Sie daran?"

„Ist das nicht klar? Ganzbach dreht durch. Jetzt hat er auch Viehgruber umgebracht. Er glaubt, dass nur noch ich über die Schatzgeschichte Bescheid weiß. Ich habe keine Lust, mir den Schädel einschlagen zu lassen. Ich habe einfach Angst, es könne mir wie Viehgruber ergehen."

„Ich weiß, dass seinerzeit nur ein Teil des Schatzes zu Geld gemacht wurde. Wissen Sie, wo der Rest geblieben ist?"

„Ach so ist das. Nein, ich wusste nicht, das noch etwas da ist. Damit ist die Sache ja ganz klar. Ganzbach hat den Viehgruber erschlagen, damit er den Rest des Schatzes für sich allein haben kann."

„Können Sie mir noch etwas erzählen, das mir weiterhilft?"

„Ich denke, das war genug. Lassen Sie die engelsgleiche Lieselotte schön von mir grüßen." Die Frau kicherte.

Amadeus nickte kurz und verließ grußlos das Haus. Bei seinem Auto blieb er stehen und spuckte ein paarmal aus, um den schalen Geschmack in seinem Mund los zu werden. Dann zündete er sich eine Zigarette an und dachte lange und angestrengt nach.

Als er nach Hause, besser gesagt in Lisas Haus kam, stand sie in ihrer Werkstatt und hämmerte entschlossen auf einem glühenden Eisenstab herum. Sie unterbrach ihre Arbeit und nahm die Schutzbrille ab. Rote Streifen zogen sich über ihre Schläfen. Sie wirkte bedrückt. „Nun, hast du etwas erfahren?"

„Nichts, was ich nicht schon wusste, oder zumindest vermutet hätte." Er küsste sie flüchtig. Sie schmeckte nach Rauch und Salz.

„Ich nehme an, sie hat dir viel über mich erzählen können. Zum Beispiel, was ich gemacht habe, nachdem du wieder nach Hause gefahren warst?"

„Wir waren damals fast noch Kinder."

„Du warst fast noch ein Kind, ich schon nicht mehr. Das war wahrscheinlich das Problem." Sie seufzte.

„Lisa, was damals vor so vielen Jahren geschehen ist, ist ohne Bedeutung."

Es war nicht ohne Bedeutung, das wussten sie beide, so unvernünftig das auch sein mochte. Schweigen breitete sich zwischen ihnen aus.

Amadeus versuchte die Spannung zu durchbrechen. Er nahm einen verschnörkelten schmiedeeisernen Schlüssel, der auf der Werkbank lag. „Hübsch; was ist das?"

„Der Schlüssel zur Herrengruft. Die Potzhuber hat ihn vorbeigebracht. Sie ist fix und fertig, wegen dem, was Viehgruber zugestoßen ist, aber sie meint, das Leben geht weiter. Ich werde also demnächst mit der Renovierung beginnen, damit ich es hinter mir habe."

Amadeus zündete sich eine Zigarette an und starrte eine Weile schweigend in das Schmiedefeuer. Dann gab er sich einen Ruck. „Borgst du mir den Schlüssel? Ich möchte etwas überprüfen."

Sie zuckte mit den Schultern. „Meinetwegen. Was hast du vor, Amadeus?"

„Das erzähl ich dir am Abend. Dann können wir reden, jetzt habe ich zu tun. Er nickte ihr zu, ohne sie zum Abschied zu küssen, und eilte davon. Sie sah ihm nach, während ihr Tränen in die Augen traten und lautlos die Wangen hinunterrannen.

Amadeus, von frischem Tatendrang erfüllt, begab sich auf die Polizeidienststelle, wo er zum Glück Schröcksmüller antraf.

„Ich muss mit dir reden, Edi. Ich brauche deine Hilfe."

„Was willst du denn?"

„Du sollst mir den Zeugen machen, sozusagen als Amtsperson."

Schröcksmüller war schlecht aufgelegt; außerdem mochte er Amadeus nicht besonders. „Wie käme ich dazu?"

„Weil wir gute Freunde sind."

„Nicht dass ich wüsste."

„Du tust mir unrecht", sagte Amadeus beleidigt. „Ich bin wirklich dein guter Freund. Ich habe ja auch nicht verraten, dass du seinerzeit den Linzerstadel angezündet hast."

Schröcksmüller fuhr zurück. „Was redest du da?"

„Komm schon. Ich habe dich gesehen, die Lieselotte übrigens auch, sie kann es bezeugen. Ist damals nicht auch ein Feuerwehrmann fast gestorben?"

„Das ist Verleumdung", zeterte Schröcksmüller. „Verleumdung ist eine Straftat. Nimm dich bloß in Acht, Heinrich. Willst du mich vielleicht erpressen?"

„Aber nein. Ich will nur eine kleine Gefälligkeit von dir. Es wird keine Probleme geben, das verspreche ich dir. Vertrau mir!"

Schröcksmüller lenkte ein. „Das stimmt alles nicht, was du vermutest. Aber ich trage dir nichts nach und ich bin auch nicht ungefällig. Was soll ich also für dich tun?"

„Komm einfach mit."

„Was wollen wir auf dem Friedhof", fragte Schröcksmüller, der leise murrend neben Amadeus hergetrabt war. „Was willst du in der Gruft? Wo hast du den Schlüssel her?"

„Ganz ordnungsgemäß ausgeborgt, es hat alles seine Richtigkeit. Ich habe dir doch versprochen, dass es keine Probleme geben wird. Dort geht es hinunter."

„Zu den Särgen? Da gehe ich sicher nicht hinunter."

„Bitte, Edi", sagte Amadeus geduldig. „Jetzt bist du schon so weit gegangen, da kommt es auf die paar Stufen auch nicht mehr an."

Maulend kletterte Schröcksmüller hinunter. Amadeus leuchtete mit einer Taschenlampe. In dem unterirdischen Raum, der dieselben Ausmaße hatte, wie die Kapelle oben, standen vier steinerne Särge. Amadeus betrachtete sie genau im Licht der Taschenlampe. Bei einem lag der steinerne Deckel etwas schief. „Das könnte er sein", murmelte Amadeus und stemmte sich gegen den Deckel. „Komm schon her und hilf mir!"

„Bist du wahnsinnig?", schrie Schröcksmüller. „Du kannst doch keinen Sarg aufmachen. Das ist Störung der Totenruhe nach § ..." Der Paragraph wollte ihm nicht einfallen.

„Wir werden nicht darüber reden", keuchte Amadeus. „Genauso wenig wie wir über Brandstiftung reden werden. Komm schon!"

Gemeinsam stemmten sie den Deckel zur Seite, ein wenig zu weit, so dass er polternd zu Boden fiel und Schröcksmüller beinahe die Zehen eingeklemmt hätte. „Du verfluchter Idiot!", wütete der Postenkommandant, „Jetzt haben wir die Bescherung. Ich werde ... " Amadeus erfuhr nicht, was Schröcksmüller wollte. Dem Postenkommandanten verschlug es die Stimme und er schaute ungläubig in die Steinkiste. Deren Bewohner, ein bleiches Skelett lag als unordentlicher Beinhaufen am Fußende. Der Rest des Sarges war mit prächtigen Dingen angefüllt. Pokale, Ketten, Goldmünzen, Teller und Schatullen bildeten einen Haufen. Darüber und daneben lagen kleinere und größere Heiligenstatuen, teils aus Edelmetall, teils als kunstvolle Holzschnitzereien. Ein uraltes Messgewand war mit herrlichen Goldstickereien geschmückt. Einige Bilder, teils noch im Rahmen, teils als zusammengerollte Leinwände ergänzten das Sammelsurium.

„Jetzt hör genau zu, Edi", sagte Amadeus mit eindringlicher Stimme. „Du kannst bezeugen, dass ich ordnungsgemäß Meldung bei der Polizeidienststelle gemacht und in Gegenwart einer befugten Amtsperson – das bist du – diesen Schatz gefunden und der Behörde übergeben habe. Das ist wichtig wegen der Belohnung, die mir zusteht. Hast du mich verstanden?" Er hob die Stimme, weil Schröcksmüller keinen Ton hervorbrachte „Hast du mich verstanden, Edi?"

„Ja, verstanden", sagte Schröcksmüller mit unsicherer Stimme.

„Du wirst jetzt also deine Kollegen rufen, diese Sachen sicherstellen, ein Protokoll darüber anfertigen und deine vorgesetzte Dienststelle sowie das Landesdenkmalamt verständigen. Du wirst dabei ausdrücklich darauf hinweisen, dass ich der Finder bin. Du wirst sicher für deine Umsicht belobigt werden. Ist das klar?"

„Klar", flüsterte Schröcksmüller ergriffen.

Von oben waren Schritte zu hören. Amadeus runzelte die Stirn. Er löschte seine Taschenlampe und flüsterte: „Still!"

Die Schritte kamen näher und die Treppe herunter. Der Strahl einer Taschenlampe schwankte durch den Raum und blieb auf Schröcksmüller haften, der mit aufgerissenem Mund dastand. Amadeus schaltete seine Taschenlampe wieder ein. Am Fuße der Treppe stand Ganzbach. Er hatte einen leeren Jutesack über der Schulter hängen und in der Hand ein Brecheisen.

„Ja, wen haben wir denn da?", fragte Amadeus. „Vielleicht einen verhinderten Schatzgräber und einen Mörder? Endlich habe ich dich, Ganzbach. Du glaubst gar nicht, wie lange ich darauf gewartet habe."

Er versuchte gar nicht den Hass und den Triumph in seiner Stimme zu unterdrücken, aber er hätte vorsichtiger sein sollen. Ganzbach ließ das Brecheisen fallen und zog überraschend schnell eine Pistole. Amadeus warf sich hinter den Steinsarg und schrie Schröcksmüller zu: „Herunter!" Gleichzeitig zog er seine eigene Waffe. Die Lichter der Taschenlampen irrten durch den Raum. Ganzbach feuerte in Richtung Amadeus. Der Knall hallte durch die Gruft, fing sich in der Kapelle über ihnen und erzeugte ein gespenstisches Echo. Die Kugel prallte gegen den Sarg, wimmerte als Querschläger durch den Raum und verfehlte Schröcksmüller nur um Haaresbreite. Dessen Erstarrung löste sich. Er blieb aufrecht stehen, als ob er gegen Kugeln gefeit sei, und schrie mit seiner besten Polizistenstimme: „Das ist Widerstand gegen die Amtsgewalt. Das ist Mordversuch. Du bist festgenommen Ganzbach." Gleichzeitig wollte er seine Dienstwaffe ziehen, was ihm nicht sogleich gelang, weil sich ein Riemchen irgendwie verhakt hatte. Auch Amadeus gab einen Schuss ab und versuchte, Ganzbach ins Bein zu treffen. Er schoss fast einen Meter daneben. Ganzbach wollte es trotzdem nicht auf ein Feuergefecht mit zwei Gegnern ankommen lassen. Er drehte sich um und hastete mit affenartiger Behändigkeit die Treppe hoch. „Was war das?", fragte Schröcksmüller, dem offenbar erst jetzt so richtig zu Bewusstsein kam, das er fast erschossen worden wäre.

„Das war der Mörder", schrie Amadeus. „Hol ihn dir, er gehört dir! Du bist doch die Polizei!"

Schröcksmüller, dem es endlich gelungen war, seine Dienstwaffe zu ziehen, stürmte die Treppe hoch, Amadeus dicht hinterher. „Vorsicht", warnte er. „Der Mann ist bewaffnet!"

Vorsichtig war nicht von Nöten. Ganzbach war wie der Teufel gerannt und dachte offenbar nicht an Gegenwehr. Er war schon gut fünfzig Meter entfernt und näherte sich dem Friedhofstor.

„Halt! Stehen bleiben, Ganzbach!", brüllte Schröcksmüller. „Oder ich mache von der Schusswaffe Gebrauch, gemäß § ... " Auch diese Gesetzesstelle wollte ihm nicht einfallen. Er schoss zweimal in die Luft. Dann richtete er die Waffe auf den Flüchtenden, der inzwischen gut achtzig Meter entfernt war und das Friedhofstor passierte.

„Nicht schießen!", rief Amadeus. „Wir kriegen ihn auch so, weit kommt er nicht!"

Aus purem Trotz gab Schröcksmüller dennoch einen Schuss ab. Auf diese Entfernung war mit einem Treffer ohnehin nicht mehr zu rechnen. Ganzbach rannte auch unbeeindruckt weiter und erreichte sein Auto, das vor dem Friedhofstor am Straßenrand parkte. Dort blieb er stehen, setzte sich auf den Boden, verharrte einige Augenblicke in dieser Stellung und kippte dann langsam zur Seite. Amadeus sprintete los.

„Was hat er?", keuchte Schröcksmüller, der ihm nachrannte. „Ich habe ihn doch gar nicht getroffen!"

Amadeus hatte Ganzbach erreicht und kauerte sich neben ihn auf dem Boden. Er tastete nach der Halsschlagader des Mannes, konnte aber keinen Pulsschlag mehr fühlen. Auf dem weißen Hemd begann sich ein Blutfleck abzuzeichnen.

Amadeus stand auf. „Er ist tot", sagte er mit müder Stimme. „Das war ein Meisterschuss. Direkt ins Herz."

Schröcksmüller starrte in die gebrochenen Augen des Mannes am Boden. „Das habe ich nicht gewollt", stammelte er. „Mein Gott, das habe ich nicht gewollt. Ich habe doch gar nicht richtig gezielt."

Er wandte sich zur Seite und erbrach sich würgend auf den Bürgersteig. Amadeus zog sein Handy und verlangte einen Krankenwagen und ganz dringend Chefinspektor Hagenberg.

Kapitel 32: Damals

Sie saßen in ihrem Versteck am Bachufer, in einer Höhle aus Blättern und Zweigen.

„Morgen um diese Zeit bist du schon nicht mehr da", sagte Lisa traurig. Sie legte den Arm um seine Schulter und lehnte sich an ihn. Ihre nackten Beine schmiegten sich aneinander.

„Ich komme ja wieder. In den nächsten Ferien auf jeden Fall. Vielleicht kann ich zwischendurch auch kommen. Zu Weihnachten oder zu Ostern."

„Wirst du mir schreiben?"

„Jede Woche, aber du musst mir zurückschreiben."

„Das tu ich sicher." Sie bewegte ihre Zehen im Uferschlamm. „Schau dir unsere Füße an. Sie sind fast gleich groß. Heißt das jetzt, dass ich große Füße habe, oder du kleine?"

„Ich glaube nicht, dass ich besonders kleine Füße habe", meinte Amadeus zögernd. „Unsere Füße passen halt gut zusammen."

„Wir passen überhaupt gut zusammen." Sie streckte das Bein ins Wasser und spülte den Schlamm von ihren Zehen. Dann stellte sie den Fuß auf den seinen, nahm ihn um den Hals und küsste ihn heftig, so wie sie es von Susi gelernt hatte.

„Wenn du zurückkommst, bist du sicher schon ein richtiger großer Junge", flüsterte sie. „Dann werden wir miteinander schlafen, das verspreche ich dir. Willst du?"

„Natürlich", antwortete Amadeus. Diese Antwort fiel etwas lahm aus, aber Lisa ließ es ihm durchgehen.

„Es wäre auch ganz in Ordnung", fuhr sie nachdenklich fort, „weil wir ja vielleicht heiraten werden, wenn wir älter sind. Was meinst du?" Sie sah ihn abwartend an.

„Ich denke schon." Das war nicht gerade die begeisterte Antwort, die sich Lisa erwartet hatte. „Wirst du mir treu sein?", setzte sie nach.

Amadeus dachte an die albernen Mädchen in seiner Klasse, die einzigen zu denen er näheren Kontakt hatte, und er sah keinen Grund, ihr nicht unverbrüchliche Treue zu versprechen. In der Annahme, dass das von ihm erwartet wurde, fragte er seinerseits: „Und du? Wirst du mir auch treu sein?"

„Ja, selbstverständlich."

Gelächter brandete auf und kam rasch näher. In einem kleinen Schlauchboot trieben zwei Kinder, ein Bub und ein Mädchen vorbei. „Da schau!", schrie das Mädchen. „Da sitzen zwei und knutschen miteinander." Die beiden begannen heftig zu kichern.

„Verschwindet", drohte Lisa, „oder ich zieh euch den Stöpsel heraus." Sie machte Anstalten, ins Wasser zu steigen. Die Kinder kreischten auf und paddelten heftig mit den Händen, um sich in Sicherheit zu bringen. Gleich darauf waren sie hinter einer Biegung des Baches verschwunden, nur ihr Gelächter war noch zu hören.

„Was gibt es denn da zu lachen?", fragte Lisa halb verlegen, halb ärgerlich.

„Vielleicht, weil du versprochen hast, mir treu zu sein?", fragte Amadeus. Er wusste selbst nicht, warum er das sagte. Ein undeutlicher Schatten, eine Vorahnung von drohendem Verlust legte sich über seine Seele. „Wirst du mit einem anderen Jungen schlafen, während ich weg bin?"

„Natürlich nicht", versicherte Lisa. „Wofür hältst du mich? Wir lieben uns doch!"

„Dann schwöre", forderte Amadeus mit strenger Stimme.

Sie sah ihn irritiert an. „Was hast du, Amadeus? Warum bist du auf einmal so komisch?"

„Schwöre!"

Sie lachte und hob die Schwurfinger. „Wenn du unbedingt willst: Wir, Lisa und auch Lotte schwören, dass wir unseren Freunden Amadeus und auch Heinz, treu sein werden, bis sie wieder zu uns zurückkommen und auch danach, so lange sie unsere Freunde sind. Wir werden bis dahin weder einen anderen Jungen mit Zunge küssen, noch mit ihm schlafen, oder etwas Ähnliches mit ihm machen." Sie lachte wieder. „Bist du jetzt zufrieden? Das war der beste Schwur, den ich je zusammengebracht habe."

Amadeus war nicht zufrieden. Er hatte das Gefühl, das ihm etwas entglitt, das er nicht genau benennen konnte und er fühlte einen leichten Stich in der Herzgegend. „Ich glaube, ich muss jetzt gehen", sagte er verzagt. „Mein Vater holt mich ab, er wartet sicher schon auf mich." Er sah sie an. Zwei dicke Tränen rannen über ihre Wangen und sie schniefte leise. Amadeus hatte sich inzwischen daran gewöhnt, dass sie gelegentlich unvermutet in Tränen ausbrach und er wusste, was zu tun war. Sogleich nahm er sie in den Arm und begann sie zu trösten. „Ich will nicht, dass du fortgehst", schluchzte Lisa. „Ich will, dass du bei mir bleibst, für immer!"

Wenig später am Tag fuhr das Auto mit Amadeus auf dem Beifahrersitz Richtung Wien. Sein Vater lenkte, im Fond lagen die paar Habseligkeiten, die Amadeus in den Urlaub mitgenommen hatte. Seine Kriminalromane waren sorgfältig unter Wäschestücken versteckt. Als sie die Brandruine des Linzerstadels passierten, stand dort eine Gestalt, einsam und verloren. Ihr Kleidchen flatterte im Wind. Sie hob die Hand und winkte heftig. Amadeus winkte zurück

„Wer war das?", fragte sein Vater. „Eine Freundin?"

„Sie heißt Lieselotte. Ich glaube, ich werde sie einmal heiraten, wenn sie mir bis dahin treu bleibt."

„Aha", sagte der Vater. Sonst nichts.

Bald hatte Amadeus Grafenhotter weit hinter sich gelassen, für eine lange, für eine sehr lange Zeit.

Kapitel 33: Jetzt, Freitag

Als Amadeus nach Hause zurückkam, war es bereits nach Mitternacht. Er hatte endlose Vernehmungen hinter sich und er hatte eine Menge Papiere unterschreiben müssen.

Die Ereignisse des vergangenen Tages hatten sich mit Windeseile in der Ortschaft herumgesprochen und Lisa wusste bereits Bescheid. Sie hatte auf ihn gewartet und bestand darauf, dass er ihr alles haarklein erzählte. „Du siehst also, ich habe den Auftrag erfüllt, wegen dem du mich kommen hast lassen", sagte er abschließend, „und den Mörder von Melchior gefunden. Bist du zufrieden mit mir?"

„Ja, ich bin zufrieden mit dir", antwortete sie tonlos. „Was ist dein Honorar?"

Er lachte unsicher, nicht sicher, ob sie scherzte. „Was es immer war. Ich möchte nur mit dir schlafen."

„Das kannst du haben, das hast du dir redlich verdient."

Sie liebte ihn in dieser Nacht mit einer fast verzweifelten Heftigkeit. Dann wandte sie sich von ihm ab und vergrub das Gesicht im Polster. Sie gab keinen Ton von sich, aber ihre Schultern zuckten heftig. Amadeus begriff, dass sie bitterlich weinte. Er streichelte sie vorsichtig und fragte: „Was hast du, Lisa? Habe ich etwas falsch gemacht? Bitte sprich doch mit mir."

„Du hast gar nichts falsch gemacht", schluchzte sie. „Bitte lass mich einfach in Ruhe, Amadeus. Das verstehst du nicht. Lass mich nur in Frieden, bitte, Amadeus."

Er lag neben ihr und betrachtete im Halbdunkel der abgeblendeten Lampe das Bild an der Wand: Das Metallbild, das sie vor vielen Jahren von ihm gemacht hatte, in der Pose eines siegreichen ägyptischen Pharaos, mit einem Zipfel dort, wo er bei einem Aktbild hingehörte. „Sie weint um uns und sie weint auch um Ganzbach", dachte er mit plötzlicher Klarsichtigkeit.

Nach einer Weile wurden ihre Atemzüge regelmäßig und verrieten ihm, dass sie eingeschlafen war. Auch Amadeus geriet in eine Art Halbschlaf, aus dem er ständig hochschreckte, weil sich die Eindrücke des Tages wie Mühlräder in seinem Kopf drehten. Erst als der Morgen heraufdämmerte fiel er in tiefen Schlaf.

„Frühstück, Amadeus", sagte Lisa und rüttelte ihn leicht an der Schulter. „Es ist schon zehn vorüber."

Das Frühstück verlief in einer geradezu beklemmenden Atmosphäre gewollter Fröhlichkeit. „Ich nehme an, du wirst jetzt bald abreisen?", erkundigte sich Lisa schließlich.

„Das sollte ich wohl. Ich muss mich um mein Büro kümmern. Ich kann den Wizzig nicht alles allein machen lassen, überhaupt wo er jetzt Liebeskummer hat."

Sie lachte. „Der auch? Könnte das eine Seuche sein?" Sie wurde wieder ernst. „Weißt du, dass du jetzt eine Art Held bist? Es haben heute schon ein paar Leute deswegen bei mir angerufen. Du hast einen Schatz gefunden und einen Mörder gestellt. Der Schröcksmüller hingegen ist dienstunfähig. Er wird von zwei Psychologen betreut, so fertig ist er."

Amadeus seufzte. „Ich habe noch versucht, ihn am Schießen zu hindern. Ich habe nicht gewollt, dass es so ausgeht. So nicht."

„Ich weiß, Amadeus." Sie streichelte ihm zärtlich über die Wange, so wie sie es als Mädchen gemacht hatte. „Es ist halt gekommen, wie es kommen musste. Werden wir zwei uns wiedersehen?"

Er sah sie ernst an. „Du weißt, was ich für dich empfinde. Wenn du willst, brauchen wir uns überhaupt nicht mehr zu trennen."

„Wie stellst du dir das vor? Willst du mit deiner Firma nach Grafenhotter ziehen? Ich will von hier nicht weggehen. Alles, was ich habe, ist hier. Oder willst du mich jedes zweite Wochenende für eine Liebesnacht besuchen? Das kann doch nicht gut gehen, Amadeus. Wir sind keine Teenager mehr. Jeder von uns hat sein eigenes Leben, schon seit vielen Jahren."

„Mir wird eine Lösung einfallen. Ich komme schon nächstes Wochenende wieder zu dir."

„Nein, Amadeus. Du brauchst jetzt viel Zeit zum Nachdenken. Übereile nichts. Erst wenn du dir wirklich sicher bist, sollst du zurückkommen. Lass dir Zeit, aber nicht wieder fünfundzwanzig Jahre, sonst werden wir nicht mehr viel davon haben."

„Lisa", sagte er, „das was mir Amélie über dich erzählt hat, spielt wirklich keine Rolle für mich."

„Oh, es spielt eine Rolle für dich, das weiß ich. Aber eines solltest du wissen: Was immer ich auch getan habe, nachdem du fort warst, du warst immer in meinem Herzen, all die Jahre." Sie verzog das Gesicht. „Das war jetzt kitschig, oder?"

„Überhaupt nicht, mir gefällt es."

Sie stand auf. „Ich mag so einen sentimentalen Abschied nicht. Pack deine Sachen und mach dich davon, mein Freund. Vielleicht sehen wir uns ja wirklich einmal wieder."

Eine Stunde später war Amadeus auf dem Heimweg. Als er den Hügel passierte, auf dem der Linzerstadel gestanden hatte, sah er eine Gruppe, die auf der Wiese darunter beim Ballspiel herumtollte. Er hielt sein Auto an, stieg aus, setzte sich auf die Reste der Grundmauer und sah ihnen zu. Anna, ihre Nichte Margit und Susi boten ein Bild unbeschwerter Fröhlichkeit. Susi hob den Blick und sah ihn dort oben sitzen. Sie wechselte mit Anna ein paar Worte und kam zu ihm herauf. „Hallo, Amadeus, du großer Detektiv, bist du auf dem Heimweg? Werden wir dich wiedersehen?" Sie setzte sich neben ihn.

„Ich denke schon. Was ist denn das, mit dir und Anna? Ich habe sie noch nie so glücklich gesehen."

„Frag nicht so naiv. Wir sind ein Paar, das sieht man doch."

„Ich verstehe", murmelte Amadeus und rieb sich den Kopf.

„Tut es noch weh?", fragte Susi teilnahmsvoll.

„Du hättest nicht so fest zuschlagen sollen. Womit hast du mich eigentlich auf den Kopf gehaut?"

Sie schwieg fast eine Minute und starrte ihn an. „Seit wann weißt du es?", brachte sie schließlich heraus. „Was hat mich verraten?"

„Dein exquisites Parfum, du eitles Ding. Das, welches du auch jetzt trägst. Ich habe es noch gerochen, ehe du mich niedergeschlagen hast. Ich kenne keine andere Frau, die diesen speziellen Geruch verwendet."

„Verdammt", murmelte Susi. „Auf was man alles achten muss."

„Ja, Morden ist eine heikle Angelegenheit und erfordert viel Umsicht, meine Liebe."

„Wirst du mich jetzt als Mörderin anzeigen?"

„Nein. Du hast niemanden umgebracht. Ich habe dein Alibi für die Mordnacht überprüfen lassen. Mein Partner hat das sehr diskret gemacht. Du kannst es nicht gewesen sein. Du bist in Krems in einer stadtbekannten Lesbenbar gesessen und hast gesoffen. Also war es wohl die Anna, die den Viehgruber erschlagen hat."

Susi schwieg wieder eine Weile. „Und was jetzt?", fragte sie schließlich.

„Erzähl mir einfach alles."

„Da gibt es nicht viel zu erzählen. Viehgruber hat tatsächlich versucht, Margit Gewalt anzutun. Da ist die Anna ausgerastet. Sie ist mit einem alten Spitzhammer, den ihr Vater zu Hause hatte, in die Schule geschlichen und hat ihn einfach damit erschlagen. Sie hat sich gedacht, wenn sie ein ähnliches Werkzeug nimmt, wie das, mit dem Melchior umgebracht wurde, wird das eine falsche Spur legen. Der Plan war im Ansatz gut, aber dann hat sie nicht weitergewusst. Am nächsten Morgen, wie ich von meiner Sauftour zurückgekommen bin, hat sie mir die Tat gestanden und mich um Hilfe gebeten. Ich habe den Hammer in dem alten Versteck von Lisa deponiert. Es war nie daran gedacht, Lisa irgendwie hineinzuziehen. Ich habe nur einen sicheren Platz gebraucht, bis ich den Hammer dem Ganzbach unterjubeln konnte."

„Warum Ganzbach?"

„Nach deinem Anruf ist mir Verschiedenes klar geworden. Du hast mich eigentlich erst auf den Gedanken gebracht. Ich habe damals tatsächlich geplappert und ihm verraten, wo Lisa ihr Versteck hat und dass wir Melchior einen Streich spielen wollten. Er muss dann in der Hütte herumgeschnüffelt und entdeckt haben, was sie dort alles versteckte. Wenn ich zwei und zwei zusammenzähle, kann es nur so gewesen sein, dass er sich später den Hammer aus Lisas Versteck geholt und Melchior damit erschlagen hat. Liege ich damit falsch?"

„Überhaupt nicht. Er war sogar so schlau, den Hammer einige Zeit später wieder in Lisas Versteck zurückzulegen. Wir haben ihn getroffen, wie er von dort zurückgekommen ist, aber natürlich nicht begriffen, was er gemacht hat."

„Na also. Ein Mörder war er ohnehin. Da wäre es nur gerecht gewesen, wenn er auch für den Mord an seinem Komplizen büßen hätte müssen. Er hat nämlich damals gemeinsam mit Viehgruber die arme Anna vergewaltigt. Wusstest du das?"

„Ich habe es vermutet. Wie hast du ihm eigentlich den Hammer untergeschoben?"

„Das war einfach. Ich habe mich für mein Verhalten am Friedhof entschuldigt, ihm schöne Augen gemacht und bin heimlich mit ihm auf sein Zimmer im ‚Ochsen' gegangen. Dort habe ich mich von ihm verführen lassen. Der Herbert war ja so eingebildet. Er hat wirklich geglaubt, ich stehe noch immer auf ihn. Wie er geschlafen hat, habe ich den Hammer im Spülkasten der Toilette versteckt und bin verschwunden. Ich hätte eigentlich eine anonyme Anzeige vorgehabt, aber das hat sich ja glücklicherweise von selbst erledigt. Wie man so hört, hat die Polizei den Hammer inzwischen gefunden und ist recht glücklich damit."

„Du bist ein unsagbares Luder, Susi."

„Das schon", bestätigte sie, ohne beleidigt zu sein.

„Warum musste eigentlich mein armer Kopf herhalten?"

„Ich habe schon gesagt, dass es mir leid tut. Was hätte ich denn machen sollen? Lisa hat mir zufällig am Telefon erzählt, dass du gerade auf nostalgischen Spuren wandelst und zur Hütte willst. Da bin ich so rasch als möglich hin und habe dich gerade noch dabei erwischt, wie du den Hammer eingepackt hast. Ich habe ja nicht gewusst, was du damit vorhast und viel Zeit zum Überlegen war auch nicht. Also habe ich dir mit meinem Totschläger eine übergezogen. Es ist aber nur ein kleiner Totschläger und ich habe auch nicht fest zugehauen." Amadeus seufzte.

„Was wirst du jetzt tun?", erkundigte sich Susi besorgt.

„Gar nichts. Ich fahre nach Hause."

„Einfach so? Und du wirst vergessen, was ich dir erzählt habe?"

„Einfach so und du hast mir gar nichts erzählt. Ich kann mich nicht erinnern."

„Amadeus", sagte Susi feierlich, „darf ich dich küssen?"

„Ich weiß nicht recht. Wenn es zwei Mädchen miteinander machen, zählt es ja nicht, hast du einmal der Lisa erklärt. Aber wir beide?"

„Ach sei doch nicht so albern." Sie nahm seinen Kopf zwischen die Hände und küsste ihn lang und zärtlich. „Ich bin dir etwas schuldig, Amadeus. Ich bin dir sogar sehr viel schuldig. Denk immer daran, wenn es etwas gibt, das ich für dich tun kann."

Sie rannte leichtfüßig die Böschung hinunter und nahm das fröhliche Ballspiel wieder auf.

Ein Auto hielt mit quietschenden Bremsen auf der Straße. Hagenberg stieg aus und kam gemächlich den Hügel hoch. „Nimmst du Abschied von Grafenhotter, Amadeus?", fragte er und machte eine Handbewegung, welche die ganze Gegend einschloss.

„Es wird kein Abschied für immer sein. Fährst du auch nach Hause? Hast du deine Fälle jetzt endgültig geklärt, nachdem du mich gestern endlos verhört hast?"

„Das kann man so sagen. Die alte Schmied hat inzwischen geredet und bestätigt, was sie auch dir erzählt hat. Wir haben im Zimmer Ganzbachs die Waffe gefunden, mit der Viehgruber erschlagen wurde. Sie war im Spülkasten versteckt, aber es war noch genug von Viehgruber dran, dass es gereicht hat, sie als Tatgegenstand zu identifizieren. Das Motiv liegt auch auf der Hand. Ganzbach wollte den Schatz nicht teilen. Dir kann man nur gratulieren. Du kannst auf eine erhebliche Belohnung aus dem Schatzfund hoffen."

„Das war ein Geistesblitz, der mir erst im letzten Augenblick gekommen ist. Ich habe mich daran erinnert, dass ich als Bub mit Charlotte heimlich in die Kapelle eingestiegen bin. Als wir Geräusche aus der Gruft gehört haben, sind wir voller Angst davongerannt. Wenig später haben wir Viehgruber und Ganzbach am Friedhof getroffen. Die beiden müssen damals gerade den Schatz im Sarg versteckt haben. Ich war mir auf einmal so sicher, dass es so war, dass ich unseren Postenkommandanten als Zeugen mitgenommen habe. Gleichzeitig muss aber auch Ganzbach beschlossen haben, nach dem Mord an seinem Komplizen, den Schatz zu bergen und damit zu verschwinden. Es war Zufall, dass ich in der Gruft mit ihm zusammengetroffen bin. Wäre ich nur eine Stunde später gekommen, wäre der Schatz fort und Ganzbach über alle Berge gewesen."

„Du bist eben ein Glückspilz. Du hast ja außerdem deine Jugendliebe wieder gefunden. Wie läuft es denn so mit dir und unserer reizenden Kunstschlosserin?"

„Sie hat mir Zeit gegeben, damit ich mir über meine Gefühle klar werden kann."

„Das kenne ich", murmelte Hagenberg, „und wie ich das kenne."

„Hast du sie wirklich verdächtigt?"

„Aber ja. Sobald ich mir einen Überblick über die Personen der Handlung verschafft hatte – wenn man so sagen will – war sie sogar meine Hauptverdächtige. Von allen Beteiligten habe ich ihr am ehesten einen Mord zugetraut. Bloß das Motiv hat mir Sorgen bereitet. Ich habe kein überzeugendes Motiv erkennen können. Dann hat sich aber plötzlich eine andere, eine viel überzeugendere Lösung ergeben. Es war im Grunde ganz einfach."

Er betrachtete nachdenklich die ballspielende Gruppe zu ihren Füßen. „Wie gesagt, die Fälle gelten als gelöst. Ich bin zurückbeordert worden, den Rest erledigen die Kollegen vor Ort. Natürlich hat mein Vorgesetzter wieder herumgemeckert. Er behauptet, dass mir ständig die Hauptverdächtigen unter den Händen wegsterben. Als ob ich etwas dafür könnte, dass der Schröcksmüller geschossen und sogar getroffen hat. Man kann ihm natürlich keinen Vorwurf machen. Es war gerechtfertigt, einem flüchtigen Mörder, der sich mit Waffengewalt seiner Festnahme entzogen hat, nachzuschießen. Trotzdem, ich hätte Ganzbach gerne verhört. Zum Beispiel, warum er die Tatwaffe in seinem Zimmer versteckt hat. Das war doch genau genommen völlig unsinnig, findest du nicht auch? Es wäre viel einfacher und sicherer gewesen, sie zu vergraben oder ins Wasser zu werfen. Nun ja, es ist eben Pech, dass man ihn nicht mehr fragen kann, oder Glück, das kommt auf den Standpunkt an. Meinst du nicht auch, alter Freund?"

Amadeus gab keine Antwort. Susi, unten auf der Wiese, stieß einen Jubelschrei aus, weil sie einen schwierigen Ball erwischt hatte.

„Diese Jehlik hat es auch faustdick hinter den Ohren", fuhr Hagenberg bedächtig fort. „Sie hat doch tatsächlich kurz vor seinem Ableben Ganzbach in seinem Zimmer für ein Schäferstündchen besucht. Hättest du dir das gedacht? Ich war der Meinung, sie steht mehr auf Frauen. Sie hat sich solche Mühe gegeben, diesen Besuch geheim zu halten und was macht Ganzbach? Er brüstet sich doch tatsächlich dem Wirt vom ‚Ochsen' gegenüber mit seiner neuesten Eroberung. Ich habe mich sogar einen Augenblick gefragt, ob sie vielleicht die Mörderin ist und Ganzbach die Sache bloß anhängen will. Das hätte auch die Mordwaffe im Spülkasten erklärt. Als Mörderin scheidet sie aber mit Sicherheit aus, sie hat ein Alibi. Nein, nein, der Ganzbach war schon der Mörder. Wer hätte es denn sonst auch sein können?"

Amadeus versuchte sich eine Zigarette anzuzünden. Seine Hand zitterte und das Streichholz erlosch.

Hagenberg ließ ein Sturmfeuerzeug aufschnappen und gab ihm zuvorkommend Feuer. „Windig ist es hier oben", bemerkte er und sah sinnend auf die Wiese hinunter. „Schön, dass es der Anna Moser so gut geht. Viehgruber und Ganzbach haben ihr seinerzeit wirklich recht übel mitgespielt. Ja, mein Lieber, dass habe ich auch herausbekommen, obwohl du in dieser Hinsicht sehr diskret warst. Hoffentlich kommt sie jetzt zur Ruhe. Das wird nicht leicht werden, aber ich bin sicher, ihre Freundin hilft ihr dabei."

Anna kreischte vor Vergnügen, weil sie einen von Susi geworfenen Ball gefangen hatte.

„Ein Mordsmädchen", sagte Hagenberg laut und deutlich und musterte Anna. Das Wort stand in seiner ganzen unheilträchtigen Zweideutigkeit zwischen ihnen. Amadeus stockte der Atem. Er sah Hagenberg an. Die Miene des älteren Mannes war undurchdringlich. „Willst du mir noch etwas sagen, Amadeus?"

„Nein, nichts", würgte Amadeus hervor.

„Das dachte ich schon. Gerechtigkeit ist eben eine schwierige Sache und man weiß oft gar nicht, was das ist und wem sie zusteht. Leb wohl, Amadeus, und viel Glück mit deiner Charlotte."

Hagenberg griff flüchtig an die Krempe seines verbeulten Hutes und stieg zu seinem Auto hinunter.

Wenig später war auch Amadeus wieder unterwegs und hatte Grafenhotter bald weit hinter sich gelassen.

Epilog: Jetzt, 3 Wochen später

Amadeus saß in seinem Zimmer, trank seinen Morgenkaffee und beobachtete stirnrunzelnd durch die geöffnete Tür die Szene im Büro. Schließlich räusperte er sich und rief: „Komm doch bitte einen Augenblick herein, Richard, und mach die Tür zu."

„Was fällt dir eigentlich ein", fuhr er seinen Juniorpartner an, als sie ungestört waren, „der Doris auf den Hintern zu klopfen? Willst du, dass sie uns wegen sexueller Belästigung verklagt?"

„Sie fühlt sich nicht belästigt", entgegnete Wizzig selbstgefällig. „Sie ist mir nämlich wieder sehr gewogen, wenn man es so formulieren will."

„Und was ist mit ihrem Versicherungsvertreter?"

„Der ist abserviert. Sie hat sich mit ihm zu einem romantischen Abend getroffen und bei der Gelegenheit hat er zuallererst versucht, ihr eine Lebensversicherung anzudrehen. Da hat sie ihn stehen lassen. Seither bin ich wieder im Rennen. Was heißt im Rennen! Ich bin fast schon im Ziel."

„Wenn das nur gut geht", murmelte Amadeus. Er räusperte sich neuerlich. „Was gibt es sonst noch Neues?"

Wizzig öffnete wieder die Tür und rief nach der Postmappe. Doris eilte herein und legte die Mappe auf den Schreibtisch. „Bitte sehr, Dicky, ich meine Herr Wizzig", säuselte sie. Amadeus, der sich eben eine Zigarette angezündet hatte, wurde lediglich mit einem tadelnden Blick bedacht.

Wizzig öffnete die Mappe und legte ein Blatt vor Amadeus. „Da haben wir zunächst ein Schreiben unseres Anwaltes. Die Erzdiözese macht uns ein Vergleichsangebot was die Belohnung für den sichergestellten Kirchenschatz betrifft. Gar nicht schlecht, finde ich, aber unser Anwalt meint, wir könnten mehr herausholen, wenn wir klagen."

„Nein", entschied Amadeus. „Wir nehmen an. Das ist ohnehin mehr als ich erwartet habe. Ein Prozess dauert Jahre, der Ausgang ist ungewiss und letztlich verdient nur der Anwalt. Doris, Sie setzen die entsprechenden Schreiben auf."

„Jawohl, Chef." Doris wedelte mit der Hand, um den Zigarettenrauch zu vertreiben.

Es läutete an der Tür. Wenig später kam Doris mit einem kleinen Päckchen zurück. „Post aus Grafenhotter", verkündete sie. „Für den Chef, von einer gewissen Charlotte."

Seit seiner Rückkehr hatte Amadeus von Lisa nichts mehr gehört. Jetzt begann sein Herz rascher zu schlagen, aber er wollte sich in Gegenwart seiner Mitarbeiter nichts anmerken lassen, also schob er das Päckchen gleichgültig zur Seite.

„Es könnte ja auch wichtig sein", bemerkte Doris, die ausgesprochen neugierig war, ganz nebenbei.

Amadeus zögerte einen Augenblick, dann riss er die Verpackung auf. Eine kleine Schachtel kam zum Vorschein, die er behutsam öffnete. Auf blauem Samt lag ein Ring, der makellos und silbrig glänzte. Umlaufend waren ganz feine Arabesken eingraviert. Amadeus nahm den Ring heraus und drehte ihn bewundernd hin und her.

„Ist der schön", raunte Doris ergriffen. „Ist das Platin?"

Amadeus lächelte. „Ich weiß es nicht, aber ich vermute er ist aus bestem Edelstahl." Er schob mit einer spontanen Bewegung den Ring über seinen Finger.

„Passt wie angegossen", bemerkte Wizzig.

„Da ist auch noch ein Briefchen dabei." Doris hätte vor Neugier fast zu zappeln begonnen.

Amadeus entfaltete das Billett.

„Lieber Amadeus", schrieb Lisa. *„Wir sind Dir noch eine Antwort auf Deinen letzten Brief schuldig. Du hast lange darauf warten müssen, deshalb schicken wir Dir als kleine Entschuldigung diesen Ring. Versteh das nicht falsch: Du musst ihn nicht tragen, er soll Dich nur an uns erinnern. Die Zeit mit Dir, damals und jetzt, werden wir nie vergessen und Du sollst wissen, dass wir Dich mehr lieben als je zuvor. Lisa und Lotte."*

Amadeus hatte das Billett so gehalten, dass niemand mitlesen konnte, aber Doris hatte es dennoch mit einer geradezu akrobatischen Verrenkung geschafft, ihm über die Schulter zu schielen. „Das sind ja zwei Frauen", sagte sie und ihre Stimme schwankte zwischen Empörung und Bewunderung. „Sie haben ein Verhältnis mit zwei Frauen, die ihnen sogar gemeinsam schreiben?"

„Jetzt ist es aber genug, Doris", zürnte Amadeus. „Haben sie mehr Respekt vor meinem Privatleben. Ich schnüffle ja auch nicht in Ihren Geheimnissen herum. Oder habe ich je ein Wort darüber verloren, dass sie im Büro einen Roman schreiben?"

„Woher wissen Sie das?", fragte Doris betreten.

„Weil ich Detektiv bin", erklärte Amadeus, der über die Ablenkung froh war. „Was ist das überhaupt für ein Roman?"

„Ein Kriminalrom", gestand Doris. „Aber irgendwie ist eine Liebesgeschichte daraus geworden."

„Das kann vorkommen", bestätigte Amadeus, der es wissen musste. „Kriegen sich die beiden wenigstens?"

Doris schaute nachdenklich. „Ich weiß nicht recht. Das ist noch nicht entschieden. Eigentlich wollte ich ein melancholisches, trauriges Ende machen: Herz-Schmerz-Abschied, etwas in der Art. Aber das hat mir dann doch nicht gefallen. Was meinen Sie dazu?"

„Wenn ich das nur wüsste", seufzte Amadeus. Er gab sich einen Ruck und wurde wieder dienstlich. „Was haben wir sonst noch?"

„Möglicherweise einen neuen Fall", referierte Wizzig. Die Glabusversicherung fragt an, ob wir ihn übernehmen wollen. Ein Kunstraub: Ein wertvolles Bild ist aus einer Galerie gestohlen worden. Die Erfolgsprämie wäre ausgesprochen gut."

„Klingt interessant. Gibt es einen Haken?"

„Der Galeriebesitzer ist dabei umgebracht worden. Liest du eigentlich keine Zeitungen mehr, seit du aus Grafenhotter zurück bist? Die Sache hat ziemliches Aufsehen erregt. Das Bild war weg, aber an seine Stelle hat man den Galeriebesitzer an die Wand gehängt."

„Ablehnen", entschied Amadeus. „Wenn es um Mord geht, können wir nicht in Ruhe arbeiten. Da kommt einem ständig die Polizei in die Quere, oder auch umgekehrt."

„Es war die Galerie ‚Zum Ausbrecher' in Krems", warf Doris ein. „Ist das nicht in der Nähe von Grafenhotter? Da könnten Sie doch gleich Ihre Freundinnen besuchen."

Amadeus schwieg.

„Haben Sie etwas gesagt, Chef?", bohrte Doris nach.

Wizzig legte einen Zeitungsausschnitt auf den Tisch. „Die Täter sind wahrscheinlich von einer Geschäftsfrau beobachtet worden, die gegenüber eine Bijouterie betreibt. Eine gewisse Susanna Jehlik. Mir kommt der Name bekannt vor, dir nicht auch?"

Doris lehnte sich über den Schreibtisch und legte die Hand ans Ohr. Es schien sie überhaupt nicht zu stören, dass ihr dabei der Rauch der Zigarette in die Nase stieg. „Ich habe jetzt nicht verstanden, was Sie gesagt haben, Chef."

Nach einer Weile sagte Amadeus: „Also schön. Wir nehmen den Auftrag an. Setzen Sie das entsprechende Schreiben auf, Doris."

„Na also", triumphierte Doris und begab sich zu ihrem Computer. „Ich habe ja gewusst, dass die Geschichte weitergeht. Vielleicht kriegen sich die zwei, oder die drei – was weiß denn ich – am Ende doch noch."

.

Ende

Vom selben Autor sind bisher erschienen:

Chefinspektor Hagenberg vom Landeskriminalamt wird an den Ort eines bedenklichen Leichenfundes im Stadtgebiet von Hainburg beordert. Schatzgräber haben ein Skelett aus der Völkerwanderungszeit freigelegt, aber einer von ihnen ist mit eingeschlagenem Schädel zurückgeblieben.

Was Hagenberg zunächst für eine simple Auseinandersetzung im Raubgräbermilieu hält, entpuppt sich als historisches Rätsel, das auf die Spur einer verschollenen Delegation des Burgunderkönigs Gundahar führt, die im Jahre 436 n. Chr. versucht hat, den Hof des Hunnenkönigs Attila zu erreichen.

Hagenberg gerät bei seinen Ermittlungen in das Visier einer international agierenden Bande, die sich auf Kunstdiebstahl spezialisiert hat und vor keinem Mittel zurückschreckt; auch nicht vor Mord. Beunruhigenderweise ist diese Bande über jeden seiner Schritte informiert und vermutet offenbar, dass Hagenberg auf Informationen gestoßen ist, die einen konkreten Hinweis auf den Verbleib des sagenhaften Nibelungenschatzes geben könnten.

Plötzlich ist Hagenberg selbst vom Jäger zum Gejagten geworden.

Verlag: Books on Demand
ISBN-10: 3734769647
ISBN-13: 978-3734769641

Zu Beginn des Dreißigjährigen Krieges verhilft ein kaiserlicher Offizier einem wegen Hexerei angeklagten Mädchen zur Flucht aus der von den aufständischen Ungarn bedrohten Grenzfestung Hainburg.

Sobald es ihm möglich ist, folgt er ihr nach Paris. Im Gepäck hat er ein Zauberbuch, dessen bloßer Besitz ausreichen würde, ihn auf den Scheiterhaufen zu bringen.

Fast drei Jahrhunderte später taucht dieses Buch wieder in Hainburg auf. Es hat sich im Besitz einer jungen Französin befunden, die gemeinsam mit ihrem Begleiter am Schlossberg ermordet aufgefunden wird.

Chefinspektor Hagenberg vom Landeskriminalamt wird mit den Ermittlungen beauftragt und sieht sich bald mit weiteren rätselhaften Mordanschlägen konfrontiert, denen auch einer seiner Mitarbeiter zum Opfer fällt.

Als Hagenberg schließlich die Wahrheit hinter diesen Ereignissen erkennt, kommt er zu der Auffassung, dass so manche Fakten des Falles in der Öffentlichkeit besser nicht bekannt werden sollten.

Verlag: Books on Demand
ISBN-10: 3734770432
ISBN-13: 978-3734770432

Weil Flaute im Morddezernat herrscht, bekommen Chefinspektor Hagenberg und seine neue Partnerin den Auftrag, einen alten Fall aufzuarbeiten. Sie sollen klären, was mit einem Mädchen geschehen ist, das vor fast dreißig Jahren bei der Besetzung der Hainburger Au durch Umweltaktivisten spurlos verschwunden ist. Ihre Ermittlungen führen sie in die Pornoszene und ins Rotlichtmilieu und kreuzen sich schließlich mit den Spuren eines alten, längst vergessenen Mordfalls, der sich im Jahre 1908 in Hainburg ereignet hat, und der im Zusammenhang mit dem Brand des Ringtheaters in Wien steht.
Verlag: Books on Demand
ISBN-10: 3842335059
ISBN-13: 978-3842335059

Eine Fortsetzung findet diese Geschichte in dem Roman

Solo Valat

Ein Kriminalfall aus dem Wien des Jahres 1905
Verlag: Books on Demand
ISBN-10: 3738633499
ISBN-13: 978-3738633498

Im Jahre des Herrn 1697, vierzehn Jahre nach dem Türkensturm, wird im allerhöchsten Auftrag ein Kundschafter von Wien nach Hainburg entsandt, um den Verbleib eines seither verschollenen Mädchens, das im Besitz eines Staatsgeheimnisses ist, zu klären. Freiherr von Hegenbarth zeichnet genau alle Stationen seiner gefährlich Mission auf.
Mehr als dreihundert Jahre später geraten seine Erinnerungen in die Hände von Chefinspektor Hagenberg und erweisen sich als Schlüssel zur Lösung eines aufsehenerregenden Mordes, der sich in der Blutgasse in Hainburg ereignet hat.

Verlag: Books on Demand
ISBN-10: 3848254468
ISBN-13: 978-3848254460

Sämtliche Bücher können in Buchhandlungen bestellt oder beim Verlag und über zahlreiche Internetanbieter bezogen werden.